有爱的青春陪伴者

陈琦喜欢赵晓青，不是什么大不了的事。

乌云下的橘子树

一零九六 著

江苏凤凰文艺出版社

图书在版编目（CIP）数据

乌云下的橘子树 / 一零九六著. -- 南京：江苏凤凰文艺出版社, 2024. 12. -- ISBN 978-7-5594-9095-7

Ⅰ. I247.5

中国国家版本馆CIP数据核字第20240PS800号

乌云下的橘子树

一零九六 著

责任编辑	王昕宁
特约编辑	加　肥
出版发行	江苏凤凰文艺出版社
	南京市中央路165号，邮编：210009
网　　址	http://www.jswenyi.com
印　　刷	长沙鸿发印务实业有限公司
开　　本	880mm×1230mm　1/32
印　　张	9
字　　数	226千字
版　　次	2024年12月第1版
印　　次	2024年12月第1次印刷
书　　号	ISBN 978-7-5594-9095-7
定　　价	42.80元

江苏凤凰文艺版图书凡印刷、装订错误，可向出版社调换，联系电话025-83280257

目录 contents

/ 第一章 /
乌云女孩·001

/ 第二章 /
橘子与魔方·029

/ 第三章 /
谁是真的勇士·057

/ 第四章 /
心上的巧克力·085

contents 目录

/ 第五章 /
好好看看你·108

/ 第六章 /
我喜欢的·143

/ 第七章 /
跟紧我，靠近我·188

/ 第八章 /
不是笨蛋·225

/ 第九章 /
夏木阴阴正可人·253

第一章
乌云女孩

赵晓青的姑婆死了。在暑假的末尾,夏天的太阳比雨更猖狂的时候,报丧的亲戚把电瓶车停在院子门口:"赵斌不在,你们过去也是心意。"

赵斌是晓青的父亲,为了生计常年在外打工,留下妻女租住在镇上的平房。这里离赵家村很远,离赵晓青就读的初中很近。

赵晓青对姑婆的印象停留在过年去她家拜年。那个嗓门很大也很和蔼的老人,用土话招待晚辈时总是离不开一句"多吃"。赵晓青的爷爷奶奶早已去世,姑婆是父亲唯一的姑姑,也是她嫡亲的长辈,但她看着那报丧的亲戚说完话就骑车走了,心里竟没什么波澜。

傍晚,母亲张萍跟父亲赵斌聊起此事,看她过来,便把手机递给她。

"爸爸,"赵晓青接过手机问,"您能赶回来吗?"

那头的赵斌情绪不是很高,操着乡音道:"来不及了,你好好陪着妈妈。"

"我知道。"

"快开学了,有没有想买的东西?"

"没有。"赵晓青看着母亲走向厨房。

赵斌说:"初三了,要加把劲。"

"我知道。"晓青还是这句话。

文化程度不高而对未来抱有希望的父母,总认为考学是最有效的摆脱困境的办法。赵晓青这届有十四个班,她在六百多人里能排前五十名,足以给父母相应的慰藉。

张萍白天在来料加工厂当裁缝,入了夜又在镇上饭店找了份端菜洗碗的零工,今天也是接到亲戚电话,她才请了两个钟头的假。

等父女俩聊得差不多了,张萍切了块西瓜递给赵晓青。赵晓青接过的同时把手机递还,张萍便开始和丈夫商量白事的礼金。

吃完西瓜后,赵晓青用菜刀削去外面那层硬壳,再把拇指厚的西瓜皮放在水龙头下冲洗,晚上可以切条炒着吃。

厨房外,最后一道晚霞像褪去的潮水,隐匿在逐渐变暗的天幕里。张萍从外省远嫁至此,娘家的亲戚对晓青仿佛陌生人,赵斌虽在本地,可是亲缘又不稳固。打记事起,赵晓青便很少参加葬礼,连带着对告别和失去的概念也很模糊。

早点开学吧,她想,哪怕她在学校没有交心的朋友,但比起放假的无所事事,她更适应被安排紧凑的生活,那样,她就知道自己该做什么,而不必因为浪费时间而感到愧疚。

姑婆葬礼后的第三天,赵晓青走进了永贤初中的大门。

初中是寄宿制,初三开学比其他年级早,赵晓青去完宿舍再去八班教室,一进门就听见吵闹声。

陈琦向来是班里最引人注目的,只见他坐在第三排靠讲台的中心位置，正拿着本作业敲旁边同学的头："平时抄我的就算了，暑假作业还抄，后面不是有答案吗？"

"老师说一发下来就要把答案撕掉。"

陈琦："让你撕你就撕，你有这么老实？"

"听他放屁，他是没撕答案也懒得抄，这会儿想临时抱佛脚。"班长王思齐夺下陈琦的作业本，翻开里面果然一片空白，"可惜你抱的是陈琦，他压根没有当佛祖的资格。"

"那是，语文的十篇作文我能写完就谢天谢地了。"陈琦嬉皮笑脸地从桌上跳下来，看见门口走进来一个人。

不知是嫌弃还是不安，在人多的地方，赵晓青的眉头总是皱着。大家随陈琦的目光看去，谁也没有和赵晓青打招呼，而当陈琦发现她的短袖上别了个黑色的布条，一个"赵"字硬生生卡在了嘴角。

赵晓青没有注意他们的反应，走到倒数第二排的座位坐下。同桌王颖看着中间那堆恢复热闹，感慨说："陈琦的人缘可真好。"

赵晓青："人缘好怎么了？"

"招人羡慕啊。要是我有他的成绩和性格，我也会很受欢迎的。"王颖想起什么，"上学期他全班第一，你不羡慕吗？全校排名第十二名，是他考得最好的一次。"

赵晓青想起两个月前考场上的遭遇："也是最不要脸的一次。"

王颖停下转笔的动作："你干吗这么骂他。"

"事实。"赵晓青清楚地看见他在数学考场上和人传纸条。当时监考老师在外面讲电话，陈琦被她抓包，竟还吊儿郎当地朝她笑了下，而当老师进来，他已正襟危坐奋笔疾书，仿佛什么也没发生过。

赵晓青朝他扔纸条的方向看去，作弊证据已不见踪影。一念之差，她选择继续做题，但事后回想，陈琦那一笑显然是强装镇定以及心虚的讨好，以至于月底成绩公布，她除了为自己全校第三十八的排名感到失落，也为他的全校第十二感到不齿。

赵晓青正准备收拾书本，王颖阻止道："'龙哥'刚才来过，说八点半开始换座，我们恐怕不能坐一起了。"

赵晓青疑惑："为什么？"

"因为今年不按身高排，按成绩，你们考得好的先选座位。"王颖问，"你会愿意坐后面吗？"

赵晓青皱眉，考场按成绩排，座位也按成绩排，那干脆吃饭睡觉的顺序也按成绩排好了。她一时忘了自己对排名的汲汲以求，只下意识排斥这种唯分数论的歧视，而当她正要回答王颖的问题，一道讨厌的声音却近距离响起。

"你家里出事了？"

赵晓青抬头，看到陈琦的视线落在自己的袖子上，没好气道："和你有什么关系。"

"问问而已。"陈琦往后走，顺便把手里的垃圾扔进塑料桶。

过后，王颖也注意到赵晓青戴着的一抹黑。赵晓青不愿解释，也解释不清。那天她去参加姑婆的葬礼，听姑婆的两个儿子，也就是她的表叔说，姑婆一度把她爸赵斌当作亲生子，如今赵斌没来送别，让她替着戴孝戴完头七。

赵晓青听出表叔话里的遗憾和不满，但父亲在外，她作为晚辈也不好拒绝。

人要到什么年纪才能坦然地接受死亡？赵晓青以前没想过这个问题，也是在送殡时听着哀乐和一声声直冲云霄的鞭炮，她才被一种陌生而深切的孤独包裹。她竟然开始想象如果棺材里的是她的母亲，那么她是否能像开厂做生意的表叔那样，在灵柩前痛哭流涕完就能自如地给客人递烟，又或者，如果棺材里躺着的是她自己，那么在外面给她送终的会是谁？她会希望看到大家哭还是笑，会有一个平时不来往的小丫头因为她的死去感到惆怅吗?

她想着想着就出了神,扔完垃圾的陈琦露出一副见了鬼的表情,敲敲她的桌面:"哎,醒醒。"

"干吗?"

"把作业交到讲台上。"

晓青嫌他多嘴:"我知道。"

陈琦又问:"数学写完了吗?是自己写的还是抄的答案?"

晓青忍不住道:"你以为我是你,不靠自己,只喜欢抄来抄去。"

陈琦笑意骤然止住:"你这话什么意思?"

"什么意思你清楚。"

陈琦"嘿"了声:"我不清楚。你说我喜欢抄来抄去,你看见我抄谁的了?"

赵晓青白他一眼。

陈琦顿时觉出味来:"我刚还奇怪呢,我一大早哪里惹到你了,原来不是今天,是好久以前,你当时没告诉老师越想越生气是吧?"

"是,我越想越生气。"赵晓青起身,他不提就算了,现在堂而皇之地提还一副不知悔改的样子,真是可恶,"你最好不是惯犯,下次看你偷不偷得到第一名!"

陈琦没来得及反驳,被闻声过来的王思齐挽过肩膀:"你俩怎么回事,开学第一天就吵?"

陈琦不爽:"她栽赃嫁祸,血口喷人。"

晓青于是又白他一眼:"是 xuè 口不是 xiè 口。"

陈琦被堵,王思齐立马替他出气:"赵晓青,你又不是语文课代表,还纠正读音来了,就算是 xuè 口你也不能喷他啊。"

赵晓青愤愤:"我懒得跟你说。"

"你别是不好意思说。"王思齐和陈琦的关系比和赵晓青亲近,自然帮陈琦打抱不平,"就算陈琦抢了你的第一,你也不能嫉妒他。"

"王思齐,从来没有规定说第一只能是我的。"赵晓青不甘示弱,"你也别急着替他出头,期末考你和他不是同个考场,他的成绩怎么来的你不如好好问问他。"

班里的同学被他们的争吵吸引,表情各异地往这边凑,王颖不想被看热闹,拉了拉赵晓青的衣角,后者却不动。

僵持间,姚章龙走进教室:"围在那儿干什么?课代表数下作业,其他人先去外面排队。"

闻言,大家三三两两地往外走,旁边七班和九班的人也已经在走廊上聚集。

外面的说话声盖过班里的动静,陈琦在对面女孩的脸上看到类似厌恶的情绪:"嫉妒让人丑陋,赵晓青。我跟你说过很多遍我没作弊。"

赵晓青一根筋:"但我更相信我看到的。"

"你相信为什么不跟老师说?"

这根筋没那么容易拐弯:"我当时没证据。"

"没证据那叫造谣。"

"我知道。"赵晓青甩下警告,"所以你别让我抓到第二次,否则我一定不饶你。"

姚章龙是八班的科学老师,也是班主任。大学刚毕业的他第一次带班就从初一带到初三,对这帮孩子充满了新鲜持久的感情。他也是农村出身,知道农村的孩子没那么多选择,县里的重点高中只有一中一所,而学生能否考上一中,影响着他们这批初三老师的奖金和名气,所以他也要服从命令听指挥,遵守更有经验的老师制订的规则。

他手里拿着期末考试的排名表,在短暂地维持秩序后,让学生们依次进去选座。

"陈琦。"他友好地扒过男生的头,"你第一个。"

陈琦进去,按照老师的意思,选择坐在第二排的中间。

"叶玉玲。"

听见姚章龙点名,穿着绿色短袖的女孩微微笑着,进去坐在陈琦旁边。

赵晓青跟在叶玉玲后面,径自走向原来的倒数第二排,惹得姚章龙"哎"了声。

陈琦也转头看赵晓青,赵晓青却继续收拾她的书包。等到选座结束,王颖兴致勃勃地碰碰赵晓青的手臂:"你怎么不去坐好位置?你是为了我坐这儿吗?"

赵晓青想的是自己个子高,坐前面会挡住后面同学看黑板,说:"不是。"

王颖笑笑没说话。前排的徐伟杰也转过头来,他是个很内向也很努力的男生,虽然连班里的前十都没进过,但每次的前十名他都记得很清楚。眼下,他好奇而和善地对赵晓青说:"他们都坐一块了。"

赵晓青看向第二排,无端觉得滑稽。陈琦前后左右被八个女生围着,把他围得密不透风。很快,王思齐也发现了陈琦的境遇,嘲笑他是万花丛中一点绿,叶玉玲闻言点头:"他上课都不能找人说话了。"

王思齐叮嘱说:"你别和他说话就行,小心影响你成绩。"

"滚滚滚。"陈琦笑着赶人。

赵晓青懒得理那边的吵闹,打开笔袋,里面是她新买的中性笔和各式各样的替芯。她习惯买针管型的而不习惯买子弹头型的,用完后的笔芯和各式各样的包装纸被她一一收藏,成为她的廉价宝贝。

静校铃响了,姚章龙进来让大家自习,又叫了班长王思齐和几个男生去拿新书和作业本。

窗外蝉鸣聒噪,风扇在头顶精力充沛地转着。明天就要开学考,赵晓青默默告诉自己，从现在开始，她不能放过任何一次摸底的机会。

晚自习九点半结束，晚上十点准时熄灯。陈琦洗漱完躺在床上，觉得自己像一只猪，哦不，猪还有睁眼闭眼的自由，他却没有。尽管他毫无困意，但一开学他就受控，时间不再是自己的，这让他感到无比痛苦。

宿舍里有八个人，没那么快消停。在磕磕碰碰窸窸窣窣的噪声中，陈琦睁眼看着天花板。

一众主副课老师里，他最喜欢的是姚章龙，最讨厌的是胡莉。胡莉教语文，快退休了，资历老脾气也差，经常说他们班是"阴盛阳衰"。

虽然八班女生在成绩上的确是压倒式的优势，但陈琦不喜欢胡莉那副指指点点的样儿，特别是她只对男生指指点点，对女生，尤其是对赵晓青，那叫一个春风拂面暖人心。

不过，谁让赵晓青语文好呢。陈琦即便不服，也不能否认事实，他上学期期末的全班第一只是超常发挥，赵晓青却从来没离开过前三宝座，这样的她很厉害，也很恐怖。

正胡乱想着，床板被人从下面顶了顶。

陈琦"啧"了一声："干吗？"

王思齐不安分地问："跟班花同桌感觉如何？"

"你又不是没和她同桌过。"

"我就两个月，她嫌我中午睡觉翻白眼。"王思齐笑，"你就信我吧，她特别温柔特别好说话，而且她的数学成绩和英语成绩比你更好，你有福了。"

陈琦翻了个身："大哥，我数学能考120分。"

"班花期末考了119分，相当于120分。"

陈琦不说话了。期末考他们班就三个人在第一间考场，叶玉玲那天考完语文心里没底，找到他说数学和英语得对一对答案。陈琦无所谓，期末考又不是中考，只是对答案又不是抄。谁承想他和叶玉玲离得近算地利，坐在赵晓青前面却丢了人和，等他考完数学出教室，赵晓青立马把他揪到角落里一通臭骂，不仅让他脑瓜嗡嗡无地自容，也让他放弃了继续对英语答案的念头。

因此，他不知道叶玉玲有没有照着他的答案改数学，毕竟就算不改，她考个满分也不稀奇。当然了，换作赵晓青那个脑子，能考到一百分就算老天开眼，可她在数学被拉了二十多分的情况下还能和他一较高低，陈琦觉得她更恐怖了。

王思齐像猫一样起身，握着上铺的栏杆不放手："哎，老实交代，你是不是有什么把柄在赵晓青那儿？"

陈琦否认："没有。"

"没有她总是对你臭脸？"王思齐打算帮他出口气，"想不想报仇？"

"报什么仇？"

"九月份不是有运动会吗？我每年都得求着你们报名，今年我不求了，自己安排，给赵晓青报个女子1500米。"

陈琦无言以对："那你就等着挨揍吧。"

"她敢揍我？"

"被你报名的都得揍你。"陈琦拿被子打他的头，"睡觉。"

王思齐动作利索地下床，想上厕所却发现拖鞋没了："嘿，谁把我拖鞋踢走了？"

"还吵！302是不是八班的？"门口巡逻的老师敲了下门，惊得屋子里鸦雀无声。

黑暗中，同宿舍的徐伟杰悄悄摸回床上，故意把王思齐的拖鞋踩了一脚。

开学考如期举行。

和期末的规格不同，这次不用换考场，大家把桌椅板凳拉开，考了四门主课就结束。

题目是老师自己出的，对赵晓青而言没什么压力。

果然，成绩出来后，她的语文答题卷又被胡莉贴在了教室后面。她的字好，卷面漂亮，得分清晰准确，旁边黑板报上的粉笔字是她的，答题卷上的水笔字也是她的。

叶玉玲第一时间去后面看了作文，回到座位后心情复杂。就像她考数学游刃有余，赵晓青的作文随便一写就能在七班和八班出风头，为什么数学老师不能把得分高的卷子贴在墙上给大家看呢？叶玉玲的心里有点不满。

"你怎么了？"陈琦从食堂回来，看叶玉玲脸色不对。

"没什么。"叶玉玲压下情绪，告诉自己要大度，赵晓青每次都表现得习以为常波澜不惊，自己不能藏不住心事。

她问陈琦："你去看后面的作文了吗？"

陈琦不以为然："看了我也学不会。"

叶玉玲心理平衡了些，八班前几名就没有不偏科的："以后你多教我数学，我多教你英语，互相补补。"

"别逗了，你的数学还用我教？"

叶玉玲好奇："你和赵晓青同桌时，她有没有教过你语文？"

陈琦像是听到了什么好笑的话，初二他和赵晓青差不多同桌了半年，她嫌他吵嫌他闹嫌他老是掏个镜子照照照。

陈琦："她比你难相处多了。"

"陈琦！"突如其来的厉声让陈琦的心跳短暂停滞，"你又在背后说我坏话是吧!"

陈琦僵住。

赵晓青的脸绷得紧紧的:"姚老师叫你去办公室。"

陈琦警觉:"你不会是和他说了——"

赵晓青看着他:"怕了?怕就别去。"

"去就去,谁怕谁啊。"

叶玉玲不明白他俩在说什么,但对上赵晓青转向她的眼神,竟有些心虚。赵晓青没理她,昂首挺胸地走回自己的座位。

陈琦在走廊把东窗事发的后果快速过了遍,尽管他一再嘴硬自己没作弊,但赵晓青的指责有理有据,就算他只是送纸条没收纸条,但一开始他就是奔着对答案去的,"作案"动机依旧成立。

他犹犹豫豫慢慢吞吞,在办公室门口喊了声"报告",迎接他的是姚章龙年轻严厉的目光。

"你这些全部没写。"姚章龙把他的空白作业翻给他看,"整个暑假都在玩?"

陈琦没反应过来。

姚章龙:"这次开学测验,你除了数学分数能看,其他哪门比得过赵晓青。"

陈琦顶嘴:"我才不跟她比。"

"那你要跟谁比?"

"我不比。"陈琦觉得比来比去烦得很,"赵晓青这次也退步了?"

"没有,刚才是胡老师找她说作文竞赛的事。"

"哦。"

"你不能因为一次考好就骄傲自满,就这忽上忽下的表现怎么叫人放心。"姚章龙把他当成考一中的苗子,"务必把你学数学的那股劲保持住，陈琦，时间真的不多了。"

陈琦不能说自己学数学其实没花多少劲，为了早点解脱只能讷讷点头。叶玉玲等他回来，担心赵晓青说了对他们不利的事，陈琦摇头："跟那没关系。"

"真的？"

"嗯。"陈琦以为叶玉玲也担心赵晓青秋后算账，"她那天应该没看见你捡纸条，不然不会只针对我。我昨晚没睡足，再趴会儿，老师来了叫我。"

"行，我叫你。"叶玉玲软软糯糯地答应一声，陈琦的心顿时变得松软。看来王思齐说得对，班花温柔可亲不会举报，能当她同桌的人的确有福气。

充实的开学第一周结束，赵晓青放学回家先洗衣服，再去收拾屋子。母亲张萍在来料加工点干完活，还要转战饭店打第二份工，赵晓青知道她回不来，自己煮了一碗榨菜鸡蛋面，吃饱后就去房间做题。

其实初中学的东西就那么点，这学期把新课上完，剩下半年多就是不断复习不断"炒冷饭"。数学是她的短板，她逼着自己做了半小时，出门看见同院的老爷爷在扫地。

赵晓青不喜欢傍晚，傍晚是收束，是被人过掉的一天，正如一片凋零而翩然落地的枯叶。相比之下，她喜欢清晨，或许因为名字里有个"晓"字，或许因为晓是天亮，是明，是使人知，所以她更爱旭日劈破云层——那是一天之始，是暗夜过后被按下的琴键，流淌出或轻或重的鲜活的乐声。

然而，此时此刻，夕阳把老爷爷的白背心染上一层金色的光晕。

难得地，赵晓青觉得傍晚也很美。

张萍直到深夜才回家。她轻手轻脚地推开门，赵晓青还没睡。

"妈。"

"看电视呢？"

"嗯。"赵晓青关掉风扇，出去给母亲拿冰箱里的绿豆汤。

张萍欣慰而满足地接过："我留给你，你又留给我。"

"你比我更累嘛。"

赵晓青跟母亲说起开学测验，说起九月的运动会："妈，我想报名长跑。"

张萍意外："可你不喜欢跑步。"

"不喜欢的也要做好，体育中考30分，明年五月就测了，我们学校规定报的项目是长跑、垫排球、乒乓球对墙打，女生800米满分是3分24秒，我现在还跑不进去。"

张萍摸摸她的马尾："不是一开始跑就要满分的。"

"不是一开始。我们从上学期就要求每天晨跑，而且大课间也要集体拉练，我计过时，我的水平还不够。"

张萍知道女儿凡事都要提前准备，鼓励她说："行，你想报名就报，但不要太看重成绩，要是班里有长跑很厉害的女生，你也不要去抢，因为运动会是要给班里争分数争荣誉的，知道吗？"

也是被母亲一点，赵晓青才意识到企图用比赛刺激自己练习的动机是多么直白功利，但她并不觉得这有什么不对，只希望到时不要有人来和她争这个名额。

事实上，这个名额压根没人想和她争，运动会一年一届，不用上课不用考试，可以光明正大地买零食侃大山，除了有体育特长的，其他学生更愿意看别人戴号码牌，而不是自己被迫上场。

因此，当王思齐和体育委员宣布报名开始后，报名结果和往年差不多：大部分田赛和短跑项目很快被瓜分，剩下几个苦活累活还有空缺。

王思齐按照计划，走到赵晓青的位置先斩后奏："这次给你报了女子 1500 米。"

赵晓青皱眉，从桌前抬头："我不要那么长，我跟体委说了报 800 米。"

"是吗？那体委没告诉我，800 米已经报满了。"王思齐故意叫了其他两个女生顶上，本来她们还不愿意，但一听不报 800 米就要报 1500 米，只好妥协。

王思齐计谋得逞，装模作样地说："项目不报满要扣班级积分，我已经把名单交上去了。机会难得，赵晓青，你成绩这么好要起带头作用。"

赵晓青一下子火了："那你是班长不要起带头作用吗？你报了什么？"

"短跑和跳远，你肯定没给我加过油，我可每年都有名次。"

前桌的徐伟杰替赵晓青鸣不平："她每年都写广播稿给你们加油。"

"哦对，广播稿。"王思齐被他提醒，笑嘻嘻地跟赵晓青说，"那今年也靠你了，你五十份，语文课代表五十份，你们俩足以保证任务完成。"

"神经病。"赵晓青恼火地推王思齐，王思齐往后一跳顺利躲开。赵晓青要追，他耍无赖地逃，经过陈琦座位时还冲陈琦使了个眼色。

陈琦正在玩魔方，抬头瞧见赵晓青嘴唇紧抿，浑身煞气地往这边来，他赶忙说："哎，我可没招惹你。"

"王思齐！"赵晓青没理陈琦，冲始作俑者发难，"你自作主张，我跟你没完。"

王思齐不怵，做了个鬼脸，赵晓青抢过陈琦手里的魔方就要扔，陈琦起身："大姐，这是方的，有角。"

赵晓青瞪他，陈琦不怕，忙不迭抢回东西："你不想跑就别跑，谁还能绑了你上场?"

王思齐:"嘿,你这家伙,你哪头的?"

旁边的叶玉玲拦住王思齐:"好了好了,你少说几句。"

赵晓青和王思齐不睦已久,觉得他越发不可理喻。她拳头紧握,虚挥了一下以示警告,愤愤走回自己座位。

王思齐的御敌状态随之解除,陈琦皱眉看他:"我就说你会挨揍吧。"

"你个叛徒。"王思齐跳起来锁他脖子,闹了两下才罢休。

王思齐觉得赵晓青最讨人厌的地方就是开不起玩笑,模样看着正儿八经,脾气却一点就着,成天冷冰冰凶巴巴,压根不像个女的。

"上课了大哥。"陈琦踢王思齐一脚。

王思齐还他一个脑壳,迅速归位。另一边,赵晓青余怒未消,把书页翻得"唰啦唰啦"响。

提前练习的好处在于有备无患,坏处在于需要为别人的愚蠢买单。赵晓青怒骂王思齐,想起母亲的话又决定咽下这口气,只在第二天晨跑时多加了两圈。

体委知道自己这事办得欠妥,找了个机会解释,赵晓青没跟他计较,自己一个人足圈足量,按时按点,默默练到运动会开幕。

比起千篇一律的入场队列和冗长重复的领导致辞,跑旗仪式更能吸引学生们注意。廉价鲜艳的彩旗在主席台迅速交汇又迅速错开,猎猎风声让前排学生欣喜感叹,后排学生踮脚伸脖,却只能看见旗角的残影。

"你看王思齐!"王颖拍着前面同学的肩膀,"他跑得好快!"

同学笑道:"废话,他领跑。"

王颖心想,班长不愧是班长。她侧身往后,看见赵晓青双手抱在胸前,低着头不知在想些什么。

同桌日久,她知道赵晓青的脾气,哪怕是运动会,赵晓青也并不喜欢掺和她们的叽叽喳喳,宁愿坐在树荫里,找张凳子搭在腿上写广播稿。

其实广播稿谁都能写,但写完交到主席台不被播报就只能凑数。赵晓青和语文课代表的稿子经常被播报,播了就有加分。王颖之前经常帮忙把稿子送到主席台,所以知道赵晓青写了很多,但班里同学心照不宣,都觉得叶玉玲功劳最大,因为她是广播站站长,自始至终都坐在主席台上。每当场上出现一道甜美的女声播报八班的稿子时,班里同学就会露出得意的表情,仿佛在说"看吧,这就是上面有人的好处"。

很快,校长宣布运动会开始,叶玉玲和广播站的男同学已经搬好桌椅,组成他们的工作台。

"请运动员到指定场地进行检录,请没有比赛项目的同学回到自己班区域有序观看。"

人群像开局被击打的桌球往四周散开。赵晓青踩着操场中央的杂草和碎石,独自往前走,还没走到跑道上,有人叫了她一声。

她转身,徐伟杰追上来:"你今天没有比赛吧?"

"嗯,我明天下午。"稍不注意,赵晓青手里的号码牌被人抢走。

陈琦展开一看:"438,死三八,这号码怎么在骂你?"

赵晓青反感他的无礼:"要你管。"

"不换个吉利的数?"

她跟别人换,别人也会被他这样无聊的人取笑。赵晓青嫌弃地瞪他:"闭嘴吧你。"

她抢回号码牌放进裤兜,旁边的徐伟杰看着笑着跑远的陈琦,忽然希望有块石头能绊他一脚。

王思齐当不了学习的表率,在运动项目上倒能找回一点班长的底气。他的短跑进了决赛,跳远拿了第四,回到班里喜气洋洋:"我的老天爷,可累死我了。"

负责后勤保障的同学忙给他递水和纸巾。过了会儿,结束铅球裁判工作的姚章龙也过来了,他戴着顶灰色的帽子,脸上没有平时的严肃,坐在凳子上听学生跟他讲班里的积分和排名。

姚章龙没有争第一的雄心壮志,但看着孩子们兴致勃勃,他的心情也变得轻松起来。他把右腿架在左腿上,看着一群群少男少女在煤矸石铺就的跑道上经过,知道这是他们为数不多的自由时刻。

《运动员进行曲》还在循环播放,他再坐了会儿,离开时提醒大家准时去食堂吃饭。王思齐等他走了,环顾四周:"陈琦呢?一整天没见着他。"

同班男生说:"我也没见着。"

"打球去了吧。"

"他打什么球,篮球碰都不碰,排球一垫就手抽筋,乒乓对着墙打还羡慕墙比他省力。"

这话一出,大家都笑。陈琦的懒在男生里是出了名的,爱吃爱喝爱睡爱躺,有人叫他"小济公"。陈琦不喜欢这个称呼,谁叫他他就打谁。他喝酒吃肉不拜佛,读书写字不念经,从来只有他开别人玩笑而不能被开玩笑,这是他让他们抄数学作业的必要条件。

因此,没有人知道他去了哪儿,但谁都不担心他会受罪。

事实上,陈琦溜回宿舍睡了一天的觉。木门一关,铜锁一落,再没人能管得到他。操场那边的声音远远传来,像是胡莉上语文课的催眠曲,他闭上眼睛,睡得那叫一个天昏地暗酣畅香甜。

直到晚自习,叶玉玲才等到失踪人口回归。她忍不住问:"你怎么老是没影?"

陈琦不答,朝后看了一眼,赵晓青低着头在那儿写东西。

陈琦伸手去抽屉里找魔方。

"魔方在我这儿。"叶玉玲说,"我吃完晚饭玩了会儿,弄乱了就没复原。"

陈琦接过魔方,看似随意地鼓捣几下,就好了。

叶玉玲惊讶:"怎么这么快?"

"有说明书。"他从笔袋里拿出折叠的纸递给她,"要吗?"

"要。"叶玉玲看得认真,学得一板一眼,差点被来班里巡视的姚章龙抓到。

自习结束后,王思齐在回宿舍的路上找陈琦算账:"我看见了,你害班花不学好。"

陈琦打掉他搭过来的手。

"还不能碰你了。"王思齐坚持揽陈琦的肩膀,"明天我没项目,帮我给班花送点喝的呗。"

"你手残送不了?"

"哎呀,她老在台上,我不好意思上去送。再说了,只送她一个容易被她知道。"

陈琦揶揄:"知道什么?"

"你说知道什么?"王思齐给他一拳,"就这么定了,明天必须陪我去小卖部。"

第二天,王思齐从枕头底下拿出存下的巨款,盘算着是买一箱喝的还是买几瓶,是光买水还是买雪碧、可乐、果粒橙。陈琦听得烦躁:"等你买完人都渴死了。"

"那你替我出出主意。"

"水。"

王思齐:"为什么?"

"便宜。"

"那我不买便宜的。"王思齐存着表现心思,一直等到午后太阳烫得吓人才去小卖部。店里很挤，挑东西要排队，付钱也要排队。冰镇的饮料没有整箱装，两个人只能问老板拿了大号的塑料袋。

出门前，陈琦自己付了两块钱，往袋子里扔了一瓶冰水。

沉重的塑料袋把掌心勒出红印，王思齐受不住，先把自己那袋送去班级场地，再折返接过陈琦那袋："你走前面。"

至于吗？陈琦觉得王思齐过于紧张，懒得戳破。两人走到半路，碰上往主席台送广播稿的王颖。

王颖拿手遮着额头，嫌晒，想让陈琦帮她送广播稿。

陈琦接过广播稿，快速瞄了眼："有赵晓青的？"

"你怎么知道有她的？"

"废话，这字你写得出来？"

"喊。"王颖撇嘴，"是有，这三份都是她的。"

陈琦看了眼手表，下午有1500米的决赛。果然，王颖催他说："你赶紧送，晓青和盼盼她们马上开跑，我正准备去加油呢。还有班长，你别公报私仇，你之前让晓青写满五十份，这可是她吃完饭赶出来的。"

"她真傻还是假傻？我那是开玩笑。"王思齐没想到赵晓青当了真，"写字机器也写不出五十份啊，你告诉她写不完没事，而且就算跑倒数第一也没关系。"

王颖"哦"了声，忙往检录处去。谁知她把班长的话带到，赵晓青却不领情："我写我的稿，练我的笔，关他什么事。"

王颖不知该说什么。

赵晓青自顾自活动筋骨："你放心，我绝对不会跑倒数第一的。"

王颖点头，悄咪咪挪到了何盼那儿。何盼也是被赶鸭子上架的可怜虫，加上她身高偏矮，体重偏高，大家都担心她跑不完全程，围在她这边的同学自然多些。

"请注意，女子1500米决赛马上开始，请第一组运动员做好准备。"广播里传出甜美不失爽利的声音,"无关人员请离开跑道,请勿随意走动和穿越跑道。"

很快,戴着号码牌的女生们在起跑线上排成一条线。接下去的指示交给裁判和发令枪,主席台上的叶玉玲关掉话筒,得空看向王思齐:"哪瓶是给我的?"

王思齐献殷勤:"你随便挑。"

"怎么都是饮料,越喝越渴。"叶玉玲朝陈琦伸手,"我要水。"

"问他拿。"陈琦旋开自己那瓶,喝了两口,往主席台前一站便看见了赵晓青。

她穿着白色短袖,把头发扎成低低短短的兔子尾,一个人在操场内侧拉筋。

看来她是第二组。

但,第二组有体育特长生。

陈琦双手搭在主席台边缘的栏杆上,听到一声枪响。身后,叶玉玲打开王思齐递过来的冰橙汁,再把其他饮料送给周围认识的人。王思齐笑着陪在叶玉玲身边:"你爱喝哪种?我再去给你买。"

"不用了,我要播音,你走吧。"

"我再待会儿。这里看得清楚。"王思齐挠头。

叶玉玲旁边的男生也收到免费的可乐,边喝边翻看刚才收到的一沓稿子。他挑了几张给搭档,叶玉玲粗略过一遍,然后打开话筒:"下面播报初三(8)班的来稿……"

Yes!又加一分。王思齐心里叫好,但不敢打扰叶玉玲,走到陈琦那儿:"这组有没有我们班的?"

陈琦抬抬下巴:"何盼。"

"哦,盼盼。"王思齐很快捕捉到那抹身影,两圈下来已经被拉了半个操场。

一股歉意涌上他心头:"不行,我得去给她加油。"

他"噔噔噔"跑下去，又折返找陈琦："站这儿干吗？一起呀。"

"不去，太热了。"

"男人还怕晒。"王思齐只好自己追到跑道边，班里已经有不少人在那儿。

等到何盼跑近，只见她脸颊通红，嘴唇发白，气喘吁吁，热汗淋淋，而当她艰难经过起跑线，姚章龙也来了，他拍打着计分板，吹响胸前的口哨："何盼加油！"

四个字顿时点燃了同学们的热情，大家一起喊："何盼加油！"

赵晓青被这叫喊吸引，也凑过去看，但何盼已经跑不动了。她双手叉腰，艰难而坚韧地以快走的速度往前，赵晓青有些心疼，但更讨厌王思齐。强人所难也是冷漠的一种，当班长的人不该和她这种不当班长的一样冷漠。

"赵晓青。"徐伟杰不知从哪儿冒出来，"快轮到你了。"

"我知道。"赵晓青问，"你不去给何盼加油吗？"

徐伟杰摇头，跟在她身边，但赵晓青并没把注意力放在他身上。她看见王思齐这家伙终于良心发现开始陪跑，也看见王颖加入进去，其他人加入进去，然后组成一个快速移动的云团。

姚章龙在终点朝他们招手，何盼终于开始加速，当裁判因为她的到来摁下秒表，赵晓青和发出欢呼的人群一起笑了。

"好！第一组结束！第二组同学上场准备！"

闻声，主席台上的陈琦站直身体。

学校不准男生留长发，也不准女生穿短裤。在一众上白下黑的校服身影里，两个特长生穿着背心和运动裤，露出的健美长腿格外吸睛。

他的视线移到最外侧的赵晓青身上。

"预备——"裁判枪口朝天，打出清脆的一声啪，两位特长生顿时像骑上马背的女将般往前冲。

同组的女生都不想跟,但被这么一带动,到底不敢被甩得太开。同样,赵晓青跑了两百米就开始喘了,但喘归喘,脚照样动,手照样摆,跟特长生比不了难道跟其他人也比不了吗?

她握紧拳头,憋着股劲,死命咬着第三第四。

"第一圈,一分二十。"

赵晓青心里一喜,但来不及庆幸,因为嗓子干了。

"第二圈,三分二十。"

速度明显变慢,但愿望达成,赵晓青松了口气。

姚章龙站在操场内侧,带着班里同学一块喊加油,可惜赵晓青连回应的力气都没有。不管之前怎么练,跑完一千米,她觉得自己要倒了……一千零一十米,她开始耳鸣眼花……一千零二十米,她满头大汗,觉得自己要死了……然而,当她一步步跑到冲刺阶段,当她听不见广播里在播些什么,当她前面还是只有两个熟悉的背影时——她感觉自己又活过来了。

她的步子变大,超过了第四名,成为第四。

腿已经打战,但她继续加速,超过第三名,成为第三。

"哇哦!"王颖难以置信,眼看着赵晓青像上紧了发条直直往前冲,"晓青!"

场地周围发出陌生而热情的欢呼,越过终点线的那刻,赵晓青知道自己做到了。

班里同学冲上前来,第一次真心实意地给她鼓掌,给她递水递纸递饮料。

"你太棒了!"王颖激动无比,"你肯定能进前五,你比第一组她们都要快!"

赵晓青的嗓子里满是血腥味,她很想坐下,很想喝水,但她只是握着冰凉的瓶身,没有打开。她低头继续往前走,然后折返,确定完成绩再慢慢走回八班的场地。

"英雄请坐。"陈琦不知什么时候从主席台上下来,给赵晓青搬了张凳子。

赵晓青不理他,环顾四周,看见何盼坐在树荫里休息。

她走过去,陈琦便跟着她,在她伸手之前,先一步把凳子放下:"英雄请坐。"

"你叫谁英雄?"

陈琦不答,只乐呵呵地看着她。赵晓青不习惯他突然的示好,但伸手不打笑脸人,也就顺势坐下。

何盼看着他俩的动作,有些奇怪。她在班里的存在感很低,和赵晓青也生分,不知道赵晓青坐到自己旁边是什么意思。

赵晓青同样默了会儿才开口:"这段时间太累了,对吧?"

"……嗯。"

"幸亏中考只考800米,我们今天能跑完就是胜利。"

何盼说:"但我停下来走了。"

"这有什么,总比临阵脱逃好,"赵晓青笑了笑,"说明平时没白练。"

何盼低着头,声音很轻地说了句"我没练过",直接走了。

赵晓青怔住,不知自己哪句话说错了。

旁边的陈琦听得直摇头,坐到何盼刚才坐的地方:"想跟人套近乎,先问问你自己会不会。"

赵晓青懊恼:"你又偷听。"

"是你嗓门大。"陈琦把手里的水放到凳脚边,"你报名的时候没理她,天天练也没拉上她,现在跑完了,她倒数你第五,你还巴巴过来没话找话,就不怕让人觉得你在显摆?"

赵晓青发现自己真不爱和他聊天:"你的思想境界可真低。"

"那你有多高?"陈琦看她,"拿到名次开心成这样,被人围住表扬几句,就以为自己还挺受欢迎,是吧?"

赵晓青被他戳中心思:"就你聪明,你是扫把星投生,扫兴第一名。"

陈琦笑,看她依旧发红的脸:"要不要喝饮料?我去买。"

"不要。"赵晓青拧开手里的水,忘了刚才是谁递给她的。瓶身都是液化的水珠,里面却不怎么冰了。她一口气喝了半瓶,喉咙里那股混浊的血腥味缓解了不少。

王颖她们已经去检录处等男子组开赛,何盼和她同桌在另一棵树下说话。太阳大刺刺地晒着,赵晓青打量周围,班里的空座比人还多。

她哪儿也不想去,把腿伸直,看着操场上三三两两的同学,忽然有点羡慕他们。

身边的人也安静下来,赵晓青想,陈琦说话和不说话是两副样子,笑和不笑也是两副样子。

她问他:"你怎么不参加比赛?"

陈琦坦白:"多累啊。"

"是怕累还是怕比不过?"

"你以为谁都跟你一样天不怕地不怕。"陈琦同样看着前方,"术业有专攻,体育特长,艺术特长,业余的跟专业的比什么,何况凡事要争第一,最后还争不过,这叫自找罪受。"

"……你又在影射谁?"

陈琦无辜地笑:"你别这么敏感行不行?"

"那你别这么消极行不行?"

"我哪儿消极了,这是我的人生态度。"他开始胡侃,"那句话怎么说的来着?'不以物喜,不以己悲',没有好坏没有喜悲,也是人生一大快活事。"

赵晓青皱眉看他:"你才几岁就开始谈人生?你不觉得它是特

别空泛的东西吗?"

"哪里空泛?"

赵晓青想,她要是解释肯定要被他说故意找碴儿,但她实在想反驳他的快活:"人生这两个字多抽象,什么都能往里装。你说不争无尤,我说不争无趣,只要活着,就很难做到真正的超脱。"

"举个例子。"

"用不着举,你刚说书里写了'不以物喜,不以己悲',可后面跟着的是'先天下之忧而忧,后天下之乐而乐',古代的大家有几个不求功名得过且过的,超脱只是一种选择,而且大部分是被动的,是不得已,是自我安慰,才不是你不思进取的借口。"

"哦,这么说我没有名人的才气,就连他们的自我安慰都不能有?你也太苛刻了。"陈琦觉得她发表长篇大论的样子跟胡莉上语文课的样子像极了,但胡莉讲多了让他昏昏欲睡,她讲多了咄咄逼人,"赵晓青,你要允许我上进,也要允许我不上进,谁都有自己的活法。"

"你少偷换概念,我没规定你的活法,我只是在跟你讨论。如果讨论必须有对错,那就失去了讨论本身的意义。"赵晓青语气认真,"我也没说我们非得变成名人,我们读书,留在书里的人和知识不过沧海一粟,而就连这一粟也复杂得不像话。"

陈琦看着她的侧脸:"所以呢?"

"所以这些复杂让我们看到了无名和有名的差距,也给我们提供了参照——哦,原来名人也吃过这样的苦,原来谁都不是一帆风顺。前人和后人走的路可能是同一条,相似的心境前人描述过,后人可能也绕不开,这就表明其实我们并不孤独。"

"怎么,你很怕孤独?"

"我才不怕。"赵晓青对上他的眼神,"往往是越怕孤独的人越不会让自己孤独。"

陈琦用她的话反问道:"你又在影射谁?"

赵晓青失笑:"你别这么敏感行不行?"

陈琦陪她一起笑了,这人横竖是一点亏都吃不得:"你说了这么多,渴了就喝口水。"

赵晓青变脸:"你看你又这样,我跟你说正经的你就不乐意听。"

"我没不乐意,就是你上课上累了,我好心让你歇会儿。"

赵晓青愤愤:"算了,你插科打诨,我跟你鸡同鸭讲。"

"喂。"

赵晓青不理他,仰头把瓶子里的水喝尽。

微风不知从哪儿溜过来,拂动赵晓青鬓角的碎发。阳光灼热,陈琦的视线从她微微上翘的睫毛移到她手中的瓶子,看见透明的矿泉水在闪闪发光。

他学着她的样子,喝完水后把瓶身捏成一小团,然后盖紧。

他朝她伸手:"给我。"

赵晓青警惕:"干吗?"

陈琦起身,从她手里抽出瓶子,像投篮般故意踮脚,然后左右手各一个,把"瘦身"后的塑料瓶双双扔进垃圾桶。

"可以啊陈琦。"不远处,何盼的同桌给他叫好。

陈琦冲对方嘚瑟地点头,然后跟赵晓青说:"走了,找地方睡会儿。"

德智体全面发展的三好学生毕竟是少数,陈琦有自知之明,他对体育的热爱连装都装不出来。

运动会结束了。

闭幕式上,领导宣布八班总分第六。这是八班三年来第一次排名中上,姚章龙和同学们一样高兴。

王思齐和其他班的代表一起上台领奖,下来后意气飞扬,打算请叶玉玲和几个好友去镇上撮一顿。可惜回到班里,大家都等着下午放假和假期的作业,响应的人很少。他不死心地去闹陈琦,陈琦说:"我今天值日。"

"找人替你。"

"算了,值完日我还有事。"

王思齐只能不了了之。

到了最后一节自习,语文、数学和英语老师相继布置完作业,姚章龙一进来就听见大家在哀号。

"初三了各位,醒醒,在家和在学校得一样。"他满脸笑容,下手却毫不留情,五张试卷连本带利,把这几天的"放松债"都讨了去。

哀怨归哀怨,下课铃响,同学们还是归心似箭地冲出了教室。

陈琦今天值日,被分配的任务是倒垃圾,他严格按照分工,扫把、拖把绝不沾手。等其他人风风火火地扫完拖完,他才放下手里的魔方,慢悠悠地走向垃圾角。

当他结束值日离校,校门前的空地已不再拥挤。路边的奔驰车足足停了半小时,眼见这位大爷不慌不忙地踱步而来,驾驶座上的人忍不住连按几声喇叭:"嘿!陈琦!这儿!"

陈琦看见车窗里的人,先是一愣,而后惊喜地跑过去:"你们怎么来了?"

"废话,哪个学校国庆不放假?"开车的还没出声,副驾上的男生先接话,"赶紧上车。天昊哥心情好,请我们吃饭。"

"哟,我今天走大运,怎么这么多人请客。"陈琦打开车门坐到后座,"但我得先去老街买几双手套。"

"行,先去老街再去吃东西。"驾驶座上的男人叫胡天昊,二十出头,脾气好得不得了。如果他不是开着上百万的车在路上跑,谁也不会想到这么个温和的人是当地纺织大户家的独生子。

陈琦等他开出去几百米，问副驾上的男生："雷立㶹，你们放学这么早？"

"没有，我请假了，自习有什么好上的。"雷立㶹把腿上的书包甩到后座。

他比陈琦小一岁，在市里上学。这次跟着胡天昊的车回来是因为外婆给他打了电话。他和胡天昊的外婆都在陈家村，也正因此，他俩和陈琦打小就认识。

雷立㶹身上的校服还没来得及换，问陈琦："今年稻子熟得早，你家开始割了吧？"

"开始了，所以我才买新手套。"陈琦往窗外看了眼，有个熟悉的身影快速闪过。

他扒着窗户："哎？"

"怎么了？"胡天昊轻点刹车。

"没什么，看见个同学。"

胡天昊好奇："男的女的？"

"女的。"

"嘿，你小子。"胡天昊笑着，"怎么着？我在前面掉头？"

"不用。"陈琦想，如果他没看错，坐在电瓶车后面满脸开心的人就是赵晓青，但那个骑车的男人是谁？是她爸爸吗？

如果是，她爸爸为什么赤着上身、留着络腮胡，还是个上了年纪的光头？

要是这样，那她和她爸爸长得一点也不像。

第二章 橘子与魔方

时隔数月,赵晓青再见到父亲竟有些恍惚。他胖了点,晒得更黑了,边打电话边从家里走出来时,正好和掏钥匙的她碰上。

看见女儿,赵斌的眉间顿时舒展。他把烟头扔到地上踩灭,然后挂断电话跟赵晓青说:"我正打算去学校接你。"

"不用接。"赵晓青笑着,看向院子里的电瓶车,"妈妈也在家?"

"晓青!"张萍在屋子里喊,"赶紧洗手,爸爸给你买了奶油蛋糕。"

"哦!"欣喜像蜂群般将赵晓青围住。她进屋,高兴地打开蛋糕盒子,赵斌却已经去院子里骑车。

"爸爸!"

"哎!我去买点菜。"

"我陪你去。"她不顾张萍阻拦,出门跳上车的后座。

电瓶车轻便,赵斌身材魁梧,把轮胎往下压了几寸,赵晓青未觉,兴奋地问:"爸爸你怎么回来了?怎么也不提前说?这次要待几天?是一直在家还是要去其他地方转转?"

赵斌被连串的问题问笑了："不急，爸爸陪你待久一点。"

父女俩去菜市场买了好多卤味。赵斌知道赵晓青爱吃鱼，又绕到水产那边买了条养殖鲫鱼来红烧。返程路上，赵晓青感到难言的幸运，是谁说努力不一定有回报？开学考顺利，运动会得奖，语文老师推荐她去参加县里组织的作文比赛，这些都可以让她跟父亲邀功，分享她的开心。

"爸爸。"

"嗯？"

赵晓青看到他后背的汗珠，伸出手给他抹掉："家里很热是不是？比你干活的地方还热是不是？"

"还好。我刚才搬了箱子，又把空调的滤网拆下来洗了，动来动去就出了汗。"

"哦。"赵晓青还是笑，想抱抱他却又不敢往前贴。

"爸爸。"

"嗯？"

她忽然不知该说什么，晚霞映红了整片天空，她的心里充盈着温暖的色彩。

永贤镇和陈家村之间连着一条笔直的大路。十几年前由村民集资的水泥路基，在一次次被大车碾压后，终于铺上了厚厚的沥青。

沥青大路被分成两段，靠近镇上的半段，路旁种满了银杏，靠近村里的另一半则种着高大的水杉。黑色轿车在晚霞渐隐的天色中疾驰，后座的陈琦吃饱喝足，打了个哈欠，旁边的雷立叕则闭着眼睛不理人。

胡天昊无语："我说你们两个初中生怎么一天天比我还累？在学校是没觉睡吗？"

"三岁一代沟，天昊哥，你比我们大几岁了，现在的初中可不是你以前的初中。"陈琦回嘴。

胡天昊的父母学历都不高,他自己的成绩也拿不出手:"所以一届比一届拼?拼死拼活都跟打仗似的。"

雷立彧说:"我爸妈上学那会儿更拼,想上高中的都得去自习室,连挑灯夜战的位置都要抢。"

雷立彧的爸妈都是陈家村人,也都是永贤初中的学生,当年的求学条件的确更简陋。雷立彧故作老成地说:"学校就是梯子,自己不主动爬肯定上不去。"

陈琦笑道:"你已经是年级第一了大哥。"

"唉,老当第一也没意思。"

"这话真欠揍。"胡天昊摆出哥哥的架子,"这都没意思,那什么有意思,打游戏?打球?你小子别是动了别的心思吧,要真这样,我绝对告诉你妈去。"

告诉我妈?雷立彧想,我爸妈自己都不以身作则。胡天昊见他不出声,说:"怎么,被我猜中了?"

"被你猜中的可不是我。"雷立彧转头看陈琦,语气不无调侃。

胡天昊疑惑,但从后视镜里看不见陈琦的表情。陈琦忍住回呛的冲动,转向窗外。

车子停在陈家村的篮球场上,陈琦和雷立彧各自拿好书包,跟胡天昊示意后拐向了不同的小路。

家里亮起了灯,但爷爷还没回来。陈琦听母亲一说,放下东西往地里跑。祖孙俩半路相逢,爷爷把挂在锄头上的水壶递给陈琦,他却把爷爷肩上的锄头一并拿了过来:"不是割稻吗,怎么又去锄草了?"

"都在那一片,我顺路把西瓜秧拔干净,再去番薯田里逛了逛。"爷爷笑,跟着他回到家,老伴和儿媳已经摆好饭菜。

晚上七点钟,陈琦他爸爸陈志强也骑着摩托进了院子。一家五口人,爷爷奶奶守着田地,爸爸在厂里当电工,妈妈在厂里织布,打工的收入是家里主要的经济来源。

陈琦给爷爷奶奶倒上冰啤酒,陈志强给老婆夹了只鸡腿:"明天我请半天假,把稻子割了再去上班。"

陈琦妈妈点头:"行,琦琦陪你一块。"

奶奶慈爱地摸摸陈琦的头:"我的乖孙一回来就要干活,还是待在学堂里舒服。"

陈琦笑:"待太久也不舒服。"

奶奶见他不动筷,才知他在镇上吃过了,可是她又怕他晚上饿:"长身体的时候不好不吃的,你爸年轻时可是一根梁柱都吃得下。"

陈琦调皮求证:"爸,您吃得下吗?"

"我吃得下就不会这么矮了。你有胃口就听奶奶的话。"陈志强一度担心儿子身高随他,好在从去年开始眼见陈琦跟竹笋出土玉米拔节似的"噌噌"往上长,"你在你们班里算不算高?"

"不算最高。"陈琦知道老爸的担心,配合地去电饭锅那儿盛了半碗饭,就着红烧鸡块吃了个精光。

赵斌在家里待到第三天,破天荒地请来了两位客人。

赵晓青的表叔们穿着高档T恤衫,第一次走进这间出租屋,先跟赵晓青打招呼。

赵晓青礼貌地叫人,给他们倒茶,然后在张萍的示意下回了房间。她先前就有猜想,父亲这次临时回来应该是要拜祭过世的姑婆,但眼下她有些拿捏不准,两位表叔"纡尊降贵"来到她家,难道代表他们更敬重她爸爸?还是说她爸为了表示歉意才做东,抑或——她忍不住往好的方向猜——爸爸想让他们帮忙找份本地的工作,以后就不再去外地了?

她越想越觉得有可能，然而满心欢喜在张萍叫她出去吃饭后悄然收束。餐桌上，表叔对父亲坚持在外的决定同样不解，还打趣他的光头和啤酒肚，说既凶相又富态，肯定是混得不错。

酒足饭饱后，赵斌和表叔们一起去公墓祭扫，屋子里剩下母女俩在收拾残局。

赵晓青问母亲："爸爸还是要走的，对吗？"

"他说等你放完假再买票。"张萍有些愧疚，"别怪爸爸。"

"我怎么会怪他呢？他在外面赚钱很辛苦。我只是不明白，那边的工资比家里高那么多吗？我们开销又不大，他到底要赚多少钱才算够？"

张萍回答不了她的问题，人的习惯难改，就像在家待久的男人不愿出远门，在外面漂久了的大概也不习惯新环境。但是，家为什么会是新环境？赵斌如果真觉得他待的地方更好，真为她们着想，为什么不直接带她们一起走呢？

赵晓青没从母亲这得到答案，等父亲折返，开门见山地问了同样的话。

赵斌在女儿面前总是显得慈爱有耐心："你听话，爸爸过年再回来。"

张萍也接话："明天我们去县里逛逛。"

作为妻子，她能感觉到赵斌的变化，他没再当甩手掌柜，做了些家务，没成天躺在床上睡觉，主动联系了亲戚，他还给了她比以往更多的钱，让她给自己和赵晓青都买一部新手机。

张萍开心，赵晓青却开心不起来，她十五岁了，不是五岁，他们不该在明知她诉求的情况下，还用转移话题这招来敷衍她。

她看着赵斌，赵斌却没有看她。那是他抗拒的姿态，大概是觉得她不懂事。

赵晓青没有再问，第二天也没有跟着他们去县里。她觉得父亲变了，变大方了，也变忙了，他时不时就有电话进来，总要和电话那头说完再和她说。

假期结束那天，赵斌送她去学校。进校门前，他承诺道："你好好上课，期末考试考好了，爸爸带你去岚城玩。"

"我不去。"赵晓青提出自己的要求，"要是我考好了，你带我去你打工的地方。"

赵斌没说话。

"爸爸！"

看着女儿坚定而期盼的眼神，赵斌难得妥协："……好。"

赵晓青微笑，上前抱住了他。

不远处，王思齐看着赵晓青抱着一个光头大叔，不禁好奇："哎，那不会是她爸爸吧？"

陈琦循着他视线看去，和几天前电瓶车上的那人很像，那就应该是了。

王思齐："我去问问。"

"别。"陈琦揪住王思齐的书包带。

"问问怎么了？"

陈琦也说不清怎么了，大概是因为他很少见到赵晓青笑，而如果他们出现在她面前……恐怕她的笑容就会消失不见。

因为得了父亲的允诺，赵晓青学习的动力更足了。第一名对她来说不是痴心妄想，但也非唾手可得，她不想把最后的结果寄托在所谓的运气上，所以给自己制订了更紧凑的学习计划。

年级规定六点半起床，七点半开始早自习，她决定再往前推半小时。为了避免影响别人，她给足自己心理暗示，闹钟只响一声，她便醒来关停，然后拿着脸盆牙杯梳子，去走廊尽头的公用水池洗漱。

晨跑从两圈改成三圈，早饭是固定的白粥加两个肉包，她像执行命令的机器不知疲倦,每天早上从食堂走到教学楼下,都能撞上刚来开楼梯门的大爷。

转眼一周结束,她放学后立马去理发店剪了个头。张萍晚上回家被她吓了一跳:"怎么剪这么短?老师又强制要求了?"

年级组之前也要求过女生全部剪短发,但正是爱美的年纪,心甘情愿听令的没几个,姚章龙又是年轻教师,比较尊重孩子们的想法,最后也就不了了之。赵晓青这次剪短头发,纯粹是嫌洗头吹头浪费时间。张萍听了不免无奈:"你呀,总是这么要强。"

赵晓青想,母亲最大的优点是要强,最大的缺点就是没有坚定地要强——年轻时明明从外省来这边谋求更好的生活,却愿意嫁给家境能力平平的男人;明明不怕吃苦努力赚钱,却不敢找些更有技术含量的工作;明明希望她上进努力学无止境,却又担心她学习太用力而过犹不及……

临睡前,赵晓青给离家的父亲打了个长途电话。赵斌体贴地安慰:"有想要的东西一定要跟爸爸说。"

"嗯,我想要的已经跟你说了,我想去你打工的地方。"

"……好吧。"

大人们经常会问小孩更喜欢爸爸还是妈妈,赵晓青以前总会说爸爸,因为爸爸每次回来都抱她哄她,给她买好多东西,让她觉得他很爱她。可是,她对父亲的爱是血缘加成,还是思念加成,还是除朝夕相处以外的自我想象加成?她不曾细想答案。

新的一周,王颖初见短发的赵晓青,微微张大嘴巴:"你受什么刺激了,干吗剪成这样?"

赵晓青摸头:"不好看吗?"

哪里是不好看,简直是有点丑。王颖托着腮帮子:"像个男的。"

像男的说明够短,不然剪成半长不短,节约的时间也有限。

徐伟杰转身："你是嫌洗头麻烦吗？"

"是的。"赵晓青感谢他的理解。

相比之下，王思齐就没这么善解人意了。他忍不住跑到赵晓青这儿嘲笑："你这什么审美，干脆学你老爸那样剃个光头算了。"

赵晓青翻书的动作顿住："你什么时候看见我爸了？"

"上礼拜，陈琦也看见了。你爸不是送你到校门口吗？"

"但凡你把注意力放在该放的事情上，也不至于只考这点分。"赵晓青浑然不知告别的那幕被他们瞧见，"还有，我剪短我的头发，不用你来多嘴。"

"你真是读书读傻掉了赵晓青，真正的学霸就算每天梳半小时头也还是学霸，你这么注重细枝末节，劲都没使对地方。"王思齐自觉有理，看到陈琦和叶玉玲正好从后面进来，"哎！过来看赵晓短，哦不，看'赵短青'。"

这话连王颖也听不下去："好了班长，你别老是找晓青麻烦。"

"我哪里找她麻烦，是她来污染我的眼睛……"话音未落，他的肩上被击了一拳，是赵晓青拿书捶他。

"嘿，你还跟我动手，我……"王思齐见状躲开，赵晓青却继续追打。

"你怎么这么粗鲁！母老虎！"他忍不住嘴贱，准备还手，谁知身前突然多了一道人影。于是，赵晓青的作业本不偏不倚地甩到了陈琦身上。

"有病吧你俩。"陈琦眼疾手快地捡起作业本，转向赵晓青，"他怎么你了？"

"你没听见他叫我什么吗？"

陈琦看了眼她的短发，把作业本往她桌上一扔，圈着王思齐的脖子离开。

王颖拉着赵晓青回座："班长干吗老是针对你呀，太没风度了。"

"别理他。"徐伟杰也劝。

赵晓青沉默,右手卷着作业本的页角。她不该动粗,不该理王思齐这个家伙,不该被他几句话一怼就恼羞成怒出洋相。

"晓青?"

"我没事。"赵晓青懒得理前面的骚动,恢复应有的平静。

赵晓青的厉害不仅在于成绩,还有性格,这是班里同学对她敬而远之的主要原因。王思齐原本还有顽劣心作祟,招猫逗狗似的凑到她面前,但被咬了一口发现她逗不熟,该认真还是认真,于是好几天没理她。

赵晓青对此求之不得,而为了不让烦恼丝白剪,她也不得不做到心无旁骛。王颖察觉她的变化,半开玩笑道:"你这么用功,我都不好意思赖床了。"

赵晓青一愣:"我早上起来吵到你了吗?"

"那倒没有,我醒来时你床上已经没人了。"王颖不仅羡慕赵晓青的脑子,还羡慕她的不会困和专心致志。当然,作为同桌,王颖还知道赵晓青其实只对王思齐那样的男生凶,对女生还是很客气,就像她每次心血来潮问赵晓青问题,晓青都不会拒绝,而且开头总是先垫一句"我是这样想的"。

语文和英语需要语感,数学和科学讲究步骤,但不管什么题目,解题思路很关键,徐伟杰这家伙问赵晓青的次数比她还少,但每次问都会卡住:"为什么我这么写就不对呢?"赵晓青会告诉他一开始就错了:易溶于水的气体不能用排水法,浮力的计算怎么连液体密度都会看花眼,还有,阻值不同的电阻串联在电路中时电流相同,把条件值代到公式里不就可以了吗?

徐伟杰最爱问的是科学,没一个问题超过一分钟,时间短到赵晓青以为他在捉弄她:"你细心点好不好?这些都是基础题,你不能被它们一遍遍绊倒。"

"哦。"徐伟杰老老实实地应声,腼腆得让赵晓青不忍和他说重话。

重复的日子就像正方形的纸张,有边有角,有规有矩,有人把它当试卷,有人把它当草稿纸,有人把它折成千纸鹤。

不知是谁买了第一本课外杂志,不到两周,《读者》《意林》《格言》《萌芽》《漫客》《故事会》,这些被老师弹性没收过的刊物卷土重来。初三的课表越紧张,忙里偷闲的乐趣就越丰沛,渐渐地,有人把手机带进教室,看小说打游戏,行动像做贼,胆子比天大。

有次王颖在自习课上看杂志,被值班的胡莉抓到,王颖狡辩说在搜集好词好句,胡莉睁一只眼闭一只眼也没收走。过后,王颖把杂志给赵晓青:"你看不看?"

"算了,这些我还没看完。"

王颖瞄了眼赵晓青的"这些",好吧,十几本《中学生天地》。

"你还真看?"

"花钱买的为什么不看。"赵晓青想,里面既有同龄人的佳作,又有各科名师的教学指导,扔到一边未免太浪费。

王颖懊恼:"你怎么总是和他们不一样?"

赵晓青疑惑:"他们?"

王颖朝前面努努嘴:"那一圈成绩好的都看课外书,还玩魔方,陈琦把他们都带起来了。"

"你也想玩?"

"想,但我不会。陈琦和叶玉玲最厉害,两个人还比赛谁先把魔方恢复原样,速度都很快。"

原来如此,难怪晚饭后的课间总有人围过去,还不时有叫好声。

"叶玉玲比陈琦厉害吗?"

"不相上下,叶玉玲应该是徒弟吧,但她那么聪明,超过师父也说不准。"王颖来了兴致,"今天下午应该还要比,加上王思齐他们,我得过去看看。"

赵晓青没应声,等到晚饭时间,她照例以最快速度吃完,早早回到教室。

陈琦坐在座位上摆弄魔方。

有这么好玩吗?竟然废寝忘食。

她经过时,看他桌上竟摆了五个魔方。

"你怎么……"

陈琦抬眼:"你吃得也太快了吧,别人吃饭你吞饭,小心肠胃报复你。"

赵晓青无语:"你买这么多是要开班授课吗?"

"行啊,一猜就中。"陈琦笑,"两元超市买的,老板给我优惠,十块钱六个。"

赵晓青简直觉得他脑子坏掉了:"你知不知道现在是初三了,还玩?"

陈琦仿佛没听见,嘴角的笑意吊儿郎当:"你这么紧张干什么?管东管西,以后要是当了老师得操心死。"

"陈琦!"

"少发火,多微笑;笑一笑,十年少。"他挑了个没被打乱的新魔方递给她,"你想不想玩?想玩我教你。"

晓青觉得他简直无可救药,瞪他一眼便转身走了。

王颖围观了一次五人大战,陈琦和叶玉玲的水平完虐其他人。

"太帅了,晓青。"王颖激动道,"你没看见,他们两个像在变魔术!"

有那么夸张吗?赵晓青不信:"电视里的高手都是蒙眼还原,比他们精彩。"

"你不懂,电视里的和亲眼看到的不一样,就像你看奥运会跟看校运会也不一样。"王颖说，"我想跟陈琦学。"

赵晓青："别。"

"为什么别？他免费教。"

"但时间不免费，你有这精力多做几道题。"

王颖无语："你真没意思，做题做得多就有好成绩吗？我又考不上高中，读读技校不用多少力气。"

"可技校也有好坏之分。"

"我要在乎好坏之分，就不会心甘情愿读技校了。"王颖看着赵晓青，"我就是个庸人，也不做梦能有多大出息，有门手艺出来工作，能养活自己就行了。"

赵晓青沉默了下，然后开口："人各有志。"

"对，就是人各有志。"王颖兴致不减，"要不你跟我一起去找陈琦？你比我聪明，他肯定愿意带你。"

赵晓青刚才义正词严地拒绝了陈琦的邀请，这会儿依旧觉得这是浪费时间，但她不想再扫王颖的兴："算了，你去学吧，学成归来再当我老师。"

"好说好说。"王颖展颜，跑去陈琦那儿聊了几句，然后擦着上课铃声回座。

叶玉玲见陈琦又收了王颖："你是打算因材施教吗？不管水平高低都来者不拒。"

陈琦口吻随意："玩玩而已。"

叶玉玲羡慕他的脑子，更佩服他的心态："马上就要期中考了。"

"干吗，你也跟赵晓青似的催我学习？"

"我催你干吗，你不学对我的好处更大，我只是想……"班里的动静小了很多，叶玉玲掏出草稿纸，在上面写完再挪到他那边，"再对下。"

陈琦头疼:"你可饶了我吧,再被赵晓青抓到我真就一命呜……"

"嘘!"叶玉玲示意他轻声。其实要不是和陈琦关系好,她也不敢来提这样过分的要求。可是上次期末她都对过答案了,还是没能进年级前十,实在心有不甘。

"赵晓青才没空来管我们。"她低头,和陈琦悄悄说,"还是只对数学,选择加填空,到时看考场位置吧,要是我们坐她后面就试试,要是坐她前面就算了。"

陈琦不答应:"其他人也长了眼睛。"

叶玉玲推他:"你怎么突然变得这么胆小?"

"我从来没胆大过,不要对我有误解。"陈琦好脾气地笑,笑得叶玉玲拿他没办法。

她把刚才的草稿纸揉成一小团:"那你上次怎么就答应了?"

"玩玩,没试过。"

这话让叶玉玲有些生气,原来给她困扰给她信心给她期待的计划对他而言只是玩玩。她用力地翻开作业本,转念又觉得这只是他拒绝配合她的借口——难道他就这么怕赵晓青举报吗?还是说他对成绩真的那么不在乎?要真是这样,那她的在乎岂不是显得斤斤计较,远不如他潇洒随性?

她转头,正要和他辩个明白,却见姚章龙就站在旁边。她的心猛地一跳,姚章龙已经将陈琦手里的魔方抽走。

"玩上瘾了是吧。"姚章龙沉着脸,"跟我出来。"

叶玉玲惊讶,眼看陈琦敛去笑意,起身跟上,姚章龙却似想起什么,忽然转头对着她:"你也出来。"

这让她第一次在同学们的注视下羞红了脸。

毫无预兆的抓包在班里掀起了一阵小小的骚动。赵晓青专心伏案,没注意姚章龙什么时候出现,等到两个座位空了,才从王颖这儿得知他们的去向。

　　活该。这是她的第一反应，太过招摇就该承担后果，陈琦是该被敲敲脑袋，但她并不认为姚章龙会对他们做出处罚，毕竟只是益智玩具，没严重到玩物丧志的地步。

　　果然，不出十分钟，两位主角就回到了班里。不知是谁笑着说了句苦命鸳鸯，立马被王思齐打了一下。

　　姚章龙紧随其后，老调重弹"三颗心"：专心、细心、恒心。

　　底下人只顾低头装傻，也不知听进去的有百分之几。

　　和叶玉玲持续的沉默相比，下课铃一响，陈琦就恢复了他的活泛。有好事者取笑他，有"徒弟"关心他，他都三言两语带过去，然后和他们站到走廊上吹风。

　　晚自习结束后，大家一窝蜂地下楼梯回宿舍，陈琦正被王思齐教训说少殃及班花，想起自己饭卡没带，便逆流回去。

　　才几分钟，班里已经空了。赵晓青习惯错峰，此时也起身背包。

　　陈琦去抽屉里拿了饭卡，走到墙边："好了没？好了我关灯。"

　　"好了。"

　　两个人分别带上前后两扇门。

　　赵晓青走得快，"噔噔噔"下楼梯，锁门的大爷手机外放，一首《好汉歌》翻来覆去唱了好多遍。

　　陈琦加速，跟在赵晓青后面，看着她的影子被路灯拉得又瘦又长。

　　不知怎的，他忽然觉得很没劲。每天都是这样，人是这些人，课是这些课，早出晚归，过不出一点新鲜的花头。他以前晚上睡不着，白天睡不醒，随手买了个魔方倒玩出点兴致，可是当他学会了复原，接下来就是提速。在经历了高强度的重复练习后，他终于得心应手，这才想到把这招教给其他人。

　　叶玉玲是班里最聪明的女生，这点毋庸置疑，但教她没有成就感，只能另选目标。他原以为徒弟多了能让无趣的日子变得有趣，可是再教也就这么回事，中考又不考魔方，不会玩的弃了，会玩的腻了，千变万化到最后还是毫无变化。

办公室里，姚章龙应该提前掌握了证据，说他的几句比说叶玉玲的要重得多。叶玉玲面子薄，保证说以后不玩了；他脸皮厚，故作乖巧地听了几句，出来想的是还有没有人敢到他这儿来学。

广播里的音乐接近尾声，陈琦看着赵晓青走进女生宿舍。

他抬头望向天空，云层遮住月亮，没有星星闪耀。

魔方都有六个面，他却只有一条路。

读书读书，读个什么书。

不出意外地，赵晓青期中考试考了全班第一。

学习如逆水行舟，不进则退。这是赵晓青小学毕业写在同学录上的座右铭。直到现在，她依旧相信努力就有回报，事实证明她是对的，这让她露出了轻松的笑容。

张萍收到成绩短信后十分高兴，用一顿芹菜水饺犒劳用功的女儿。赵晓青喜欢吃芹菜，因为那股特有的清香，确切地说，她喜欢所有带香气的东西，香菜、香菇、香瓜，还有院子里爷爷种的兰花和茉莉——尽管她很少近距离地凑到它们跟前，但只要它们开花，她一进院子，就无法忽视它们的存在。

晚上，张萍把好消息告诉了赵斌，赵斌却只说了句好就挂了。张萍日渐疲惫的脸上露出深切的困惑："忙成这样，到底是在搞什么名堂？"

"我来说。"赵晓青接过手机，重新拨过去，"爸爸。"

"哎。"赵斌对女儿永远客气。

赵晓青不无自得："这只是我的阶段性目标，你等着看吧，我期末肯定还会拿第一。"

赵斌笑："爸爸相信你。"

张萍的嘴角这才随着赵晓青的一起上扬。

和赵晓青的心想事成相比，陈琦这次掉到了班里第六，连年级前五十都没进。叶玉玲想不通他怎么会发挥失常："我就说要对答案吧，你考数学的时候是发昏了吗？"

"可能吧，幸好你没和我对。"陈琦数学从没考过115分以下，这次只有105分，除了他谁也不知道发生了什么。姚章龙和数学老师先后把他叫到办公室，也没问出究竟，当事人倒一点没放心上，礼拜一还带了两大袋橘子给班里人分。

"卷子做完了就好，对了错了那是后话，就像这院子里的树，刚种下去头几年光在长个子，长成了结果，也不是每年都多，每年都甜。"陈琦爷爷对孙子的期望是不聋不哑、不矮不傻，陈琦已经达到了他的期望，所以他不会再给陈琦额外的压力。

因此，陈琦并不担心退步难跟家里交差，担心的是爷爷又要让他去分享丰收的果实——陈家院子里果树很多，枇杷树、石榴树、李子树、桃树、橘子树，到了秋天，那几棵橘子树跟较劲似的，一棵比一棵能挂果。

陈琦不敢不听话，把橘子带到班里，按亲疏远近往外送。王颖作为他的"关门弟子"也拿到了两个。

"多谢师父，橘子很甜。"王颖很高兴。

"没吃就说甜，马屁拍得太假了。"陈琦笑着，见赵晓青从外面进来，好心问她，"要不要？"

"不要。"

"就知道你不要。"他把手里的橘子放在王颖桌上。

赵晓青这几天一直听王颖夸他聪明大方好相处，眼下随口一说："你还挺会收买人心。"

陈琦觉得这话有意思:"是吗?像你这种顽固的死脑筋,我怎么也收买不到。"

赵晓青横他一眼:"你说谁顽固?"

"你耳背听不清?人生的乐趣在于分享,赵晓青,你懂不懂分享和收买人心的区别?"

"我不需要懂,我跟你说过少跟我谈人生,何况人生的乐趣也不只是分享。"

"那你说是什么?"

"我为什么要告诉你?"

陈琦发现和她说话真是超了三句就要吵:"你老是这个脾气,大家都正正常常好言好语,就你一个专挑我毛病。"

"因为你毛病多,让人讨厌。"

"原来如此。"闻言,陈琦把剩下的橘子往王颖桌上一甩,气冲冲地走了。

陈琦和赵晓青同桌时,拌嘴比开玩笑多,争辩比交心多,有时吵得过火,别扭一节课,课后又斗志重燃动起嘴皮子。

都说距离产生美,但在封闭的环境里,近距离产生美比远距离更容易。陈琦以为自己和她很熟,就算交集少了,见到还是能搭几句话,但今天不知怎的,一声"讨厌"像箭矢般戳了他的心——原来他找她吵架是假的,她和他吵架是真的,原来他自以为她对他的特殊,其实只是特殊的讨厌。

陈琦面无表情地回到座位,哪怕前后左右都用好奇而戏谑的眼光看他,他也没露出贱兮兮的故作轻松的笑容。

另一边,王颖往前分完陈琦的橘子,再把空塑料袋扔进垃圾桶,回来把仅剩的一个橘子放在赵晓青桌上:"你干吗呀?陈琦好心好意,他每年都分,难道你去年没吃过?"

赵晓青吃过。陈琦去年坐她旁边,往她抽屉里塞了七八个,让她吃到上火。可是,她和王颖坐久了越来越亲近,和陈琦的关系自然不如之前那么好,那她怎么能白吃他的呢?

赵晓青沉默,念及自己刚才说的话的确刻薄了些,什么收买人心、让人讨厌,她和陈琦性格不合是一回事,但她再逞口舌之快也不该否定他乐于分享的初衷。

王颖剥开橘子,散发出清新的香气:"你真不要?"

赵晓青想了想,从抽屉里拿出两个巧克力面包。

陈琦正趴在桌子上睡觉,感觉手臂被捅了捅,以为是老师来了。他抬头,却见赵晓青在他的书堆上放了面包。

"干吗?"

赵晓青不知该说什么:"快过期了,我吃不完,浪费。"

她看了他一眼,移开,又看,嘴唇动了动到底没出声。

陈琦等她走了才抓过面包,包装纸上的生产日期很醒目。

旁边的叶玉玲看他倏然绽放的笑容:"给你点东西把你开心成这样?"

陈琦撕开面包,直接往嘴里送:"饿了。"

"我也饿了。"

陈琦便把另外一个给她。

叶玉玲没接:"甜不甜?"

"面包哪有不甜的。"

"那我不要了,这种面包里都是添加剂,容易发胖。"

"那我都吃了,我瘦。"

叶玉玲观察他的神色变化,饶有兴致地问:"哎,说老实话,你觉得我瘦还是赵晓青瘦?"

"你。"

"我聪明还是她聪明?"

"你。"

"那——是我好看还是她好看?"

陈琦没说话。

"你为什么不回答,这问题很难回答吗?"前桌的女生偷听至此,回过头来,"陈琦,你不要身在福中不知福,全班就你一个男的离班花最近。"

陈琦回嘴:"那你也不要身在福中不知福,全班就你离我最近,一回头就能被我帅晕。"

"呸,真不要脸。"前桌女生被他逗笑。

陈琦也笑,吃完面包去扔包装纸,看见徐伟杰正转到后面跟赵晓青说话。他和徐伟杰不熟,觉得徐伟杰闷闷的、憨憨的,学习勤奋,但脑子不够用,未免有点可惜。

赵晓青在给他讲题,徐伟杰却忽然抬头,和陈琦视线碰上。

然后,徐伟杰假装没看见似的,伸手拿过赵晓青桌上的橘子:"这能给我吗?"

赵晓青奇怪:"王颖刚才没分给你?"

"我想再要一个。"

"行,你拿去吧。"

徐伟杰把它放到了自己桌上,再回头凑近,继续听讲。

陈琦看见他们两个的脑袋越贴越近,不由得皱了皱眉。

张萍知道赵晓青课业紧张,怕她在学校吃不好,变着法地给她补充营养。鸡汤猪蹄鸡蛋羹,芹菜木耳胡萝卜,荤素多样,做法不一,简单的食材有不简单的滋味,是她从饭店厨师那儿请教来的手艺。

赵晓青不想母亲过于劳累,张萍却乐在其中。她让赵晓青不要给自己太大压力:"就算你考不好,你爸也会带你去。"

"不对,考得好不好关键在我,只有我说到做到才能要求他说到做到。"赵晓青自信满满,"妈妈,您可别小看我。"

"我怎么会小看你,你这么厉害,班里人是不是也都高看你?"

赵晓青摇头:"我只是成绩好,被人高看不是成绩好就够的,而且比我厉害的人有很多,他们很受欢迎。"

"是吗?"

"嗯,我们班有个男生,数学特别厉害,人缘也好,排名靠前的几个女生也都很优秀。"赵晓青明白就算不跟其他班的同学比,自己班里的劲敌也让她不能掉以轻心,"我以前不相信女生比男生早熟,这学期信了,女生勤奋努力,男生却大多活在云里雾里。"

"但你不能否认他们后劲足,女生长大了容易被分心,男生晚熟,发狠起来不是女生能比的。"

赵晓青不服:"你这是偏见,我们学校考上一中的,每年都是女生比男生多。"

张萍笑,自己就这么一个女儿,绝对不能让她像有些女孩子一样因为家里的琐事分心。自己给不了她优渥的物质生活,但要给她照拂和陪伴,给她宽慰和支撑:"晓青,凡事过犹不及,越想得到的反而越得不到。你平时保持紧张,多记多练,真到了期末考或是中考,反而要学会泄劲放松,正常发挥就是超常发挥,知道吗?"

"知道。"赵晓青收下叮嘱。她做不到母亲的温柔,却受用母亲的温柔。母亲对她没有畸形的控制,只有尊重的表达,这让她在枯燥的学习和生活中找到了支点。

转眼半个学期过去,做完的卷子越垒越高,用来修改的透明胶带也被卷成实心的小球。初三迎来期末,印着五校联考的卷子准时分发。考场外冬雨淅沥,考场内笔声簌簌。有些女生的手上长了冻疮,戴着手套也不见好,赵晓青幸运,不用遭受又痒又疼的折磨,写出来的字还是端正小楷,赏心悦目。

尽管姚章龙屡次强调不要对答案,但每当一门科目考完,回班的同学都会进行一波动静不小的信息交换。

赵晓青不主动打听,但避免不了声音往耳朵里钻。

好吧,数学最后一道选择和最后一道填空似乎又错了。她深深叹气,很想把那几张讨论最欢的嘴巴堵上,但想了想还是没去露出狰狞的面目,以免影响他们和自己考下一场的心情。

等到最后一门历史与社会考完,大家对答案的热情转换成了对寒假的热情,没到中午十二点,已经有人主动去办公室刺探军情。

到底是胡莉经验丰富,最先进教室布置作业:"好好过年。寒假本加五篇作文,其他没有。"

班里响起一阵欢呼。

数学老师紧随其后:"十五张卷子,不准抄答案。"

英语老师给的分量和数学老师相当,全部的希望压在了姚章龙身上。姚章龙沉得住气,先把寒假注意事项过了一遍,再提醒三天后的家长会,最后只甩了十张试卷,把后面几排男生感动得稀里哗啦:"龙哥,我们爱你!"

"等开完家长会,你爸不打你再来爱我。"姚章龙笑着离开,徒留班里一片沸腾,大家都急不可耐地收拾东西。

陈琦和王思齐一起去了宿舍拿行李。王思齐住镇上,走个十来分钟就到了。出了校门,他正想说帮着陈琦把棉被等重物送去公交站,却听陈琦惊喜道:"我爸来了。"

王思齐随他看去,陈琦他爸戴着安全帽,坐在摩托车上,正朝他们示意。

陈琦和王思齐道别,跑得飞快:"爸!"

陈志强下车,帮他把被子绑到车后:"爷爷把地里的菜拿到镇上卖,刚卖完,我送了他回家才来接你。"

"您今天休息啊?"

"休半天。"陈志强问,"饿不饿?路上给你买个饼吃。"

"饿死了,我要吃面。"

摩托车驶过路口时,陈琦目光一扫,看见赵晓青抱着一大床被子走得很费劲。

"哎。"他下意识地叫了声,赵晓青抬头也看见了他。然而不等他开口,摩托车尾喷出一股尾气,把赵晓青远远甩在了后面。

陈志强问:"这次感觉考得怎么样?"

"一般。"

"班里前十总能进吧。"

"能。"陈琦心不在焉,再往后看,赵晓青的身影已被淹没在人群里。

五分钟后,父子俩在面馆落座,赵晓青也已经抄了近路到家。她的心情很轻松,因为上个礼拜父亲就打电话说要提前回来,要是她猜得准,不早不晚就是今天。

果然,她一进院子,就见母亲的电瓶车停在墙边。

"妈妈!"她心里一喜,像只笨拙而欢快的蝴蝶往屋里飞,谁知还在门边就看见母亲脸色煞白地站着,而坐在一旁的父亲好像又胖了些,见她进来先灭了烟,再朝她露出艰难而心虚的笑容。

不知怎的,赵晓青心里涌起不祥的预感:"爸爸。"

"我和你妈……"

赵斌一句话没说完,张萍忽然身子颤抖,捂住嘴巴呜咽出声。

赵斌在赵晓青九岁时外出打工,只有逢年过节才会回来。赵晓青不懂事时会问张萍:"妈妈,我是留守儿童吗?"张萍告诉她不是,赵晓青又问:"那我们是单亲家庭吗?"张萍说当然也不是,她和赵斌是异地,不是离婚,暂时的分别是为了更长久的团聚,他们是辛苦但完整的三口之家。

尽管赵晓青并不理解父亲离家的苦衷,但她相信母亲说的,父亲离家有他的道理。也因为相信,她在儿时记忆的基础上不自觉美化父亲的形象——他高大、魁梧、不怒自威,但又朴实、勤奋、心肠柔软。这得益于张萍从未说过赵斌的坏话,得益于她总是温柔深情地目送赵斌的离去,又高兴而满足地迎接他的归来。因此,赵晓青预设了母亲的高兴和满足,却不得不面对母亲突然的崩溃和哭泣,这让她的大脑短暂地停滞。

她放下行李,紧张地走到张萍面前:"妈妈,您怎么了?"

张萍的泪水再次滚落。

"晓青……"赵斌过来,"你先回房。"

赵晓青不动,赵斌握住了张萍的手臂。

张萍被逐渐加重的力道唤回了理智,她擦掉眼泪:"晓青,听话,你先回……"

"我不听,我也不回,"赵晓青的视线落在张萍的手臂上,"爸爸,您不要捏妈妈。"

张萍张了张嘴,在女儿直白的提醒中,一股愤怒油然而生。她挣脱了赵斌的掣肘:"晓青,你爸把我们家的房子弄没了……"

"张萍!"

张萍话音一顿,胸前因激动而微微起伏。

"我不是小孩了,爸爸,我也是家里的一分子,有什么事不能让我知道?"赵晓青猜到父亲在外面犯了错,但不知错得多严重才会让母亲这样伤心。

"你爸被人骗去做生意,三十万被骗了个精光。"张萍没有意识到赵晓青的出现给了她刺激,也给了她勇气,"我们没有家了,晓青,妈妈想等你上高中就去县里买房,可是爸爸糊涂,妈妈也糊涂……妈妈给不了你一个像样的家……"

赵晓青看着母亲的泪花，意外地，她的情绪没有剧烈地起伏。原来家里的存款有三十万，原来三十万可以在县城买房子？

她皱眉，握住张萍的手，转身问赵斌："爸爸，您不是在厂里打工吗？被骗去做什么生意？"

赵斌犹豫着，脸色难看："……实木家具，前手倒后手赚差价。"

"和你做生意的人你不认识吗？"

"认识。"

"那你报警了吗？"

"……报了。"赵斌摸摸鼻子，"一出事就报了，可是钱付给供货商，供货商没了消息，警察要找也没那么快。"

"我跟你说了天上不会掉馅饼，跟你说了不生不熟的人不能交心，你跟我保证过的，跟我保证了一笔有两三万好赚我才把钱给你！我为什么要把钱给你！"张萍失望而凄厉地哭着，"赵斌，全没了，半辈子的心血全没了！"

赵斌在妻子的控诉中颓然低头。赵晓青看着母亲紧握的拳头，看着父亲棉衣上积攒的脏污，再看向桌旁的两个大行李箱，那是父亲从千里之外带回来的，一路的辛酸与忧愁，一路的迟疑和无措，直到现在也没被彻底打开。

赵晓青开始难过，为他们这个辛苦而完整的家庭，但她只有难过，没有眼泪。或许是因为她没赚到钱，或许是她突然意识到她的成绩只能锦上添花而解决不了现实的烦恼，或许她第一次遭遇母亲的受挫，连带着所有的欣喜和期待都无影无踪。

她拥紧了母亲，希望能借此给母亲一点力量，而与此同时，她对父亲的敬重和感恩成了被戳破的肥皂泡——贪婪和愚蠢是不可饶恕的。赵晓青想，母亲对父亲的宽容更像是一种包庇。

她讨厌这种包庇。

张萍还没从打击中缓过神，午饭是赵斌做的。白水煮挂面，卧了三个鸡蛋全碎了，赵晓青刻薄地想，像猪食。她阻止父亲给她碗里盛满，给母亲和她的两份放了点猪油和酱油。

赵斌被她的举动刺了一下。他以为这次回来最大的难关是面对张萍，但女儿似乎冷静得反常。

"晓青。"他握着筷子，"要不我出去买点卤味？"

"不用，就这样吃吧。"赵晓青说，"爸爸，您过来，告诉我们详细的经过。"

赵斌踟蹰，端着面碗过去。

"现在不是以前，除非他凭空消失，否则找个骗子没那么难。"赵晓青安慰母亲，"妈妈，您要振作，爸爸已经报案，但等待是很考验人的事，您不能把自己急坏。最差的结果无非钱一分都要不回来，但往好的方面想，幸亏我们家没有欠债。"

说到这儿，晓青顿了下："你们有没有其他事情瞒着我？我们有欠别人钱吗？"

张萍看了眼赵斌，赵斌想否认，但没法否认。和孩子缺少交流的好处在于可以扮演孩子心目中的形象，坏处在于形象一旦变差，很难动用日常相处的感情来补救。

这时候，张萍缓缓开口："你爸出去打工的第一年，问你姑婆要过五千块。你姑婆心疼你爸没爹没娘，答应了下来，这么久了我们也没想着还给她。"

赵晓青挑面的动作顿住，想起姑婆的葬礼，想起两位表叔的态度……

"那爸爸上次请他们吃饭，也没提起还钱吗？"

张萍叹气："你姑婆应该不会和你表叔说，而且你表叔那么有钱，五千块根本不算什么，你爸上次找他们……"

"张萍！"赵斌喝止。

"找他们借钱是不是？"赵晓青一猜就中。

"但他们没借。"张萍再次叹气，"当老板的人说话三分真七分假，我当时还以为他们是嫉妒你爸找了个好门路，现在想想他们早就看出名堂，不讲亲戚情分就等着我们当傻子。也怪我耳根子软，听你爸一说有钱赚就生了贼胆……"

听到这儿，赵晓青觉得母亲的想法过于简单，姑婆把父亲当亲生子，父亲却没把姑婆当母亲。不参加姑婆的葬礼也就算了，请客吃饭也是无利不起早。这样想来，难怪父亲上次会突然回家，难怪那几天会有那么多电话，难怪会买东买西出手大方，原是吃到了诱饵上了钩，大概也正因此，母亲交出了三十万的血汗钱，殊不知背后有好几双眼睛在直勾勾地盯着他们，就等着他们掉进挖好的坑。

赵晓青倒抽一口凉气，当局者迷，旁观者清，事后再看当时欣喜无知的自己是多么可笑。然而不知为何，她隐隐觉得哪里不对，父亲工作这么多年，哪儿来的经商决心？那人是怎么认识的？谁介绍认识的？钱是怎么给的？合同在哪儿？其他受害人在哪儿？转账记录还在不在？有没有作为证据交给警察？

她想问个究竟，但赵斌沉默地吃完了面，把碗筷往水池里一扔便进了房间。

张萍满脸怔忡，一成不变的生活彻底磨掉了她抵御风险的能力。

"等你爸休息好了再说。"张萍鼓起勇气，"实在不行，我陪他去报案的地方，就算跪下也要让警察帮忙追回钱。"

赵晓青再不说话，把无味的挂面吃了个精光。

期末成绩的短信发到了张萍的手机上，总分全班第一，年级第八，是赵晓青考得最好的一次。

张萍短暂地兴奋了一阵，而后继续陷入失财的苦闷。提及家长会，她连去的力气都没有，只让赵斌陪着。

这天上午，赵斌穿着干净的棉衣，跟着赵晓青走进初三（8）班的教室。

教室里的家长并不多，基本都在附近的厂里上班。虽然快过年了，但厂里没放假，耽误工夫就是耽误挣钱，有些家长因为没空不来，有些是因为孩子成绩差不来。

赵斌是第一次见姚章龙。姚章龙年轻、英俊，缺乏经验，在家长面前反倒不如在学生面前自在。

王思齐和其他两个同学被姚章龙叫来帮忙。他们去开水间打了水送进教室，再出来和走廊上的同学聊天。

叶玉玲不在，王思齐抓住一个熟悉的身影："第一名，龙哥在班里表扬你呢，估计等会儿胡老师还要表扬你，作文比赛一等奖，我们学校就你一个。"

他难得说好话，赵晓青却看都不看他。

"你怎么没反应啊？"

"不想理你。"

"喊，还摆架子。"他转去和其他人说话。

赵晓青嫌吵，自己一个人下了楼梯。

赵晓青双手插兜，沿着校园大路一直往前，在操场的入口处停住。

今天阳光很好，金灿灿暖洋洋，像榨出来的橘子汁。她抬头，被光线晃了眼，下意识地用手去挡，掌心却被人拍了下。

"干吗呢？"熟悉的声音在耳边响起。

"你怎么在这儿？"

"我为什么不能在这儿？"陈琦在单杠那儿等他爸开完会带他去买年货，远远瞧见她，跟她挥手示意她却像瞎了似的。

赵晓青说："王思齐在上面。"

"我知道,他有任务在身,我是'自由民'。"陈琦打量她,"怎么感觉你不太开心?"

"是不开心,所以你最好别惹我。"

"不是吧大姐,非要全校第一才开心?干吗这么逼自己?"

赵晓青不说话,盯着操场的铁网门。

"喂,"陈琦凑近,"听得到我说话吗?"

赵晓青问:"你说我能打开这扇门吗?"

"你要当锁匠还是小偷,难不成要越狱?可越狱是从里往外跑。"

赵晓青看着门上的网格,里面的操场被切割成一个个整齐的方块:"所以我打不开,我也跑不掉。"

陈琦脸上的笑容隐去:"赵晓青,大早上的你别吓我,说话莫名其妙的。"

"好吧,那我不说了。"赵晓青伸手,指尖触碰到冰冷的铁网。

尽管她不愿承认,但迟到的疼痛还是袭击了她。

第三章 谁是真的勇士

赵晓青的沉默堵住了陈琦的话口，他没再主动发问，一步三回头地回到了单杠那儿。

他灵活地跳起，握住横杠做了几个引体向上，再转去双杠，时而用手臂支撑身体来回走，时而分腿坐着快速移动，到最后，他双脚抵一根，屁股坐一根，在并不雅观的姿势中获得了舒适的平衡。

从他这个位置看去，往右直对初三教学楼的楼梯口，往左则是空无一人的操场，哦不，不是空无一人，赵晓青依旧像个雕塑似的站在那儿。

陈琦早就觉得赵晓青是个异类，在他们这个连做眼保健操和午睡都要被老师监督的年纪，她却死板听话到了令人发指的地步。她不像是十几岁，倒像几十岁，陈琦一度反感她的拼命，她理智成熟，而他幼稚懒惰，他唯一比她强的，大概是他有这个年纪专属的，没心没肺的快乐。

陈琦无法确定赵晓青刚才的不快乐是自找的还是别人给她的，按理说她并不在乎班里同学的看法，何况现在放假，也没人会惹到她。那是她因校外的朋友受了气,还是她家里出了什么事?

过了会儿,教学楼里下来了一群其他班的同学,有人跟陈琦打招呼,陈琦笑着朝他们示意,几个男生便也来玩双杠。

陈琦跳下,看向左边,赵晓青已经沿着操场旁边的小路越走越远。

冬天的太阳温柔慷慨,但建筑和树冠投下的阴影也足以笼罩住一个十五岁的女孩。赵晓青看着路边的樟树,它们好像永远在掉叶子,好像永远都掉不光,可是,她的小家连一棵树的顽强也比不过,她家里的冬天比风雪更早一步地到来了。昨天她整晚失眠,直到现在也想不出自己能做什么,她的冷静是假的,对母亲的劝慰也是假的,她迟钝而深切地意识到三十万对她家意味着什么:省吃俭用的日子还要继续,母亲的压力和懊悔还要加重,这不是靠报警就能解决的问题。

身后响起脚步声时,她的心情也像被踩了一脚:"你还跟过来干什么……"

她倏然收音,眼前的不是陈琦,是徐伟杰。

"我……只是想说声恭喜。"徐伟杰这次考得不好,也不愿候在教室门口,下来转转便看见了她。

赵晓青无法对他疾言厉色:"没什么好恭喜的,成绩出来就说明已经过去了。"

"……哦。"

"你怎么样?"

"排名掉下来很多,你怎么教我都没用。"

赵晓青没有安慰人的本事,只说:"还有机会。"

"希望吧。"徐伟杰习惯了她的淡淡,没有察觉她的反常,只陪着她慢慢走。想象不出自己和她除了学习还能聊什么,事实证明也的确如此。

不远处，追过来的陈琦停在了路的尽头。他看着他们从小路走到了水泥空地，从成片的阴影走到灿烂的阳光下。

徐伟杰侧头转向赵晓青，不知说了句什么，露出了紧张的笑容。

家长会结束了，赵晓青回到班里接父亲。

赵斌摸摸女儿的头："这学期辛苦了。"

赵晓青偏头躲开。她觉得自己很冷漠，那个抱着父亲跟他要奖励的赵晓青不见了，铁面无私、锱铢必较的赵晓青又出现了。

她等了两秒没等到父亲说走吧，再抬头，只见父亲看着班级门口，姚章龙正和一个穿着粉色大衣的女人说话。

"实在抱歉，姚老师，我们下次肯定不会迟到，谢谢你对玉玲的照顾，我们一定会督促她认真学习。"

"玉玲很懂事，也很聪明，只要继续保持，明年肯定会有好结果。"姚章龙略显局促地笑着。

旁边的叶玉玲很开心，扯扯母亲的手说："妈妈，别耽误老师的时间了，我们走吧。"

"好。"女人莞尔，踩着高跟鞋离去，背影窈窕优雅。

赵斌一时看痴，直到赵晓青皱眉："爸爸。"

"你同学的妈妈这么年轻？"

"有钱就会年轻。"

赵斌被她一戳，正要辩解，赵晓青却走进班里，看到黑板报旁边贴着的排名表。叶玉玲这次全班第二，总分和她只差了三分，陈琦落到第四，但数学和科学都是满分。

"你小子可以啊。"陈志强下了楼梯，看见不远处的儿子，笑着走过去给了他一下子，"这聪明劲像你妈，绝对像你妈。"

陈琦捂着头："我上回期末考第一也没听你夸我。"

"上回你妈和爷爷奶奶都高兴得跳起来了，我就没凑热闹，省得你骄傲，这回是鼓励你。说吧，想买什么？"

"别买了，我什么都不缺。"

"怎么能不买，爸妈给奖励是天经地义的。"叶玉玲的妈妈正好经过，友善搭腔，"要不是过完年就要补课，我还打算带玲玲出去旅游放松呢。陈琦爸爸，孩子懂事大人可不能不懂事，光是口头鼓励可不够。"

"你说得对。"陈志强在班里就和叶玉玲的妈妈聊上了，此时再见也不生分，"你真是厉害，把女儿教得这样好。"

"哪里，玲玲说陈琦经常帮她。"

叶玉玲礼貌地叫了声"叔叔"，陈志强笑得褶子都挤了出来。

气氛正好，两家人愉快地道别。陈琦抓到父亲略带不舍的眼神："陈志强，你在看什么？"

陈志强不好意思地笑："她妈妈穿得真漂亮。"

"吼，你完蛋了，"陈琦站到他面前，挡住他的视线，"你个色鬼，我告诉老妈去。"

"你去告去告。"陈志强扭过他的头，心里生出难言的愧疚。陈琦他妈嫁给他这么多年，除了定亲的三金，其他什么首饰也没给她送过。别人家的老婆穿金戴银，想旅游就旅游，他却连出个岚城都找不到北。

父子俩出了校门，骑着摩托去街上买年货。新灯笼新对联新的灶王爷画像，老人最图吉利，瓜子花生芝麻片，零嘴和甜食的生意也最红火。两人逛了一圈，回到家把东西卸了，陈志强又匆匆跑去上班，直到入了夜，一家五口又在餐桌聚齐。陈琦这个"烧包"想起白天的事，故意跟妈妈告状："我爸看我同学妈妈看得眼睛都直了。"

"是吗？"陈琦妈妈拧了老公一把，"真讨打！电视里的还不够你看！"

对面的老两口憋笑。过后，陈志强自觉地收拾碗筷。洗到一半，陈琦妈妈过来检查，一碰池子里的水就骂："要死了你，热水不是给你烧了吗？这么冰冷生了冻疮怎么办？"

"我又不是你，生不了。"陈志强吹着口哨，"你们厂里几号放假？"

"大后天。"

陈志强："我们也是。那大后天我陪你去买衣服，新街那边开了家店，好像是什么专卖店，牌子没听过，但看装修挺高档。"

"专卖店里的东西都贵，给琦琦买两身。"

"给他买也给你买，要是选不出来我们再去县里，今年必须给你买件好的大衣，管它几百几千，又不是买不起。"

"哎呀，干吗把钱花在穿的身上，几十块的棉袄也穿不破，家里要开销的地方还多哩。"陈琦妈妈拒绝，脸上却笑着。

厨房外，陈琦拿着个被老爸遗忘的菜盘听了好久，对着里面的腻歪翻白眼，嘴角却忍不住往上翘。

好你个陈志强！他在心里说，甜言蜜语一套一套的，我看你今年买不买。

张萍被赵斌的蠢事砸得头晕好几天，心中怨气不吐不快。不管是来料加工点还是饭店，只要有熟人的地方，她都把苦水大吐特吐，但招来的反馈除了同情再无其他。

赵斌知道后敢怒不敢言，蹲在家里也不露面。

这天一早，张萍问赵斌那边的警察有没有进展，赵斌一问三不知，于是两人大吵一架。

赵晓青听得心烦意乱："妈妈，您和爸爸要不要过去一趟？"

"我肯定要过去。"张萍下了决心，催着赵斌订火车票，又跟赵晓青交代,"到时给你买部手机,有事就打给我。"

赵晓青这次没反对,也不去县里,直接去镇上的店买了一部最便宜的智能机。

张萍回家后追问赵斌车票买了没有,赵斌支吾,只说县里火车少:"我去汽车站看看,能不能坐到市里再转火车。"

"爸爸,"赵晓青在他出门前问他要手机,"我加下您的微信。"

"回来再加。"

"我不,我要自己研究。"

"你这孩子。"赵斌难得听她主动和自己搭话,只好同意。

"密码。"

赵斌拿回手机,开了密码再递给她。

赵晓青这几天很想把事情问个明白,但母亲上班,父亲和她独自在家,她竟然不敢主动提及,甚至不敢接近他。

眼下,她拿着手机跑回屋,想找到父亲和骗子的聊天和转账记录,这些都是证据,她笃定父亲不会删。然而,当她在手机里发现了意料之外的东西,巨大的羞耻和愤怒会让她宁愿从来没有打开过。

人的欲望是多样的,越能满足欲望的事物越容易让人上瘾。

学校规定不准带手机,但规定只能约束愿意遵守的同学。班里的男生会在抽屉里偷偷摸摸藏一部,经常讨论打什么游戏看什么比赛。赵晓青以前不带手机,因为她根本就没有。她的世界封闭却简单,无聊但安全,这点和张萍差不多。四十出头的张萍在流水线上的重复工作没有给她带去新鲜的刺激,日复一日的习惯也无法让她从网络中得到世界互联的反馈。就连院子里的爷爷都会和女儿视频聊天,张萍和赵斌却永远是电话沟通。

张萍的新手机是去年买的,赵晓青用过几次,但对各种软件的熟悉程度有限,不过现在的手机之所以叫智能手机,主打一个轻松上手。赵晓青打开微信,迅速翻看父亲的聊天和支付记录,但都没有找到与三十万相关的信息,她又去翻其他支付软件和短信电话,却发现近几个月的痕迹都被清空了。

这是为什么?赵晓青感到疑惑,想打开手机银行却不知道密码。犹豫间,她转去查看QQ和相册,相册里除了风景和房屋的照片,还有很多女性的照片。

她放大照片,快速滑动,高矮胖瘦各式各样,都是些很年轻的女孩,她们有的露脸,有的不露,但都露胳膊露腿露胸,除了照片,还有很多视频和截图的合集。

前所未有的羞耻和恐慌席卷了她。

这是父亲的手机吗?她宁愿相信这是他从不正规的店里买的二手货,可是,明明他买这部手机的时间比妈妈那部更早,而且就算是二手的,为什么到现在也不删掉照片?

"晓青,你在房间里干什么?"张萍看门关着,"我去菜场买菜,你去吗?"

"我不去。"赵晓青急忙起身,把房门反锁。

等母亲离开,赵晓青强迫自己冷静。她继续找她想找的东西,在一张张图片中艰难地浏览。忽然,她意识到有几张右下角都有"AAA福利"的字样,于是一个激灵,进入微信通讯录界面,开头果然有个同名的联系人,但是点开聊天页面,里面什么都没有。

这让她觉得古怪,父亲的联系人不少,基本都是中介和推销。她按顺序点开他们的朋友圈,逐渐锁定了几个——对方的动态里基本都是类似的充满暗示意味的打码图,还夹杂着"一本万利"的赌博广告。

在一阵阵难堪中,她寻着蛛丝马迹,终于找到了没有被完全清除的聊天记录。那是个用鲜花当头像的联系人,详情里多是对方主动打的语音电话，时长都在半小时左右，父亲这边打过去的不知是删了还是怎的，空空如也，唯一的一次主动是给她发了句语音："最近没钱，玩不了。"

赵晓青不死心，一直往上划拉，发现他们早在去年就认识了。对方发的第一句语音是妩媚的女声："老板好。"最后的语音定格在"老板，明天老地方见"，而父亲除了在深夜回了个"哦"字，再无其他。

一个大胆的念头在赵晓青脑海中浮现：父亲先是通过网络认识了一些不三不四的人，而后跟他们进行了某种交易，但问题的关键是没有父亲付钱的记录。

赵晓青用力掐着指尖，在短暂的犹豫后，她用自己新买的手机，拍下父亲相册和微信里的内容。她感觉自己在颤抖，她是多么希望父亲能给她一个合理的解释，可是，她的行动表明她压根不想给父亲解释的余地。

做完这一切，她的掌心里全是汗。她木然而决然地坐在房间里，直到母亲回来，她出去，用克制而微微颤抖的声音说："妈妈，我有事要告诉你。"

"什么事？"张萍把菜放到厨房，见她脸色难看，"不舒服吗？"

赵晓青拉母亲在沙发上坐下，把"证据"和她的"推理"一股脑地告诉了母亲。在张萍惊恐而愤怒的眼神中，赵晓青觉得自己像个冷血的判官："等他回来，你一定要让他给你看他的转账记录。"

"可、可他说给了他们现金……"

"那你的钱是怎么给他的呢，难道他是带着现金上路吗？他肯定是存到卡里，就算是给骗子也有取款记录。"赵晓青压抑着哭腔，"妈妈，根本没有实木家具，没有生意伙伴，爸爸在赌博，而且可能不只是赌博。"

"晓青。"

"你一定要问清楚,一定要问他!"赵晓青逐渐失控,"他是坏人,他没有你说得那么勤劳顾家,他是浑蛋!他好恶心!"

"晓青,我……"张萍被她突然蹿出的眼泪吓到,"我一直以为他在外面过得很苦,我以为……对不起,是我没有管好他。"

"他几岁了,为什么要你去管他?你的手机里会有这么多恶心的东西吗?"赵晓青咬着嘴唇,"他不是我爸爸,我不想要他当我的爸爸!"

张萍又惊又痛,她可以忍受赵斌的懒惰和无能,却不能忍受他的下流和欺骗。她半天说不出一个字。赵晓青抹掉眼泪回屋,把房门摔到了墙上。

赵斌骑车骑到半路,随便找了家面馆进去。他不可能去车站买票,也不可能带张萍去他打工的地方。他没有报警也没有生意,甚至没有认识任何朋友,而是被勒索诈骗了二十万,原因无他,没有女人的日子不好过。

工地上的临时夫妻不在少数,他看不上,别的路子他又嫌脏,只能通过手机快活。他经由一个个所谓的"朋友"接触到了赌博,前几次的小赚让他信心大涨,结果从张萍这儿拿了钱,投注的金额一大就一直输。"朋友"哄他怨他,骂他没种,他气急,忍不住动了粗,谁知没过多久,"朋友"带人把他揍了一顿,还抢了他的钱。被揍蒙了的他乖乖照做,等清醒再算账,前前后后损失了二十多万。

他痛苦万分,后悔得头晕想吐,但他什么也做不了。这帮人凭空消失后,他的第一反应不是报警而是隐瞒,他删除了记录,编圆了漏洞,数了数另一张卡上剩下的九万多,万幸自己还不至于饿死,而他没有告诉张萍这笔钱,是想着等她真追究起来,他上缴的同时能说警察追回了一部分。

他觉得自己的计划天衣无缝,于是提前离开了伤心地,回来找安慰。如果问他难不难受,答案是肯定的,然而难受是不可逆转的结果,他对不起张萍,对不起晓青,他不是合格的丈夫和父亲。

一盘炒面吃完,赵斌又要了瓶啤酒。等到结账,他才想起身上只有钱包,手机还在晓青那儿。

不知怎的,他有些不安。再待了半个小时,回去的路上,他想着只要说没票,拖到年后,就可以借口警察破案有了进展,而当他自以为是地推开家门,迎接他的不是张萍的关心,而是冷冰冰的气氛和失望透顶的质问。

张萍双眼红肿:"把你的手机打开,我有话问你。"

赵斌愣住。

"我要知道你到底把我的钱弄哪儿去了。赵斌,我是傻的,你说什么我信什么。"

"张萍,你听我解释……"

"解释什么,晓青都看到了,你的混账事晓青都看到了!"

赵斌身躯狠狠一震。

外面传来父亲的狡辩和母亲的歇斯底里,伴随着怒吼、低泣,还有东西破碎的声音。赵晓青躲在屋里,眼泪无声地往下流。在父亲回来之前,她还抱着一丝幻想,希望并祈祷自己的推测都是错的,可是事实证明她没有错,她从来都是"常对将军"。

她在屋里待了很久,久到争吵慢慢平息,她开门出去,父亲正跪在母亲面前求原谅。

赵晓青面无表情地说:"如果你们离婚,我选择跟妈妈。"

这话一出,张萍和赵斌顿时哑火。

赵晓青站在门边,仿佛对他们无比陌生,大概他们看她也是如此。

这感觉真令人讨厌。

没滋没味的年过完了。赵晓青回学校的那天，赵斌给她煮了一碗面，她没吃。确切地说，赵斌这段时间煮的东西她都没吃，包括她曾经期待的年夜饭。

她的抗拒和固执让张萍心疼，赵斌却没脸摆出父亲的威严。在事无巨细地和张萍坦白后，他挨下了所有的斥责和巴掌，还是没躲得过一句"离婚"。他不想离，也不能离，于是把剩余的积蓄尽数上交，再不提出去打工，每天赖在家洗衣做饭表忠心。

张萍看在眼里又气又痛，以至于今年连娘家也没回。她脑子里乱极了，她曾深爱这个男人，可是这个男人如此可恨。她看到了那些被隐瞒的转账记录，知道钱大概率追不回，面子也丢光，更别提他们夫妻间的裂痕再也无法修补，可是，真要和他离婚，她心里竟有深深的不舍。

赵晓青明白母亲的痛苦，因为得知真相的她也曾觉得天塌了，但她比母亲幸运的是，父亲在她的世界里只占了一个角。在十几天荒诞而晦暗的寒假里，她并不后悔戳穿了父亲的谎言，只不过，直到现在，她还没有走出难解的死局——她不知该如何与父亲相处，也不知母亲会做出怎样的决定。

"安心在学校待着，放学了爸爸来接。"校门口，五大三粗的赵斌对女儿束手无策，从兜里掏出一百块钱，"别饿着自己。"

赵晓青不要，抱着被子往里走。

她烦他，厌恶他，希望远离他。

她有母亲就够了。赵晓青想，父亲总有一天会明白这一点。

开学第一天，大家都穿上了过年买的新衣。王颖看着一身黑棉袄的赵晓青，不知是衣服衬得她瘦，还是她真的瘦了。

叶玉玲在发巧克力，据说很贵。王思齐跟在她后面当助手。叶玉玲给完王颖又给赵晓青。赵晓青没接："谢谢，我没什么可以跟你分享的。"

"不用跟我见外。"叶玉玲执意给她,"我觉得挺好吃的。"

"真的好吃。"王颖那块已经进嘴,顺滑浓郁,跟超市里买的不一样。

"给你就拿着,装什么呀。"王思齐看不惯赵晓青的做派。

"你管我装不装。"赵晓青再次跟叶玉玲说了"谢谢",还是拒绝。

叶玉玲有点尴尬,收回手走了。

王颖等他们陆续分完回到座位,跟赵晓青说:"你老是这样,班长就更不喜欢你了。"

"我才不需要他喜欢。"

王颖叹气,从前门进来的陈琦则穿过闹哄哄的人群直奔她们这儿:"赵晓青,龙哥叫你。"

赵晓青去到办公室,姚章龙开门见山:"最后一个学期,班里前十五名都往前靠拢,晓青你也一样。"

赵晓青沉默了下:"我不想坐前面。"

姚章龙皱眉:"为什么?"

"不为什么。"

姚章龙不喜她的固执,但也没勉强。现在的孩子比他们那时候有个性多了,只要不是原则问题,他也不能太专制。

等赵晓青回到教室,陈琦正在发他自家做的红薯脆片和黑芝麻片。赵晓青想,他总是这样开心,脸上的笑容总是这样明亮,不管考第几名,不管遇到什么事,都好像不被困扰没有烦恼。

两人的目光在某个瞬间交汇,赵晓青的艳羡黯淡下去,像光线躲进云层。

过了会儿,姚章龙进来通知换座,照例拿了张排名表。这次赵晓青第一个进,仍旧往原来的座位走,叶玉玲则去了第二排。落座后,叶玉玲下意识地把凳子往前移了移,却见第三名选了第一排,第四名陈琦则经过她旁边:"我去跟赵晓青坐。"

叶玉玲一愣,只见陈琦笑盈盈地走到后排,赵晓青却习惯性露出疑惑和警惕。姚章龙见状,不禁头疼地闭了闭眼。

等到选座结束,王颖气鼓鼓地跑过来:"陈琦,你干吗抢我的位置?"

"怎么,学我手艺要我吃的就叫师父,占你点便宜就叫陈琦?"

王颖改口:"我跟晓青坐惯了呀。"

"久了跟谁都能惯,规矩是先到先得,下次争取考过我。"

"你!"

"我什么?"

"你真气人!"王颖怒推陈琦一把。

陈琦笑着帮她收拾桌面上的杂书:"风水轮流转,新的地方更旺你。"

赵晓青摸不透陈琦的想法,但正如他所说,选哪儿是他的自由,她也没跟他争辩。

大扫除开始后,同学们都去墙角抢扫把,可惜扫把有限,抹布也被拿光。晓青不喜这样的喧闹,也不想犯懒不合群,便去讲台一侧拿了旧报纸擦窗。结果擦到一半,几个男生互相推搡打闹,挥着抹布直接甩到了她胳膊。

赵晓青横眉冷对:"你们能不能认真点?干活就好好干,要玩出去玩。"

为首的男生闻言不爽:"我们怎么没认真,没看见我们在劳动?你又不是班干部耍什么官威。"

赵晓青:"少给我扣帽子,谁让你刚才碰到我了。"

"我碰你哪儿了,你是千金小姐还是纸片人,一碰就倒啊。"搭腔的是班里一个高个男生,不读书,脾气差,我行我素惯了,很少看人脸色。

赵晓青和他杠上:"脏抹布甩到我不道歉就算了,你还这种态度。"

"这种态度怎么了,有时间乖乖读你的书去,当八婆我可对你不客气。"

"你骂谁八婆?"

"谁管我谁八婆,我看全班就你一个最八……"男生话音突然止住,脖子被圈紧的瞬间,他本能地后撤。

陈琦把他往后拖了两步,很快松开:"让你擦个讲台怎么就这么费劲,得让讲台自己长脚跑你眼前来?"

那男生咳咳两声:"你讲讲道理好不好,是赵晓青先挑的事。"

陈琦没空跟他讲道理:"垃圾桶满了,你倒我倒?"

"我倒。"男生虚揍陈琦一拳,带同伴走了。

王颖忙凑过来问赵晓青:"他真打到你了?"

赵晓青不说话,倒是何盼,她刚才也在擦玻璃,就在赵晓青旁边。她小声说:"打到了,我看到了。"

王颖安抚地摸摸赵晓青的手臂,又听陈琦冲着赵晓青喊:"哎。"

赵晓青抬头,只见他点了点自己的脸。

她以为自己脸上脏了,去擦,没东西。

"这儿。"陈琦走近,用手背碰掉她左边脸颊的一点污渍。赵晓青光顾着吵架,真没感觉,而当她的视线落在陈琦的手上,不由得嫌恶皱眉。

抢过来的抹布还被他攥着。好吧,陈琦理亏:"手背又不脏……算了,我去洗洗。"

他一出门,赵晓青也出门。王颖看着他俩一前一后,忽然像发现了什么了不得的秘密,但其实那两人一到走廊就变成了赵晓青在前头。赵晓青紧握着半干半湿的旧报纸下楼,速度很快,像一条鱼在水草中闷声穿梭,可是每个班都在大扫除,校园里都是人,她再快也无法抵达真正属于她的安静且安全的角落。

冬日的阳光总是那么暖,总是把人的影子拉得那么长。赵晓青越往前走,越觉得自己像一根沾了墨的毛笔,在纸上写久了,没了墨的划痕仿佛道道撕裂的印痕,让她的心也被艰涩地摩擦。

直到她在操场边停下,跟了一路的陈琦终于忍不住开口:"赵晓青,你到底怎么了?"

赵晓青的声音很平静:"我没怎么。"

"你变暴躁了。"

"我一直都是这么暴躁。"

"才怪,你以前只对我暴躁,对别人不算亲切,但也不会没礼貌,但今天你莫名其妙找人出气。"陈琦对着她的背影,"真就这么难开口吗?"

"别说得你好像很了解我,"赵晓青没有回头,"我从来就不是好相处的人。"

"所以呢?你不以为耻反以为荣,还要变本加厉?"

"这不关你……"

"我知道不关我的事,可我就想知道你到底遇到了什么。"

"不要瞎猜。"赵晓青犯倔,"不管你是好奇还是好心,都不要在我身上浪费时间,和我相处不是你的义务,关心和开解我更不是,你管好你自己就行。"

陈琦忽然笑了:"你数得清你一下子说了多少个不字吗?"

他朝她走近,语气懒散却真诚:"我这人没别的爱好,就是看不得别人受委屈,你有委屈跟我讲,我解决不了可以找人帮你解决。"

"不用。"

"为什么不用?"陈琦看着她,"你不愿意说是你的自由,但我愿意管也是我的自由,反正我们现在坐得近,你改变主意了可以随时找我。"

赵晓青沉默了下，然后问："所以你的朋友都是这样交到的吗？"

"可能吧。"

"这样累不累啊？"

"这个问题先问你自己。"陈琦顿了顿，"你没朋友没爱好没笑脸，除了读书就是读书，你累不累啊？"

陈琦的重音落在"你"上，听着像刺，也像并不锋利的锉刀。

"我不累。"赵晓青的性格没变过，运气没好过，自己不主动而等着有一两个大发善心的人和她交朋友，未免白日做梦，"读书怎么会累，我四肢健全有头有脑，不用下地，也不用扛包，不干体力活就不累。"

陈琦笑她："你听懂我刚问什么了吗？"

"听懂了。"

"那你装傻。"

赵晓青没再说话。

"行吧，你不想说我也撬不开你的嘴。"陈琦放过她的固执，"只是以后咱俩同桌，你能不能少冲我发脾气？"

赵晓青安静，"哦"了声："只要你不吵我。"

"我尽量，"陈琦依旧笑着，他有一双笑起来很好看的眼睛，"你还要在这儿待多久？"

"不待了。"

"那走吧。"他瞄了眼她依旧紧攥的拳头，假装什么也没看见。

开学考的试卷出得奇难。

七班班主任教七班和八班的数学，是永贤初中为数不多的获评市级名师还没被挖走的人物。这次他主管出题，第一版试卷据说下马威下得更狠，但被其他老师阻止说容易影响优等生心态，于是删删改改到了现在这版，依旧难住了大半同学。

数学一心狠手辣,其他科目也提高了门槛。因此成绩一公布,老师们反而笑眯眯地安慰说中考绝对比这简单,最后四个月,重点还是拼基础。

赵晓青基础不弱,可她拿到试卷后心情低落得很。语文、英语、科学都好,就一门数学,平时还算过得去,一旦有点挑战性,她的实力就像煮破的饺子露了馅。

下节就是讲评课,大课间的跑操因为下雨暂停,同学们可以自由活动。叶玉玲跑到陈琦这儿来诉苦。她这次只错了最后一道大题的第二小题:"连结PC,∠CPE与∠ABO能否相等,若能,请求出P点的横坐标,若不能请说明理由。"

因为第一小题已经求解得出抛物线的表达式,而P是抛物线上的一点,所以假设P的坐标为(t, $\sqrt{5}/2t+\sqrt{5}$),再根据已知条件,可以分四种情况来讨论和计算t的值。

叶玉玲已经推算出当$t \leqslant -2$,当$-2 < t \leqslant 0$,以及当$0 < t \leqslant 2$三种情况的结果,就差最后一种当$t > 2$,但时间不够,她心急火燎地交了卷,到底还是丢了两分。

"我的思路是对的,就是差一点,就差一点。"她不无遗憾地跟陈琦说,"不然就和你一样满分了。"

陈琦无所谓地转着笔:"又不是大考。"

"你的卷子呢?给我看看。"

"对哦,我的卷子呢?"陈琦站起来叫了声王思齐,王思齐早把卷子拿到他那一圈"瞻仰"。

"给你给你,步骤不写全,我看都看不懂。"王思齐凑近,"班花,你的给我呗。"

叶玉玲不给:"给你看什么,老师马上就讲了。"

"那你要陈琦的干吗?"

"我乐意。"

王思齐不敢怼叶玉玲，用手肘捣鼓陈琦的后背。陈琦扭腰左躲右躲，碰到一旁的赵晓青，立马举起双手以证清白："不是故意的。"

见状，叶玉玲、王思齐双双无语。

"丢不丢人。"王思齐点点陈琦的脑袋，"她会骂你揍你，还是吃了你？你俩桌上又没三八线。"

陈琦："你懂个屁，这叫自觉。"

"这才同桌几天，把你的自觉都教出来了，某人手段可以啊。"王思齐故意找碴儿，"赵晓青，我说话这么大声你装听不见，考几分啊把你牛成这样。"

"你这人是不是有病？我搭理你不行，不搭理你也不行。"赵晓青横他一眼，起身去接开水。

陈琦下意识地贴向桌子，给她腾位。

叶玉玲看陈琦的窝囊样莫名来气，等赵晓青走了便把卷子甩到他脸上："你这么怕她还跟她坐一块，你有受虐倾向啊？"

陈琦只笑。

王思齐也反感他的没出息："你怎么突然就变得逆来顺受了？别告诉我是一个愿打一个愿挨啊，我宁愿相信是你犯病或是赵晓青给你下药了。"

陈琦推他："真有病就去治。"

"嘿，还死活不承认。"

"是说！我也觉得是不承认。"王颖不知从哪儿冒出来，那天她分明看到他对赵晓青动手动脚的，"师父你是不是心里有鬼？"

陈琦："鬼你个头。"

王颖率先被他赶走，王思齐也没能捉到他的心虚。叶玉玲实在搞不懂陈琦，竟然选赵晓青当同桌也不选她。那天她心口堵了好久，眼下鼓起勇气问陈琦："和我相比，你是不是跟赵晓青更合得来？"

陈琦被她问得一愣，随即笑道："有吗？我跟谁都合得来吧。"

"我是说更,是比较。"

陈琦想,赵晓青就很少跟别人比较,尤其是在与人相处方面。他实话实说:"这有什么好比的,你和她都很好。我都合得来。"

叶玉玲不信:"可我觉得你对她不一样。"

是吗?陈琦没再接茬。有几个同学听到了他们的对话,等赵晓青接水回来便暗戳戳地打量她。

赵晓青没察觉,陈琦的视线却追随着她。这人走路不爱看人,就显得很专心。纤细的手指紧握着老式的保温杯,有些拘谨,脚步却轻快。陈琦不知道接个水有什么值得开心的,但见她紧绷惯了的嘴角一放松,脸部表情也变得柔和了,还真比刚才凶巴巴的模样讨喜一些。

等到赵晓青回座,他别开眼,也拿了水杯起身。

赵晓青阻止:"水还没开。"

"那你接了能喝?"

"我这是最后一杯,接完就跳到95度了。"

叶玉玲看着他俩的互动,走之前拿起桌上的作业册砸了陈琦一下。陈琦发现晓青看着自己,无辜道:"我脸上有花?"

赵晓青在叶玉玲面前总有些说不清道不明的自卑,对着陈琦倒可以坦率承认数学是她的短板。她装作不经意地瞥了眼他的卷子:"第二小题有八分,四个分类讨论每个两分?"

"不然呢?"陈琦说,"你写了几个?"

赵晓青的卷子被压在笔袋底下,这会儿旁边没人,陈琦把它抽出来看,最后的答案只写了"存在P点,∠CPE与∠ABO能相等"。

"……没了?"

这次难度大,赵晓青做完前面的,最后小题都没来得及思考。

陈琦翻看前面,答题区还是很密,但至少比之前好多了。初二时他就嘲笑过她的卷面,解方程解到$12X+8=32$,都得再写一步

12X=24 再得出 X=2。虽说步骤很重要，但可以在脑子里过的部分就不要往纸上写，否则纯属浪费时间。得分一看思路，二看答案，思路对了就算答案错也能得分。

"敢不敢看我的？"陈琦问她。

"有什么不敢的。"

陈琦的卷面并不美观，但要点都在。一种情况对应简单的分析计算，旁边还画了草图，指明 P 点所在的位置，以及所求的两个相等角的位置变化。

"这都是套路，赵晓青，考了这么多次你早该知道躲不开分类讨论。把前面烦琐的步骤丢掉行吗？轻装上阵，都是老对手了你怕它干吗？"

赵晓青觉得如果自己是阅卷老师，也会喜欢这种一目了然的卷面："我没怕它，我就是打不过它。"

"哟，难得听你承认自己屄。"

赵晓青没说话。

"好了，打起精神，就算你认输不做，放弃整道小题，一百二扣掉八分还有一百一十二分。这分差你又不是拉不回来。"

赵晓青听他说得云淡风轻："那你去拉拉看。"

"你看你又急了，好话赖话听不出来？你羡慕我有个好脑子，但脑子不经过训练能用吗？凡事都要讲方法。我从来不拿我的语文跟你碰，你呢，一考砸就闷头做做做，低头嘤嘤嘤，这种不良心态和不良习惯一样，都得好好调节。你要信我就照我教你的做，不信就当我放屁。"

赵晓青当然信他，可他教她不是一次两次，没有长进的是她自己："同样的题目我这次错了，下次还会错。"

"那你往错题本上记什么呢？你不理解，不琢磨，记再多也是形式主义，你每天早出晚归，花了多少时间在重复的事情上，是对记记背背用处大还是对提高数学用处大？"

晓青承认："对记记背背。"

陈琦说道："那不就得了，你记得住背得完是你的本事，数学题做不好也别怪自己脑子差，因为你真正花在它身上的有效精力并不多。"

赵晓青被他说得难为情，但他的确戳破了她的自我安慰。她对数学的恐惧胜过对它的兴趣，所以不曾深入，不曾抗争，总是被它不断拿捏。

"陈琦。"

"干吗？"

"你见过比你数学更好的人吗？"

"比比皆是。"陈琦在学校自诩无敌，但出了校门大概会被直接打趴下，"我有个朋友在岚城读初中，比我小一岁，他做的竞赛题我都看不懂。"

"他很聪明吗？"

"聪明。"

陈琦以为她会问那他比你聪明吗？但赵晓青只是认真地说："如果你在城里读书，那些竞赛题你不会看不懂的。"

"这么抬举我？"

"事实。"赵晓青端详他的卷子，"你不比任何人差。"

陈琦偏头，看她坦然而并无嫉妒之色："赵晓青。"

"干吗？"

"你不发脾气的时候挺像正常人的。"

赵晓青瞪他："你闭嘴的时候也像。"

陈琦笑，拿了水杯起身。

外面雨势渐大，他的水杯是满的，心情也是。

看来坐到赵晓青旁边真是正确的决定。

补课结束了。放假回家还能赶上元宵节，大家被开学考摧残的心又像花瓣睡醒般渐渐舒展。不出十分钟，班里已经走空，赵晓青想起赵斌之前说来接她，磨磨蹭蹭拖到最后。

她既怕他来，又怕他不来。

而当她出了校门，目光所及之处并无高大魁梧的身影，心情不由得复杂了几分。

回到家，面对空荡荡的屋子，她忽然觉得在学校比回家更自在——如何跟赵斌相处是没有标准答案的难题，就连母亲也帮不了她。

桌上放了一盘半温的饺子，她没吃，拿了脏衣服去洗，却见洗衣机里还有脱完水的衣服。

她叹气，把它们拿出晒好，赵斌正巧从外面进来。

"晓青，"他先是意外，而后抱歉，"你妈不跟我说，我也不知道你几点放学……我估摸着是这个点，就给你煮了饺子，饿了吧？"

"不饿，我不想吃。"

"我今天去找你表叔了，看看他们厂里有没有零工做。"

"……嗯。"

赵斌讨好："我还买了条新鲜的鲫鱼，晚上红烧，要不要加点油豆腐进去？"

"随便。"

"晓青，你怎么连爸爸都不叫了？"

赵晓青拿衣架的动作顿住，他不问还好，一问那些污糟事又涌回她眼前："我不想叫。"

她神情冷冷的，语调硬硬的，像石子往赵斌心里硌。

晚上张萍回来，父女俩一个躲在房里，一个呆坐沙发上，桌上的菜几乎没动。

张萍敲开赵晓青的房门,赵晓青的视线越过母亲,看向赵斌睡的那张破旧的沙发。沙发是房东留下的,质量不好,这段时间往上面叠了枕头被子,变成了赵斌的床。

张萍走进房间的同时带上了门。

她脸上露出熟悉的纠结和欲言又止的神情:"你连饭也不吃,一定要爸爸妈妈离婚吗?"

"不是我一定要。"赵晓青知道母亲问出这句话就代表母亲的天平已经倾斜,但或许正因如此,她更想用自己的冷硬来抵消赵斌在母亲这儿得到的轻易原谅。

张萍比谁都了解自己的女儿,她很倔、很傲,眼里容不得沙子。

"如果你爸再也不赌博,还会把失去的钱再赚回来,你能原谅他吗?"

"不能。怎么,他又跟您做了保证?"赵晓青对母亲并无保留,"妈妈,您要知道,不管他以前有多好,现在的证据都表明他变成了浑蛋。一个人连低级欲望都管不住,连是非黑白都分辨不出,您还能指望他什么?"

"可是谁能做到不犯错呢?我们也没有给他足够的支撑,我们没有陪在他身边,没有给他家庭的温暖,没有……"

赵晓青无法掩饰自己的错愕:"现在是他做错了,为什么要归咎到我们身上?"

"可是晓青,一家人的意义就是分担,你爷爷奶奶都不在了,我们是他最亲的人。"

"那他犯错时为什么想不到我们是一家人,他在外得到自以为的快乐和刺激,为什么把风险和累赘都让家里承担?"

张萍发现自己说不过女儿,而正因为赵晓青的态度比赵斌强硬许多,她自动把后者划归到弱势的一方:"晓青,世界上没有完美的人,我知道你因为爸爸变坏了心里难受,可是他真的疼你,你想想他对你的好行吗？我不想我们这个家散了，因为……"

"因为爸爸也是你的支撑，不管他变成什么样，你都狠不下心抛弃他，对吗？"

张萍心思被戳中。她这几天很累，累的时候就宁愿糊涂，宁愿睁只眼闭只眼，告诉自己赵斌没有十恶不赦。

赵晓青感到难言的气愤和悲哀，气的是母亲妥协，悲的是自己没有改变家庭处境的能力。半晌，她似是下了决心："妈妈，我说过如果你们离婚，我会跟您，这是我的选择。至于离不离婚，那是您的选择，我不干涉，但您既然宽容，就不要光听他怎么说，还要看他怎么做，我不想您以后再被骗。"

"那你呢？"

"我暂时做不到原谅他，妈妈，但我也不能说永远。"赵晓青同样心累，"人是会变的，我也怕变成自己讨厌的样子。"

张萍知道这是女儿的坚持，也是她最大的让步。

赵晓青看着母亲，有很多话想说，最后却只是开口："妈妈，今天元宵，我们给外婆打个电话吧。"

陈琦从小就不爱吃元宵，奶奶照顾他，专门给他煮了米饭，还炒了几个菜。一家人放完烟花爆竹，坐在桌前吃完团圆饭，村子里也热闹起来了。

陈琦妈妈听见远处若有若无的音乐广播，叫上陈琦去凑热闹，陈琦却说："啊？我准备睡了。"

"吃完就睡，懒成猪了。"她拉着他过去。

祠堂边的广场上聚集了不少人。广场上有健身器材，有篮球架，还有让妇女们跳舞聊天的水泥空地。陈琦妈妈看到几个男生正在有模有样地投篮，热情地过去打招呼："立癹！"

"哎！"雷立癹把球扔给同伴，小跑过来叫了声"阿姨"。

"你回外婆家过节啊？"

"嗯。"雷立弢搂过陈琦的肩膀，"我说怎么叫你叫不动，原来是要陪妈妈散步。"

"哪里是陪我，是我拉着他，他懒死了，你要带他多运动运动。"陈琦妈妈笑着，让他俩说话，自己往一边去。

陈琦肚皮吃得滚圆，满意地打着哈欠："你之前跟我说你爸出差，刚才又说你在村里打球，我以为你蒙我。"

"大哥，我照片都发你手机上了，是你不理人。"雷立弢问道，"你的体育中考项目练得怎么样了？"

"乒乓球还行，排球垫球差几个，长跑也就凑合。"

"你们老师没逼着你们加强度？"

"逼了，越逼我越抗拒。"陈琦转移话题，"对了，你爸出差，你和你妈怎么回来？"

"打车呗。我妈现在架子可大，有驾照也不自己开。我爸下了飞机赶来接我们，刚才给我打电话说马上就到。"

"所以你们还要回城里？"

"回。"雷立弢拿了挂在健身器材上的棉袄穿好，再和陈琦一人选了一个漫步机，"我们开始新的竞赛集训了，卷子还是发你一份？"

"算了，我错的比对的多。"

"得了吧，不该谦虚的别谦虚。我本来打算每期都发你，但怕你复习任务重，想说是不是四五月份就不发了。"

陈琦想了想："那你再发我两期，无聊的时候看看。"

"行。"

两人再聊了会儿，陈琦妈妈也和别人闲话完毕。

"我爸到了。"手机响起，雷立弢冲陈琦示意，又跟陈琦妈妈说了声"再见"，跑向对面的大路。

那里停着一辆轿车。陈琦妈妈看它短暂驻留，加速开走，想起雷立弢他爸在岚城的汽车厂当大领导，他妈则是岚城医院的儿科护士长。陈琦小时候生病，陈琦妈妈麻烦过雷立弢妈妈很多次，接触久了也知雷家的经济条件比她家好得多。

"琦琦，立弢家那么有钱，他爸怎么开来开去还是同一辆车？"

"他家的钱也是一分一厘攒的，干吗乱花？"

陈琦妈妈笑："立弢挺好的，跟你说得上话，还不嫌我们家穷。"

"你现在夸他好了？小时候我和他因为抓蚯蚓钓龙虾打架，我被他打哭你还骂他浑小子。"

"那是以前。"

"那说现在，我们家也不穷，雷立弢有的我都有。"陈琦很满足，"他去年买了手机，您也给我买了。"

陈琦妈妈知道儿子懂事，颇感欣慰。然而这天晚上，陈琦坐在房间里做作业，不知怎的，越做越觉得不如在学校效率高。

他收到雷立弢发给他的卷子，又翻起手机里的日历，离中考还有一百多天。这一百多天他能改变什么，他要拼一拼吗？大家心心念念的县一中，他非上不可吗？

第二天去学校，他随口问起赵晓青。赵晓青正在抄英语单词，头也不抬："一中去年高三六百五十个学生有四百三十人上一本线，紧随其后的三中，高三七百五十个学生只有五十八人上一本线。"

差距摆在眼前，她不明白他为什么会问这么白痴的问题："你到现在才想起来要考哪儿？"

"就算是吧，那——我们学校每年有多少人上一中？"

"去年四十二人，上统招线585分的有十八个，统筹划拨的定向名额有二十四个，最低录取线是574分。"

陈琦笑道："专家啊，记得这么清楚。"

"那是因为你什么都不记。"赵晓青停笔，指出他的痛处，"我发现你这人不靠谱,而且越到关键时刻越不靠谱。"

　　陈琦被赵晓青一句话说得哑口无言,他看着赵晓青,赵晓青也在看他:"你怎么不反驳?"

　　"我反驳,你总要论证你是对的。"

　　"难道我说的不是事实吗?你糊里糊涂,一点紧迫感也没有。"赵晓青语气正经。

　　"是是是,我什么都没有,"陈琦难得没有与她争执,"你教训得对。"

　　闻言,前桌的徐伟杰回头看了他一眼。

　　陈琦没理徐伟杰的窥视,拿出魔方百无聊赖地复位。

　　他很讨厌重复劳动,所以在经过一段时间的兴起和练习后,魔方已经被他玩腻了。他手指纷飞,在色块的翻转中找不到充足的乐趣,事实上,以王颖为代表的徒弟比他更早地丧失了热情,除了挂在嘴边的"师父",他们的技艺压根没出师。

　　陈琦想找点新的有意思的事做,可是学期伊始,不考高中的同学逐渐我行我素,想考高中但希望渺茫的在做困兽之斗,愿意往前冲的则像赵晓青一样埋头苦干。陈琦看向旁边,她身上已然没有在操场边呆站的落寞的影子。

　　赵晓青察觉他的注视:"你要在我脸上看出个洞来吗?"

　　陈琦放下魔方:"问你个事。"

　　"你问。"

　　"要是你考不上一中怎么办?"

　　"我不会考不上。"

　　"我说的是要是,万一。"

　　"闭上你的乌鸦嘴,没有这种万一。"赵晓青疑惑,"你今天怎么了?"

"我怎么了?"

"有点古怪。"她从他问录取率就发现了,"你不是什么都不在意吗?仗着自己聪明就摆出一副潇洒无所谓的姿态,现在怎么担心起升学了?"

"看你这么拼有压力呗,你刚才还骂我不靠谱,就当被你骂醒了。"

赵晓青不信:"要是那么容易就骂醒一个人,我可以靠这个赚钱了。"

"你看你,年纪轻轻这么功利。读书是为了明理开智,不能越读越盯着蝇头小利,读来读去一身臭气。"

赵晓青轻哼:"你有工夫耍嘴皮子不如多抄几个高级单词,用在英语作文里能让老师眼前一亮。"

陈琦心想,越是应试教育的受害者,越愿意做忠诚的拥趸。

"难怪你是好学生,老师叫你做什么你就做什么。背这么多有用吗?一篇作文得18分和20分的差别在哪儿?"

"不要为你的懒惰找借口,你自己不背还不让我背,我要是听了你的歪理才叫上了你的当。"赵晓青抄完,右手也戴上毛茸茸的手套,捂着耳朵开始记单词拼写。

陈琦再不与她争辩,见她又跟兔子似的蹬腿往前,不得不服气,他这只乌龟横竖是跑不赢勤奋的兔子的。

陈琦:"我趴会儿,老师来了叫我。"

"我不,老师来了我就大喊陈琦在睡觉。"

"随你。"陈琦把数学书往头上一盖,果断闭眼。

过了会儿,姚章龙来巡视,赵晓青想举报,但当老师真的往这边走,她还是掐了陈琦一把。

第四章 心上的巧克力

"你最近怎么老是蔫了吧唧的?"几天后,王思齐察觉陈琦的反常。

"别说了,我虚。"陈琦准备上床睡觉。

"林妹妹也没虚成你这样。"王思齐想起这周的体育课,陈琦打打酱油就过去了,"体育项目不满分可不行。这样吧,我从明天开始专攻1000米,你陪我一起。"

"得了吧,我还是想想早餐吃什么比较好。"陈琦踢掉拖鞋,钻进上铺的被窝。

巡逻老师大概也着急回去休息,灯一黑就在外面敲门催促。大家像田鼠进洞般各归其位,过了会儿,王思齐在底下敲了敲陈琦的床板。

陈琦从枕头底下掏出手机。

手机是早买的,这学期才开始带,他本想把手机带去教室,但被赵晓青抓住难免不会落到龙哥那里,于是只能藏在宿舍偷偷用。

王思齐给他发了新的小说,他瞄了两眼,退出。又是热血武侠小说，他第一次看时热血沸腾，看多了就有点假，主角有钱有权有武功，比做白日梦还爽，给赵晓青看到准会骂他不切实际喜欢逃避。

想到她那张时常乌云密布的脸，陈琦不自觉地笑了，但他很快又笑不出来。或许她说得对，他越到关键时刻越不靠谱，所以心越散，劲越松，犯起浑来就不管什么乐子都想找。

王思齐又给他发了几个恶趣味的搞笑图，陈琦没回。第二天一早，被气到的王思齐故意扰人清梦："赶紧起床跑步，你可不能拖我后腿。"

陈琦无语："我困死了。"

"只要没死就得陪我，我顶风作案帮你签到多少次了。"王思齐软磨硬泡，声响颇多，被同宿舍的人说了几句，最后把陈琦从床上拖起来。

冬天的早晨天亮得晚，陈琦囫囵刷牙洗脸，走出宿舍楼，恨不能给王思齐一脚。而当他磨磨叽叽到了操场，看见在起点等着的叶玉玲，才知王思齐的葫芦里卖了什么药。

叶玉玲的体育成绩一般，离满分差了好几秒，自己练总没效果，就想着让王思齐带一带。王思齐虽然排不上第一，但和女生比还是绰绰有余，自然不会放过表现的机会。

"到时我带她跑，你随意，反正不能超过我。"王思齐得意扬扬地说。

"要你献殷勤，让她跟赵晓青跑不行吗？"

"所以说你傻聪明。她俩是竞争对手，关系好到互帮互助了吗？而且赵晓青那个小心眼怎么能容忍得了班花样样比她优秀。"王思齐说完，拉着陈琦去叶玉玲那儿，三个人很快加入晨练队伍。

操场外围的灯光照着跑道，跑道上的学生像聚集的鱼群，拥挤地奔涌向前。陈琦跑了半圈就开始喘。他懒得去追王思齐，却在看到前面那个熟悉的身影时略微加速:"你也这么早?"

何盼转头见是陈琦,乐意跟他搭话:"嗯,我都跑第三圈了。"

"强啊。"

"我不强,王颖在我前面,晓青在王颖前面。"

陈琦笑:"你们宿舍要上光荣榜啊。"

光不光荣何盼不知道,反正这礼拜被王颖说服,跟着赵晓青体验到了早起的好处:洗漱不用抢位置,上厕所不用等坑,跑完三圈去食堂,买早饭也不用排长队。

可怜她体力实在算不上好,坚持跑完时,赵晓青和王颖已经在终点等她。

"比昨天慢了。"赵晓青掐表,语气公事公办。

何盼失望地"哦"了声,陈琦也停下脚步。

王颖率先叫他:"哟,师父,难得见你一次,原来你的脚也能站上跑道。"

陈琦:"怎么,我的脚和跑道相斥,站不住只能悬浮是吗?"

王颖被陈琦逗笑。

陈琦凑近,看赵晓青没穿棉袄,只在黑色的高领毛衣外面套了件校服,便问:"你不冷啊?"

赵晓青看他一眼:"不冷。你第几圈?怎么比何盼还慢。"

陈琦:"我跑着玩,和她聊天来着。"

"你不要瞎聊,害她注意力不集中。"

陈琦拿她没办法:"你一大早吃炮仗了?我好声好气地跟你说话你就不能好声好气地回我?"

赵晓青不为所动:"你要跑就认真跑,跑着玩算什么?考试时谁有闲情逸致跟你聊天。"

"晓青,"王颖觉得她语气太冲,"你干吗呀?"

"走吧,去食堂。"赵晓青率先转身,王颖和何盼自然也跟上去。

王颖回头，同情地看了眼陈琦，陈琦紧抿双唇，赌气般地重新出发。

反正她看他哪儿哪儿都不顺眼。

陈琦想，他在别人那儿讨到的巧，在她这儿总要变成一个个栽倒的跟头。

他再跑两圈，叶玉玲和王思齐也在终点等他。叶玉玲见他脸色不太好，以为叫他早起不高兴了："你不适应吗？"

"还行。"

王思齐："明天继续？"

陈琦："继续。"

三个人去食堂吃完饭，回到教室，姚章龙已经在了。他一直待到早读开始，才换成胡莉来巡视朗读情况。

半小时的早读，有人咿咿呀呀装样子，有人老实勤恳背古文。下课铃声响，赵晓青和陈琦同时合上语文书，同时伸手拿水杯，后者却打了个哈欠。

赵晓青说："我这里有茶包，你要不要？"

某人气还没消："不、要。"

赵晓青碰碰徐伟杰的凳子："你喝不喝茶？"

"喝。"徐伟杰伸手接过，"谢谢，苦不苦？"

"茶包哪有不苦的。"

徐伟杰很久没和赵晓青说过话，安静得仿佛不存在。眼下他借机拿了道数学选择题问她：一次函数 $y=ax+b$ 的图像和反比例函数 $y=k/x$ 交于 A、B 两点，求 $y=ax+b > y=k/x$ 的解。

赵晓青觉得这题简单："用已知的 A 坐标求出反比例函数，再代入 B 的纵坐标求出横坐标，得出一次函数就能求解。"

闻言，陈琦忽然笑了下。

赵晓青："你笑什么？"

陈琦说："A 的横坐标 2 和 B 的横坐标 -3 都有了，C 选项'-3 < x < 0 或 x > 2'就是答案，你多此一举去求一次函数干什么？"

赵晓青顿住，是哦。

"还有，一次函数有尾巴，你看题目旁边的图像就知道 b 大于 0，所以两个交点的横坐标和纵坐标绝对值不可能相等，直接排除 AB，至于 CD，答案相反，题目求的是大于，看图像靠一个 x > 2 就能得出 C。"陈琦转笔转得溜，"我跟你讲讲几句话，做起来就两秒钟。"

陈琦看她皱眉，以为她会把试卷一甩，然后说"对，是这样，你做得快你了不起"，但她只是用笔在两点和 X 轴间画了虚线，跟徐伟杰说："是我多做一步浪费时间，陈琦的思路更快。"

徐伟杰看向陈琦。

不知怎的，陈琦没有显摆的快感，反倒因为她对徐伟杰的轻声细语生出点烦躁。

徐伟杰还想继续问，赵晓青心里开始打鼓："要不你问下陈琦？"

徐伟杰："那算了。"

"干吗算了。"赵晓青拿过卷子，指着用红笔圈出的填空题。

陈琦粗略地瞄了眼："不会。"

"怎么不会，你明明全对。"

"你管我。"陈琦拿了水杯起身。

赵晓青不知他怎么了，等把自己的解题步骤告诉徐伟杰后，也拿了杯子出去。

他们这一层有四个班，两台饮水机再努力加热也难免运转不过来，所以队伍偶尔排到走廊上。

"估计又快没了。"叶玉玲排在陈琦前面。

陈琦"嗯"了声，等她走了再接。他的杯子是塑料的运动水杯，一年四季都用，容量大但并不保温。

他接了三分之一便让位,和叶玉玲回班,看见赵晓青也在排队。尽管她穿着高领,但站在风口,还是被风吹得缩了缩脖子。

他走过去抽出她的杯子。

赵晓青下意识去抢,没抢到:"你干吗?"

"我来。"

赵晓青以为他要回头再去接一次:"不行,这样等于插队。"

"我帮你排。"陈琦把她推出队伍,递上自己的水杯,"帮我放回去。"

赵晓青觉得他发神经:"你吃饱了没事干啊?"

陈琦放弃幻想,他从她嘴里绝对听不到什么好话。

隔壁班的同学经过叫了声陈琦,赵晓青看他忙着搭理别人,到底先回教室。

陈琦的座位上叠着很高的书,用来阻挡老师自上而下的视线。赵晓青把他的水杯放好,瞄见书堆里露出的试卷一角印着"内部培训资料,请勿外传"。

这是什么?

她按捺住好奇,一直等到座位的主人回来。

"兑过冷水了,不烫。"陈琦递过保温杯时露出欠揍的笑意,"渴死了没?"

"你肯定故意在那儿跟人聊天。"赵晓青又问起他的试卷,陈琦说这是他朋友竞赛训练用的资料。

陈琦:"想看?"

赵晓青:"不想,难度和中考不一样。"

"你脑子里除了中考还能不能装下其他东西?"陈琦嗤笑,"我现在摇摇你的脑袋,估计能掉几个方程式下来。"

"你试试。"

陈琦不试，抽出卷子开做。

下节就是数学课，他时而看老师写在黑板上的例题，时而埋头做自己的苦工。只有动起脑筋他才能专注，这种专注让时间过得飞快，也让他来不及无聊。

临近下课，陈琦做完大题，快速而畅快地舒一口气。转头看赵晓青认真思索但被难倒的模样，他轻声说："赶紧算，比老师快你就赢了。"

"快不了。"

陈琦看向黑板上的步骤："到这步了你还不会？"

"不会。"赵晓青跟自己闹起别扭，在草稿纸上写写画画。

仗着天赋俯视别人的努力是很没品的行为，陈琦想，如果被赵晓青知道他现在因为她的蠢笨而感到自得，她一定会打他。

下课铃响，数学老师留下最后的答案就出了教室。陈琦把卷子往赵晓青桌上一扔："试试看，这个更有意思。"

"我不要更有意思的。"赵晓青气鼓鼓的，老师讲得太快，她一个走神，关键思路没跟上，后面的步骤就听得很被动。

值日的同学已经上去擦黑板，赵晓青摊开作业本，叫了声徐伟杰。

徐伟杰拿着自己的本子转身。

他的本子上密密麻麻全是草稿，乱得一塌糊涂，但他明白赵晓青在问什么："之所以在这里画辅助线是因为……"

还能因为什么，因为这是中垂线能求解呗。陈琦觉得赵晓青的智商严重下降，抽回自己的试卷，折好塞进抽屉。

因为要帮叶玉玲练长跑，接下来的一段时间，王思齐都跟打了鸡血似的早早起床。

陈琦被他拉着当掩护，无奈之余只能端正态度。既然都起来了，再吊儿郎当未免太对不起被压榨的时间。他跑不过王思齐,又不能超过叶玉玲,索性迟些出发,而每当他跑完第一圈,总能看见已经跑完的赵晓青站在终点那儿等人。

她个子高,穿着校服,顶着一头长度不变的短发,好像从来不怕冷似的。

他偶尔会和她打招呼,但并不期待她有什么反应。赵晓青当然也看到了他,但她从不主动和他示意,只有一次,陈琦难得早到,她跟在他后面测了他的速度,并不比她差多少。

这天早上,赵晓青照例在那儿等王颖和何盼,王颖瞥见在一旁歇力的陈琦,过去问:"王思齐和叶玉玲呢?"

"没来,叶玉玲例假。"

"她连例假都跟你说?"王颖意外。

叶玉玲当然不会跟陈琦说,是跟王思齐说了再由王思齐告诉他。

王颖又问:"那王思齐怎么不来?"

陈琦:"他也例假。"

"真讨厌,胡说八道。"王颖打他胳膊,陪他一起往操场外面走。

他们落在赵晓青和何盼的后面,王颖看着徐伟杰不知何时也跟在了赵晓青旁边,便问:"哎,你和徐伟杰同宿舍,你怎么不和他一起?"

陈琦反问:"你们同宿舍的一起吗?"

"一起啊,现在晓青起床就把大家都叫醒,我们全体出动。"

"这么团结?"

王颖认真说:"都什么时候了,再不练就没戏了。"

"真够上进的。"

"废话,我们才不跟你们男的一样,跑个一千米就要死要活。"王颖拉着陈琦追上赵晓青他们,"快快快,去晚了麻球就没了。"

食堂的麻球有白糖和豆沙两种馅,豆沙的更好吃,王颖和何盼每天都要买。

很快，五个人在同一张餐桌落座。赵晓青的早餐照例是包子配粥，徐伟杰的是大饼油条，陈琦的面前只有一碗豆浆。

"你怎么吃这么少？"王颖觉得他的食量远比不上她。

"刚跑完没胃口。"

"那你中午吃得多吗？"赵晓青看着他问。

哟，终于不把他当空气了。陈琦有了存在感，答道："中午菜好就吃得多。"

"那什么菜算好什么菜算差呢？你们男的就是娇生惯养。"王颖抢过话头，"在学校又不是在家，饭菜还能完全合你的口味？"

陈琦喝完豆浆："你一口一个你们男的，什么时候对我们意见这么大了？"

王颖吃着麻球："就事论事嘛。"

陈琦看向赵晓青，她问完那句就低头专心吃饭，碗里的粥很快见底。

"我先走了。"赵晓青起身。

"我也走了。"陈琦同样起身。

他们一前一后把餐具放到回收池，迎面撞上王思齐和叶玉玲。王思齐一愣，随即不过脑子地说："你个叛徒，我还奇怪你连懒觉也不睡，原来是要投敌。"

陈琦没来得及答，赵晓青凶巴巴地瞪了王思齐一眼："谁是叛徒谁是敌？"

王思齐："嘿，我跟陈琦说话有你什么事？"

"你骂我了。"

"我骂你怎么了？"

"行了行了，别吵。"陈琦推开王思齐，"排你的队去。"

叶玉玲看着陈琦跟赵晓青离开，听王思齐抱怨："赵晓青一天天跟斗鸡似的。"

叶玉玲意有所指:"是吗?我怎么看你乐在其中。"

"我乐?笑话,我又不是陈琦。"

"你也觉得陈琦不对劲是不是?"叶玉玲带他排到队伍后面,"我猜他有秘密不跟我们说。"

"谁还没个秘密了,你还有空猜他的秘密?"

"我又不傻,我能感觉到。"

王思齐想,你能感觉到屁,说起别人聪明绝顶,提到自己全装傻。

"你说呢?陈琦对赵晓青是不是有点特别?"

王思齐故意说:"我才不管他们。"

"你这人真没劲。"叶玉玲一直把赵晓青当成对手,自认除了成绩,不管是性格外貌还是人缘,她都胜过晓青。

可是,陈琦作为班里最受欢迎的男生,对赵晓青的关注远多于对她的关注,这让她有些吃味,而就连长跑也比不过赵晓青,更让她心有不甘。

因此,在接下来的几十天里,除去下雨和例假,叶玉玲没再赖过一天床,而除了体育,她在文化课上也下足了功夫。英语和数学她没问题,语文和科学她也迎头赶上,在日复一日的努力下,几次大考小考,她和赵晓青的成绩可以说是平分秋色,甚至双双进过年级前十。

"她俩太猛了。"王颖看着教室后面粘贴的排名表,羡慕不已。

"我们班还真是'阴盛阳衰'。"王思齐不得不承认这一点,"陈琦,你加把劲啊,你都成'千年老三'了。"

陈琦无动于衷,每天教室、食堂、宿舍,该学学,该睡睡,优哉游哉的状态跟报了技校的同学差不多。

直到四月下旬,春意在校园各处盈盈绽开,体育中考正式开始。姚章龙在班里做着最后的动员:"马上就要考试了,排球和乒乓球的技巧不用多说，上场不要过分紧张就一定能行。至于长跑，几万米都跑过来了，还差这八百一千吗？"

但他也不想给大家太多压力："男生都给我打起精神，女生也不要有思想包袱，如果经期来了，吃不消，就申请缓考，我们要相信自己的身体，尽量发挥出真实水平。"

赵晓青听着姚章龙的交代，看向窗外阴沉的天色，想着待会儿该不会要下雨吧。

她没想到自己的经期会提前，也就压根没想到吃药那回事。不过，好在她没有痛经的毛病，哪怕今天第一天，应该也不会影响成绩。

姚章龙："好了，大家把香蕉吃完，把巧克力放兜里，下楼热热身。"

闻言，赵晓青站起，拿过水杯喝了一口水。

陈琦看她微微发白的脸色："你怎么了？"

赵晓青疑惑："我怎么了？"

"没不舒服吧。"

赵晓青摇头。

"喏，巧克力给你。"

"不用，我有。"赵晓青推回他伸过来的手。都是班费买的，一人一份，她可不能占了他的。

姚章龙用班费买了红牛、香蕉、巧克力，还有抗疲劳的西洋参含片。陈琦收回巧克力递香蕉，香蕉被退又递西洋参。

赵晓青被他闹个不停，难得笑了下："你干吗呀？"

陈琦却神色正经："我看你有点虚。"

"我才不虚，你顾好你自己，你只有两次跑进过3分38。"

"这时候就别揭我短了。"

"这时候也别愁眉苦脸了。"赵晓青跟他往教室外面走，"往好的方面想,考完就解放了。"

"你是安慰我还是安慰你自己?"

"不是安慰,是鼓励。我们要让身体和脑袋都兴奋起来,特别是你,老是一副睡不醒的样子,今天是正式考试,正式的意思你懂吗?"

"懂懂懂。"王思齐不知从哪儿冒出来,接过赵晓青的话,"他又不傻,你跟个尼姑似的一天到晚念经,还怕他马失前蹄发挥失常啊,放心,他心态比你稳定多了。"

赵晓青淡淡扫了王思齐一眼,兀自走了。

王思齐撇撇嘴:"你觉不觉得这人越来越彪了?"

陈琦顿了下:"彪点挺好。"

"哪里好?"

"以彪攻彪。"

…………

两人笑闹,各自拎一个装着排球和乒乓球拍的塑料网兜往考试场地走。学校没有室内体育馆,乒乓球对墙打的场地在食堂一楼。选定两面没有窗户的实墙,涂漆画线,初三的学生们在这片简陋的场地上练了大半年。

平时他们还要自己移开餐桌椅再复位,今天全是老师动手,腾出的地方更宽敞。组织的老师一直在维持秩序,男女各占一面墙,十人一组,从左到右依次排开。

"每人两次机会,成绩取最高的一次。打到28下就满分,一组人全部结束再退场。"登记的老师严肃地重申规则。

八班的同学结束热身,在候场区排队。不多时,乒乒乓乓的声音如雨点纷飞,有人沉着应对,有人手抖冒汗。

两次机会稍纵即逝,赵晓青握紧球拍,心也慢慢提了起来。

永贤初中去年体育中考的满分率达到了70%以上，陈琦觉得这个数字已经相当理想。为了这三十分，他们耗费了大量的时间和精力，但只有今天的成绩具有决定性意义，就像他们的文化课，周而复始的学习和训练，到头来只能凭几张试卷证明这几年没有白过，既合理又讽刺，既热血又滑稽。

考试场地的热闹胜过运动会，陈琦看着周围，同学们的脸上不复往日的轻松，多的是严阵以待和殷切的期盼。他在这种紧张热烈的气氛中感到一种难言的胆怯。满分固然令人高兴，得了零分为何不能翻身？为什么大家都要去够到一个所谓的像样的标准，为什么标准总是希望大家变得优秀，却不能允许或容忍一个人临阵脱逃，或是从一开始就选择相反的方向？

"哎，陈琦，醒醒。"王思齐被他的安静弄得摸不着头脑，"我刚才的话你听没听见？"

"什么？"

"我说吓死我了。"王思齐满脸通红，语气激动，"我第一次只打了十八个，差点前功尽弃。"

"顶住啊班长，"旁边的男生笑着说，"平时练得好好的，心态搞崩了多冤啊。"

王思齐"唉"了声，不由得佩服陈琦老僧入定波澜不惊的样儿："瞧这位，跟雕塑似的站在那儿，球自己往他拍上打，估计闭着眼睛也能过。"

陈琦罕见地没有搭话。他的身体和脑袋全然没有赵晓青叮嘱的那种兴奋，反而陷入了奇异的冷静。身体素质的差距有时比智力水平的高低更残忍，他已经不是小时候动不动就发烧进医院的带病小孩，可是不受控地，他的心境暗沉如灰蒙蒙的天色，让他觉得累、疲倦，觉得特没劲。

"陈琦排球垫球没拿到满分,就差两个。"第二场考试结束后,王思齐在操场边告诉叶玉玲,"球一偏他就没追,白长了脚了。"

叶玉玲:"那他跑步得拼命了。"

"他今天状态忽上忽下,掉链子了。"王思齐的羡慕变成了可惜,鼓励叶玉玲说,"你也加油,好好跑。"

"还用你提醒。"

很快,叶玉玲站上跑道。带着青草气息的疾风划过脸颊,她转头看向操场内侧的另一组。

赵晓青穿着灰色的短袖,黑色的运动短裤,眼神自信而坚毅。

她想,陈琦暂时出局,她的对手应该只剩下晓青一个。

半天考试,姚章龙全程陪着班里的孩子,虽然尽心尽力,还叫上了语文老师胡莉帮着照应,但还是避免不了疏漏。

有人找不到乒乓球,有人的排球瘪了,有人突然嫌跑步的鞋子不合脚了,这些小事都能解决,毕竟借一借换一换就几秒钟,但学生服管老天不服管,转眼之间,雨下得如针如线,洋洋洒洒。

他皱眉站在雨中,焦急地等待第二组女生结束。就在刚才,赵晓青像火车龙头一样加速前进,谁知冲过终点线没几步,她就双脚一软栽倒在了地上。

旁边的老师连忙把她从跑道上拖走,以免影响其他同学。而当最后一名女生跑完,吹哨老师立即躲进提前搭建的大伞底下:"考试暂停!等雨小了再跑!"

"三分十四秒,晓青!你太棒了!"何盼和叶玉玲在第一组,已经跑完,此时她好心跑过来给第二组的赵晓青和王颖打伞,"我三分四十六秒,我也满意了。"

王颖嘴里泛着血腥味,笑容却无比灿烂:"哈哈,终于不用再起早了!"

她高兴地扯着赵晓青的胳膊,却听赵晓青轻嘶。

"呀,我忘了你刚摔了。"王颖查看她伤势,看不出哪儿有血,但小腿和手臂上沾了碎石块,手掌心也有擦痕。

"赵晓青,你感觉怎么样?"胡莉亲见她被粗鲁地拖走,赶紧过来关心,"要不要去医务室?"

赵晓青却连眉毛也不皱一下,甚至有点兴奋:"我没事老师,一点都不疼。"

"真的?"

"真的。"

"那赶紧回教室休息。"胡莉扬声招呼所有人,"女生考完了都上楼,别再淋着雨。"

不远处,王思齐看着鸣金收兵的女生队伍:"赵晓青什么人啊,两条腿跟风火轮似的,'死'也要过了终点线再'死'。"

陈琦没答,蹲下打量被雨淋湿的跑道,不知在想些什么。

回到教室,赵晓青的心情十分快活,尽管她摔了、疼了,但身上的包袱卸了大半。她笑着听宿舍里的同学交流成绩,没有谁特别低。这就过关了,她想,没有发挥失常,不留遗憾,这页就翻篇了。

"我们看看男生跑得怎么样吧?"王颖提议,有不少人站到了窗边。

雨还在下,赵晓青没去凑热闹,拿出兜里的巧克力补充能量。

叶玉玲却走到赵晓青身边:"告诉你一个好消息,陈琦没有满分。"

赵晓青微愣,他没有满分为什么是好消息?

赵晓青:"他大意了是不是?是排球失误?"

"对。"

赵晓青替他可惜:"他排球练得最少。"

叶玉玲听不出她有和自己类似的窃喜,聪明地不再多话。

半小时后,男生考试结束,赵晓青等到陈琦和徐伟杰落座,给他俩递了纸巾擦头上的雨水。

徐伟杰接过:"你刚摔了?"

赵晓青:"嗯,太急了,幸亏没在起跑时摔。"

徐伟杰:"我去给你买创可贴?"

"不用。"

"给我看看你的手。"

"你看,洗干净了就只是一点红印。"赵晓青摊开手掌又握紧,转头看陈琦,竟难得见他蔫蔫的。

"你怎么了?"

陈琦:"我能怎么。"

"我摔了是不是很糗?"赵晓青说,"你肯定和王思齐笑我了。"

"没。"

"这个给你。"赵晓青把自己剩下的红牛和西洋参给他,"下午还有课,你别太虚了。"

陈琦没要。他想,原来觉得自己与众不同和做到与众不同是两码事,或许,他厌恶重复和竞争的原因之一就是他害怕竞争失败,但他不承认,所以才装作一副什么都不在意的样子。

"赵晓青。"

"嗯?"

"恭喜你。"陈琦想,上次见她这么高兴还是偶然撞见她坐在她爸爸的电瓶车后座,"恭喜你如愿以偿。"

"真心的吗?"

"真不真心你听不出来?"

"听不出来。"赵晓青笑着看他。

陈琦躲开她的视线:"问你个事。"

"你问。"

陈琦想问她现在是不是特爽,是不是觉得这些天的努力都是值得的,是不是觉得他傻且自以为是且自作自受。但末了,他只是问:"你还有茶包吗?"

"有。"赵晓青从抽屉里拿出茶盒,"你要几包?"

"一包。"

"那我也一包。"她递给他,拿了自己的杯子起身。好巧不巧,陈琦随意一瞥,瞥到她凳子上的淡淡血迹。

静默间,赵晓青顺着他的视线往下,顿时发窘。她跑得太投入,高兴得太投入,竟连经期也忘了。

她抽纸抹掉血迹:"……我去趟宿舍,要是老师来了你帮我说一声。"

"行。"陈琦问,"你为什么不申请缓考?"

"缓考人数少,还要去指定的陌生考点,压力更大。我才不给自己出错的机会。"

赵晓青说完就走,陈琦咀嚼她的话,过了会儿才想起雨还没停。

他犹豫几秒,拿了伞追下楼去。

赵晓青一回家就闻见饭菜的香味,张萍在厨房忙碌:"红烧鱼马上就好,洗洗手准备吃饭。"

赵晓青意外母亲回来得这样早,得知她是特意请了假,开心地过去抱她:"谢谢妈妈。"

赵晓青边洗手边汇报体育的满分、今天的作业、下周的模考。很快,母女俩高高兴兴地上了餐桌,张萍去冰箱里拿出雪碧,赵晓青摇摇头,说自己不能喝。

张萍知她来了例假,担心她剧烈运动会有不适,赵晓青却说没感觉,大概是长期坚持锻炼的好处。

"你爸要是有你的毅力也不会这样。"张萍忽然面露不快,"你表叔让他去厂里当仓管员,这才多久就厌烦了,说要自己找,我看他再找也找不到自己想要的。"

"妈妈,不要跟我提他。"赵晓青的语气一下子冷硬起来。

张萍:"……哦。"

赵晓青低头吃完饭,起身去洗衣服。

外衣放进洗衣机,内衣放进塑料盆。想起上午被陈琦瞥见的那一幕,以及他追下楼给她送伞时脸红的样子,她的耳朵有点发烫,但当她想起母亲的话,心情却很快冷静下来。

母亲已经不止一次像拉家常一样跟她提起父亲,她却总是冷漠回应,久了大概也会伤母亲的心。

尽管如此,她还是不想改变态度。她对赵斌的厌恶在加深,如果说这个愚蠢、懒惰、爱撒谎的中年男人,在悔悟的那段时间还有点分担家务的自觉,那么,自他去了厂里开工,就又开始故态复萌,连沙发上的薄毯枕头也不肯收拾。

赵晓青告诉自己,不管赵斌会不会离开表叔的厂,她都不能心软。血缘上的联系无法割舍,但她要让他知道,一个人如果连对自己负责都做不到,就不该奢望别人对他负责。

赵晓青拧干内衣出去时,母亲正站在院子里打电话。她看着母亲单薄纤瘦的身影,忽然很想带她离开这里。

等考完试,等进了高中,赵晓青想,即便是租房,也要和母亲租到县里去。

初三周六下午放学,周日下午回校。陈琦发现赵晓青每次回校心情总是不太好,脸一拉眉毛一皱,周遭就像聚了团乌云。

陈琦看她握着笔像握着枪,在纸上"唰唰"扫射。他问:"你在写什么?"

"默写长难句。"

"……这东西还要默写啊？"

赵晓青不答，继续"唰唰唰"。

叶玉玲走近，看见赵晓青在学习，陈琦则在旁边胃口颇好地吃着夹心饼干。

叶玉玲："有没有咸味的？或者苏打饼。"

"没有，只有草莓味和牛奶味的。"陈琦从抽屉里拿出塑料袋。

"散装称重的啊。"叶玉玲怕胖，也怕便宜货不好吃，"我不要了。"

陈琦收回。

叶玉玲又问："你排球没满分也不能申请补考，龙哥找你没？"

"你都说了不能补考，他找我有什么用？"陈琦咽下饼干，他今天急着回校补作业，晚饭也没吃，"你别一而再再而三揭我伤疤，王思齐叨叨叨已经够烦了。"

"你还烦，我在替你可惜哎，你当时神经绷牢一点不就没事了吗？"

"那我绷不牢有什么办法？"

赵晓青听着他们的对话，心想叶玉玲说得对，陈琦关键时候缺的就是抗压能力。抗压不是心态平就行，该放松放松，该绷紧绷紧，对陈琦这种过于放松和无所谓的人而言，适当的紧张和兴奋才能激发更大的潜力。

叶玉玲听他不服，也不再自讨没趣，转而问起他那几张竞赛的卷子，如果有新的她再去复印下，做着还挺有意思。

陈琦不是藏私的人："没了，我朋友也不是每周都给。"

"好吧。"叶玉玲说，"那——我该怎么报答你？"

"少来，跟我假客气。"

叶玉玲笑笑，和他闲扯几句才走。

相似的人果然连爱好也相似，赵晓青想，叶玉玲在数学上的天赋不低于陈琦，这两人玩魔方一起玩，做卷子也一起做，不说完美同频，至少关系亲近，反观自己既没有一技之长，也没有额外的学习资源，所以进步慢、心胸窄、人缘差。

陈琦看她停笔盖帽："默写完了？"

"嗯。"

"你接下来还跑步吗？"

赵晓青被他冷不丁一问："什么跑步？"

"早上八百米。"

"不跑了。"赵晓青想，体育课都取消了，大课间的跑操初三也不用再参加，"接下来要全心全意备战中考。"

"行吧。"

赵晓青转头看他："难道你想继续跑？你知耻后勇，幡然醒悟了是不是？"

陈琦失笑："怎么什么话到你嘴里就那么刺耳呢？"

"你直接说我狗嘴里吐不出象牙好了。"

"嗯，有自知之明说明还有救。"陈琦见她愿意搭理自己，"我考砸了你也不问问我砸在哪儿了。"

"我不用问，早听别人说了，我不想刺激你你反倒自己提。不过你也别放心上，体育考完就翻篇了，这点分差你能拉回来。"

陈琦看着她："原来你也会安慰人。"

"你需要我的安慰吗？"赵晓青对上他的笑容，他绝大多数时候都是潇洒的、乐观的，但并不意味着他的心里没有波澜，"吸取教训，再接再厉，前面还有更大的难关呢。"

陈琦想，他致力于举重若轻，赵晓青却总是举轻若重。不管遇到什么事，她总是做着万全的准备，冒出持续的勇气。

这并不让人讨厌，相反，因为她的压力都是给自己的，不会加

· 104 ·

诸身边的人，所以带着股专心练功以及自我突破的劲，有点持久，有点倔强。

"赵晓青。"

"干吗？"

陈琦想再问一遍她早上还跑不跑步，但他没问。

赵晓青有引领人向前的能力，但没有引领他向前的义务。

王思齐原以为陈琦考完就会恢复当初的懒样，但接下来几天都见他早起早睡，每天去操场跑三圈不说，晚上发他消息也不回。

宿舍里已经熄灯，王思齐握着上铺的栏杆："你怎么了？我刚发你的是新游戏，前面的新手关特爽。"

陈琦："大哥，几点了？少玩。"

王思齐这次模考没发挥好："玩着玩着也挺解压。"

"解一点就行了，真把压全部解完时间也没了。"陈琦掂量着还有一个多月，"为了你的三中大计，忍忍。"

王思齐被他说得脸红，再玩了两天到底放下。老师们吹响冲锋号，学生们再装聋作哑也太没道理。随着大考小考接踵而至，各种评析和总结越发频繁，王思齐想向陈琦学习，但没了考试逼着，让他早起不如多睡十分钟，因而陈琦每天还是一个人跑。

他跑得慢，不会让自己累着，去食堂吃早饭的胃口倒大了些。有次去排队撞上王颖，王颖看他碗里的包子，说："你不是嫌肉馅不好吗？"

"生活所迫，不得不低头。"

"三年了现在才低头？"

"废话，哪有不战而降的。"

王颖笑，和他坐同一张餐桌。

陈琦问起她怎么不和赵晓青一块，王颖便说赵晓青还是雷打不动地起早，她们跟不上。陈琦没在操场见过赵晓青，猜她肯定是去了教室。

事实上，赵晓青依旧是每天在楼梯口等大爷开门的学生之一。

她是班里最早，但不是年级最早，她考过班里第一，但不会次次第一。

五月底的最后一次模考，叶玉玲在班里拔得头筹。她的高分试卷被张贴在教室后面，英语作文不论是书写还是行文都无可挑剔。

"这也太棒了。"赵晓青对着墙上的卷面感叹。

陈琦的视线从卷面上移到赵晓青的脸上："比我强多了。"

"你们俩要不要这么谦虚。"叶玉玲心情不错，"七班英语还有考119分的呢，我才118分。"

赵晓青在心里竖起大拇指，陈琦则笑笑："别说118分，给我108分也够了。"

叶玉玲嗔怪地打了他一下。

回座后，叶玉玲翻开语文书，赵晓青继续做数学题，陈琦则拿出《历史与社会》背知识点。

他们都不是天才，都要用努力换分数，冲刺阶段的每一天都不能儿戏。

中考结束的那天，校园里的阳光格外灿烂。姚章龙站在讲台上，看着这群青涩而熟悉的学生，一时百感交集。

"明天早上八点，准时来班里对答案。"他的语气正经而温柔，"对完答案开毕业典礼，把你们的手机都光明正大地带来。"

"哇哦——"教室里响起一片欢呼。

"龙哥！会有蛋糕吗？"

"龙哥，我们可以喝酒吗？"

"龙哥，班费还够吗？"

"够的！班费还有两千多。"王思齐抢先回答。

姚章龙笑笑："等对完答案，看你们有没有心情吃。"

"别人我不知道，反正我考不上也得吃。"

"我也是！"

大家在欢声笑语中收拾东西，第二天一早，却都换了副面孔，各怀心事地坐到原来的座位。

答案册被下发到每个人手中，半小时后，姚章龙来班里询问估分情况，同时打开电视，播放校长的毕业寄语。

校长说了什么，大家都没认真听，有人在等毕业证书，有人在等送过来的毕业蛋糕，有人已经拿出手机光明正大地打起游戏。

陈琦等了半天，等到赵晓青合上答案册。

他直接问："怎么样？"

赵晓青的脸上有忐忑，有雀跃，有谨慎的不确定和明媚的期待："把语文作文估低点，总分应该有572。"

"正常估呢？"

"580分。"赵晓青没说自己正常估也只是把作文估到40分，"你呢？"

陈琦朝她伸出手，笑得自信坦荡："九月一中见。"

第五章 好好看看你

赵晓青走进一中的大门,迎新生的红色横幅已经被雨淋湿。

一中开学堵了门口一道街,说话声和车子喇叭声沾了雨水,又黏又热让人心烦。赵晓青回头,赵斌和他的电瓶车已经不见了,尽管她路上没和他说一句话,但此刻竟有些后悔。她的冷暴力持续到现在,赵斌的脸上也未添欢喜,尽管他还是把她挂在嘴边,"晓青,你多吃点""晓青,把钱拿着",可是,他也已经习惯得不到回应,不再像之前那样小心而期待、愧疚而热情。

半小时后,赵晓青在新宿舍整理好行李,独自走向教学楼。她想起毕业典礼那天,班里的同学在一起分享蛋糕,一起唱歌拍照,想起出分后的第二天一早,姚章龙把淡绿色的录取通知书交到她手里,笑着让她来县一中缴费报到。

报到那天也是赵斌送她的,两个人开心却无措,走到室内体育馆,排队登记完就匆忙回去了。在此之后,赵晓青去母亲上班的代工点打起了零工:把成品衣折叠好装进塑料袋封口,一角一件。赵晓青的最高纪录是一天赚了八十五块。

她很高兴,但赵斌不高兴,为此她和他吵了一架,然后坚持了四十天。

为了摆脱枯燥的工作带来的混沌,赵晓青在手机里下载了很多英语听力材料和现代散文诵读,但即便如此,她拿到工资时的喜悦也被无聊的体力劳动透支,就连被一中录取的喜悦也淡了几分。

如今再次走进一中,她即将开始全新的高中生活。她会遇见怎样的人,考出怎样的分数,要给自己怎样的交代?

她毫无头绪,满肚心事,直到走近高一的教学楼。

楼前围了很多同学,虽然分班结果早已提前短信通知,但赵晓青还是过去看了看。

永贤初中今年有四十八位同学考上一中,按理说每个班都会有初中校友。她踮着脚,快速浏览一张张表格,一班没有她认识的人,二班也没有,三班,四班……陈琦呢?陈琦说他在七班还是八班来着?

"嘿。"肩膀上忽然被人拍了拍,赵晓青转头,不无错愕。

陈琦看着她笑:"见鬼了你?"

赵晓青忽地绽开笑容:"我正想你呢。"

"哟,想我了?"

赵晓青被他一逗:"不是,我说我正想着你。"

"有区别吗?"

"当然有。"

陈琦依旧笑着,不再闹她:"我说过我在八班。"

毕业典礼那天大家互加微信,都留了联系方式,陈琦后来收到分班结果也给她发了消息。

赵晓青狡辩:"……我记得。"

"你记得?那你来找谁?叶玉玲和我同班。"陈琦说,"我们班主任是数学老师。"

"那很好啊。"

"你呢？"

"我不知道。"

陈琦疑惑："你不知道？吴昊和王天琪和你都是五班，他们说班主任是物理老师。"

赵晓青一头雾水："吴昊和王天琪是谁？"

"七班的，在我们隔壁三年你不认识？"

"……我认识，我一时没反应过来。"赵晓青想他朋友是多，别说七班，要是有十七班他也能聊到一块去。

她抬眼，看见他被雨淋湿的头发和肩膀："你没撑伞啊？"

"雨不大，我就从宿舍跑过来了。"陈琦想起和她说的九月见，领录取通知书那天没见到，如今提前到八月底也挺好。除了稍微变长的短发、稍微变黑的肤色、稍微变软的脾气，他发现了她变化最大的地方，"你配眼镜了。"

"嗯，我怕坐后排看不清。"

"之前上课看得清吗？"

"看得清，老师写的板书很大，我怕新老师写的板书很小。"

陈琦想，这人怕的东西未免有点多，近视了都能坚持到现在才配。他还想再说些什么，有人喊了他一声。

"陈琦，"两个男生收伞走近，"叫你跟我们一起，你不听，淋到了吧。"

他们也心情不错的样子："这是你同学？"

陈琦跟赵晓青说这是他的新舍友，然后跟他们介绍："赵晓青，我以前的同桌。"

很快，陈琦跟他们上楼，走了几步回头说："哎，八班就在楼梯口，刚好在五班上面。"

赵晓青没应，只点点头。

等他们的身影消失在楼梯拐角，赵晓青想，陈琦的人缘比她以为的还要好，而能交到朋友的前提，应该是自己先成为一个很好的朋友。

她忽然有点感激他。

在混乱无助的开学第一天，他的出现让她心安，也让连绵的阴雨不再阴沉。

叶玉玲整个暑假不是在旅游就是在学吉他，一开学又撞上雨天，军训强度减弱，她嘴上抱怨自己的防晒霜买贵了，实则心里乐开花，跟陈琦说等太阳出来了分他涂一涂。

陈琦对防晒霜不感兴趣："你舍得给我还不好意思涂呢。"

"哎呀，没事的。"叶玉玲现在和陈琦坐在一起，不知何时才重排座位，"虽然我们俩在八班还挺巧，但赵晓青的五班比我们班更好。"

陈琦疑惑："班还有好坏？"

"当然，好班都得托关系进。不过晓青考了587分，超出了统招线5分，的确比我们考580分的有优势。"叶玉玲分享八卦，"这次中考第一名张扬就在五班，你不知道？"

陈琦知道，以往第一名都是城区学校的学生，今年的张扬却来自乡镇初中，如果不是报考限制，他的分数上岚城的一中也绰绰有余。陈琦羡慕第一，但未立志得第一，拔得头筹鹤立鸡群是天时地利与人和的产物，他既没运气也没实力，不掉队尾不拖后腿就算对得起自己和老师的付出。

这话要是被赵晓青听见肯定又会招致嫌弃，陈琦想，幸好她没和他一个班，否则他肯定又得想方设法地凑到她跟前去，而跟她吵完闹完只有他自己分了心。

之后两天，新生们白天以班级为单位在体育馆站军姿，晚上就在班里听老师统一广播讲论语。等天气由雨转晴，恢复操场训练，逼人的暑热让学生叫苦不迭。

"坚持就是胜利。"饶是穿着迷彩服的教官声音嘹亮地鼓舞，还是有不少同学报告不适，去了阴凉处休息。

陈琦不怕晒不怕跑不怕踢正步，最怕站军姿。他容易出汗，汗一出脸就红，教官以为他体虚站不住，好心问他要不要喝水，陈琦摇头。他细皮嫩肉娇生惯养，但也干过农活，这点苦头吃不了别说同学笑话，回家也要被老爸老妈笑话。

就这样连续训了一周，放假当天，老师通知下周四举行摸底考试：语数英加物理化学，五门齐上阵就是要掂掂大家的分量。

"我不会掉到百名开外吧。"叶玉玲心里没底，"我整个暑假都没碰书。"

"掉到最后一名也不会开除你。"陈琦心态照常。

叶玉玲心想，等考砸了看你还会不会这么淡定。

"哎，你说那个张扬，他的压力应该比我们更大吧？"

"我怎么知道。"陈琦收拾好书包，"你回不回镇上？"

"回，但我爸开车来接我。"叶玉玲想问他要不要一起，转念想一次一起就有可能次次一起，让他老是搭顺风车也不合适。

正犹豫着，陈琦已经背上书包："那我走了。"

外面的太阳晒得人头疼，陈琦回宿舍拿了衣物，出校后便往汽车站赶。王思齐考上了三中，也是今天放学。两人通过手机联系，最后在车站碰头。

"早知这样我也让我爸来接我了。"王思齐家的轿车比叶玉玲家的更高级。

陈琦不想再替他"刺探军情"："你以后直接联系她，再找我，我要按次收费。"

"别这样，我不好意思嘛，再说了她老是不理我。"王思齐暑假里碰过几次钉子碰怕了，"我仔细看了一圈，我们班没有比叶玉玲漂亮的女生，你们班呢？有没有美女帅哥？他们说美女帅哥都在技校，一中全是丑八怪。"

"放屁。"陈琦说。

"我也觉得放屁，叶玉玲就是既漂亮又聪明。"王思齐看看陈琦，"还有你，你长得也不赖嘛。"

陈琦嘚瑟地挑眉，好像在说"这话我爱听"，但事实上，他见过的帅哥美女的确不少。

这不，朝这边走来的就有一对。

男生穿着军训的迷彩服，个子很高，五官端正；女生则穿着白色的短袖，没有刘海，带框的眼镜依旧掩盖不住她清秀含笑的面容。

王思齐也注意到了他们，碰碰陈琦胳膊："哎，那是赵……晓青吗？"

陈琦视线固定："不是她是谁？"

"那她旁边的……"

"不认识。"

"你都不认识？"王思齐忽然拉高嗓门，"赵晓青！"

赵晓青循声望过来，脚步一顿，而后像是问了男生一句什么，男生点头，两人便朝陈琦这边走来。

周围已经有不少学生在等汽车进站。赵晓青想起陈琦开学那天跟自己大大方方地介绍，便也学着露了点笑容："陈琦，这是张扬，我的新同桌。"

张扬不止一次听赵晓青提起过陈琦，中考数学满分，和他一样。他冲陈琦淡淡示意，径直走向前面的候车区。

王思齐觉得这人挺横。赵晓青等张扬走远了,说:"他是永涧镇人。"

永涧镇和永贤镇方向相反。陈琦问:"你们很熟?"

"同桌哪有不熟的。"王思齐插嘴,"赵晓青,你怎么戴眼镜了?看起来好傻。"

许久不见,王思齐还是这么欠扁。赵晓青收起笑容:"你不说话没人把你当哑巴。"

王思齐当不了哑巴,一直和陈琦聊天。等车进站,三人一起上车,他挤开赵晓青,站到他俩中间:"你们也要开运动会吧,有没有新生篮球赛?"

陈琦不关心:"我又不会打。"

提到开学考,王思齐又说:"我们就考语数英,三中去年只有五十几个上重点,我肯定排不进,从孬到好得靠磕头烧高香。"

他和陈琦有一搭没一搭地聊着,等车厢里的说话声渐轻,他们也止住话口。王思齐打起游戏,陈琦接到爷爷的电话问他几点到家,他说五点左右。挂断后,他看向赵晓青,她自打上车就戴着耳机,神情专注却并不轻松,不知在听些什么。

半小时后,城乡公交车经停永贤镇。王思齐和赵晓青下车往镇里走,陈琦则转向另一边的加油站,那是永贤镇到陈家村的公交车停靠点。

回到家,陈琦先把包里的新鲜蛋卷拿给爷爷奶奶。这是他在从一中到车站的路上买的,据他的下铺同学说是县里知名糕点房的招牌产品。爷爷奶奶很捧场,连连夸赞又酥又香,奶奶吃了半根,从锅里盛出一大碗鸡蛋酱油炒饭:"这才几天就瘦成这样,赶紧垫垫肚子。"

陈琦哭笑不得:"奶奶您把我当猪养。"

"你怎么会是猪呢,你属马,是千里马。"奶奶一本正经地说。

陈琦吃了饭,又从冰箱里拿了罐可乐。父母下班后,他还吃了半顿晚饭和四分之一个西瓜。临睡前,他跟父亲提起想买辆新的自行车,十几公里骑上个把小时也够了,父亲说好,母亲听了却不同意,乡道、省道、国道,一个人骑车过于危险。

陈琦没坚持,转而和他们提起开学考。陈志强没想到儿子刚上高中就有了比初中更大的压力,自然不会给他定下非得考第几名的目标。陈志强和陈琦他妈都不是大学生,都不聪明,儿子考上一中全凭他自己的天资和努力,他们帮不上忙也不能帮倒忙:"还是那句话,不要怕,凡事尽力就行。"

陈琦回到自己房间,想起过去的整个暑假,他放肆熬夜,放肆打游戏看电影,放肆地骑着他十岁时拥有的第一辆自行车在附近的村庄乡镇打转。那么,开学考会是一个惊喜,还是一场惊吓?家里不给他鞭策,他也不会鞭策自己,而真到了学校,真有了竞争,他大概也没有自以为的那样潇洒。

开学考成绩出来的那天,教学楼前乌泱泱围了一群人。五班张扬数学148分,物理100分,六科总分甩了第二名一大截,以绝对优势续写了中考状元的荣耀。

叶玉玲站在榜前端详了几分钟,回班时心情不爽。她年级排名178,陈琦排名79,足足比她少了个"1"。叶玉玲记住他的成绩明细,说:"你的卷子给我看下。"

陈琦转着笔:"你应该说'你的卷子能给我看下吗'。"

"……快点。"叶玉玲轻打他的胳膊。

陈琦的答题风格还是没变,思路比笔墨多,空白比过程多。她看完有些地方没懂,陈琦好心给她讲了。她一点就通,这让她的心情舒畅了些。原来她和他的差距没那么大,就像数学,他最后一题也没全对,而她如果前面少错点,单科能和他打个平手。

她把卷子折好："你怎么不问问我赵晓青考多少？"

陈琦把卷子压回笔袋下面："我知道。"

"你知道？"

中午去食堂，陈琦懒得跑也懒得排队，等班里空了才下去，正好撞见老师往橱窗里贴成绩榜。他找了半天，在中间靠后的位置找到了赵晓青，排名308，对她而言肯定不是理想的名次。

事实上，赵晓青已经被这个名次打击得喘不过气。除了语文和英语，其他几门的分数都不高，尽管她做题时已有折戟的预感，可是物理的正确率实在让她大跌眼镜。

"这次是加了难度的，有些知识点我们还没学。"张扬跟她说。

"可是大家都会。"

"你也会一点，你又不是倒数第一。"

赵晓青后悔没参加收费的暑假衔接班了，尽管张扬也没参加，但她不是张扬。

"你的卷子能给我看下吗？"

"数学和物理被借走了，给你化学和生物吧。"

"谢谢。"赵晓青接过他的卷子，他连字都写得清爽好看。

张扬说："你的语文卷子也给我瞻仰瞻仰呗。"尽管她的语文只比他高了两分，但他没想到会被她抢了他的第一。

赵晓青意外他的客气，也不藏私。张扬看着她的作文卷面，都说字如其人，这人长得平平无奇，竟能写出这样娟秀清丽的小楷："你练了几年书法？"

赵晓青说："我没练过。"

"真的假的？"

"真的。"

张扬挑眉，不无意外。

上课铃响，这节是物理讲评课。物理老师黄永平身兼班主任，身材矮胖气场十足,还喜欢叫人回答问题。赵晓青习惯了姚章龙的龙哥式陪伴,遇着这么个物理名师,不禁有些发怵。等到下课,她把所有的错题订正完再去食堂,在门口撞见了陈琦。

陈琦问她:"放学铃你听不见?"

"我听见了,事情没做完,耽搁了会儿。"

陈琦双手插兜,跟她一块下楼:"你这两天没事吧?"

赵晓青奇怪:"我能有什么事?"

"没有受不了?"

"你说成绩?我特别受不了。"赵晓青从来没考过这么差的分数,"但这是我自己做的卷子,我不接受,自欺欺人又有什么用。"

"你能这样想就好,我还怕你会趴在桌上哭哭啼啼。"陈琦看她,故意说,"还是你已经哭过了,现在死不承认?"

"你巴不得我一蹶不振一击即溃是吗?"

"你看你,老是把我想得这么坏。"陈琦笑了笑。

赵晓青看见他的笑容,情绪莫名提振了些。她知道他和叶玉玲考得都比她好,那么,对她而言,中考分数的领先再没任何意义。重新开始需要的不只是经验,还有自信和勇气,她绝对不能一次就被打趴下。

她跟着陈琦去了食堂,但没去同个窗口排队,没在一起吃饭。也是拿了餐盘落座,她才想起忘了问他为什么会在五班门口,还是说她问了他没答?他应该只是从八班下来顺路吧。

哦,对了,她还忘了夸他数学考了148分,肯定只有最后一个大题的最后一个小题没答完。

真是天才般的让人羡慕的脑子呢。

赵晓青夹了一筷子鱼肉进嘴,希望自己也能变得更聪明。

五班在开学考后组织了换座,没让学生选,班主任自己排。赵晓青以为和张扬无缘了,结果只有部分座位有调整。

"往前调的是关系户。"张扬说。

赵晓青问:"你确定?"

"大概率。从小到大我们见惯了这一套,不是吗?"

赵晓青想说不是,但听他语气嘲讽,便笑了下:"你的实力让'这一套'显得用处不大。"

张扬"哼"了声:"我最讨厌这些。"

赵晓青闭嘴,又听他说:"不是讨厌你。"

"我知道。你讨厌我就不会跟我说这些。"赵晓青有感觉,"讨厌一个人是巴不得离他远远的,跟他张嘴都嫌费劲。"

"那你有讨厌的人吗?"

赵晓青:"有。"

"谁?"

我爸。赵晓青想,她和赵斌的对峙不知要持续多久,而她对他的讨厌一如她对自己的讨厌。

张扬见她沉默,忽然指着自己:"你说的不会是我吧?"

"怎么可能,和你成为同桌是我的荣幸。"

真虚伪。张扬想。

赵晓青发现他时不时会露出嘲讽或鄙夷的神色,但没有深究。百分之百的优等生和她这种人是不一样的,比起深入交心,两个人和平相处更重要。

只不过,当她和张扬相处日久,她发现他比自己想的还要优秀。他会软笔书法,会吹笛子,会用文言文写周记,甚至还会打篮球——体委组织男生参加新生篮球赛时,他第一个举起了手。

这样光彩夺目的人无疑成为全班的焦点,同班的女生开始向赵晓青打听张扬的信息:"你近水楼台,问问他的八卦啊。他那么高、那么帅,还文武双全,绝对不是书呆子。"

赵晓青想，他当然不是书呆子，可是他是不是跟自己有什么关系："你们自己去问吧。"

女生们觉得她没劲，不再指望她。而等新生篮球赛开幕，张扬的表现出挑，更是成了全年级的重点关注对象，就连叶玉玲也忍不住跟赵晓青说："你整天对着张扬可太幸福了，球赛你看了吗？他打球帅得大家一片尖叫。"

赵晓青没看，叶玉玲疑惑："你们班体委没有组建啦啦队？预赛就不提了，今天半决赛，正好我们八班对阵你们五班。"

赵晓青不是啦啦队成员，也不关心，只觉得自习课班里空了大半很清静。

"走吧，一起去看张扬。"叶玉玲难得邀请她，"虽然陈琦也在，但我可能要倒戈给你们班加油了。"

陈琦也在？赵晓青问："他不是不会打球吗？"

"是不会，但是他人高，被我们体委抓了壮丁当替补。"叶玉玲想起陈琦唉声叹气的样子就想笑，"你说他要是上场出丑了怎么办？"

赵晓青说："那他最好还是不要上场吧。"

半决赛四支队伍，分成两个场地，五班和八班这边明显人气更旺。

五班有特长生，加上实力不俗的张扬，是夺冠的热门。陈琦看着计分板上的数字，短短十几分钟 21:8，这分差怕是没有打下去的必要。

太阳明晃晃地照着，陈琦候场候到现在，热情比不过旁边的啦啦队。叶玉玲是啦啦队里的中流砥柱，尽管迟到，嗓门还是一顶一的高，相比之下，赵晓青就显得蔫多了，她跟块木头似的站在他旁边，谁进球都好像跟她没关系。

"看得懂吗你？"他忍不住问。

"懂一点。"赵晓青说，"三分线内投进得两分，线外投进得三分。"

陈琦笑。

赵晓青看他："我说错了？"

"当我没问。"

赵晓青觉得这人怪怪的。叶玉玲说他是替补，但他作为替补并不紧张，还有闲心跟她们打招呼，而当她问他能不能行，他又顾左右而言他，只像现在这样东一榔头西一棒子地搭话。

赵晓青转而去看张扬。张扬没穿和特长生一样的篮球服，身上是件黑色短袖。他个高，但动作灵活，跑起来带风。他每进一个球就会引发场上欢呼，可他的表情始终沉着淡定，衬得其他男生有些急躁和忙乱。

利落完美的一道弧线后，篮球准确进筐。分差被拉到34:12，比赛中场休息。

两个班的同学拥上去给队员递水递纸巾。

陈琦没参加预赛，不知五班实力强劲如此，这样下去他们班未免输得太难看。他皱眉，边给大家递水边说："他们班除了张扬和那特长生，其他人也是打野球，我们得注意配合。"

他和体委关系不错，直截了当地道："你拿到球别紧着，马上给出去，他们不防你，你直接内切跑位，等球回传给你你再投。"

体委擦着汗："我知道，我大个子往里切更容易，但没人给我啊，刚才谁给我了？"

旁边的队员说："他们那特长生特猛。"

"他是田径特长生，又不是篮球特长生，"陈琦接过他的水，盖上瓶盖，"你半场被他打蒙了？"

"他一过来我就紧张。"

"那你别看他,看自己人,挡拆的时候动动脑子。"陈琦刚才看得分明,"他们班的球虽然都往特长生那儿送,但投篮最准的是张扬,收缩回防时得有人盯着他。"

"我想防也得防得了。"被安排任务的男生说,"我可没他那体力。"

陈琦看向对面:"他上半场差不多打满,体力肯定下降。"

"那我们换人,"体委搭上陈琦的肩,"你上。"

"别,我是替补里的替补。"

"陈琦,你就只会纸上谈兵。"旁边的叶玉玲故意激他,"有本事你自己跟张扬较量。"

"我没本事。"陈琦不上她的当,"你说得对,我就只会纸上谈兵。"

叶玉玲"喊"了声,继续听他们分析。体委一瓶水落肚,这才发现陈琦身侧站了个女生:"哎,同学,你几班的?"

叶玉玲说:"她是五班的,我们初中同学。"

"五班的?间谍。"有人起哄。

"什么间谍,卧底。"

"嘻,军机都泄露完了。"

体委笑着问赵晓青:"你是来刺探军情的吗?"

赵晓青一愣,忙说不是,陈琦看着她:"我在你脚底下画个圈,你在圈里不动就证明你不会通风报信。"

赵晓青瞪他:"去你的吧。"

闻言,大家都笑。

五班那边正期待八班自动放弃,提前结束比赛,听见那边的欢笑不由得好奇:"我还以为一个两个被打哭了呢,怎么比我们还高兴。"

张扬轻嗤:"一群没心没肺的。"

五班体委问:"下半场你要不休息休息?"

张扬拒绝:"我还能打。"

很快,裁判吹响哨声。八班这边派了个人专盯张扬,用陈琦的话说就是在保证不犯规的情况下当讨嫌的狗皮膏药。不过这膏药没起作用,回传的效果倒有了,五班的男生依旧只把球往特长生手里送,八班则更注重走位配合,体委看着替他上场的同学横冲直撞,既想笑又着急,陈琦也被调动情绪,时不时喊一嗓子。

"传球!传!"

"对!直接投!"

八班的奋起直追把比分拉到了42:28,赵晓青还是站在陈琦身边:"你们班的战术和他们班的不一样?"

什么"你们班""他们班",陈琦想笑:"你是哪个班的?"

赵晓青顿住。

他又接着她的话说:"哪有战术,别把球搁手里,别都争着抢着自己去投篮就行。"

"可你刚刚明明……"

"理论归理论,你们班的整体实力比我们班强多了。"

赵晓青看着眼前人,他明明很认真,但就是要用不在乎的表象去掩盖他的认真。

陈琦察觉她的目光:"干吗?我又没真在你脚底下画圈。"

赵晓青没好气,正要说话,叶玉玲挤过来催促:"陈琦,他们都累成那样了,你还不去分担一下?"

陈琦自认使命只是替补:"我讨厌剧烈运动。"

"那你刚才分析得头头是道,真就只动脑子不动脚?"

陈琦无奈:"你别只盯着我行吗,难道你很想让我上场?"

"才不是。"叶玉玲拍了他一下。

赵晓青看着他俩的互动,忽然记起叶玉玲经常拍陈琦,确切地说，不是拍，是碰，是熟人之间亲昵而轻微有度的碰。

她往旁边站了半步，想离他们远些，陈琦却慢慢挪到了她身后。他低头看见阳光洒落在她头顶，绑着马尾的细皮筋跟她的发色一样乌黑。

"赵晓青。"

赵晓青没应，体委却很快过来叫陈琦。

原来是五班终于换人，总算等到上场时机。

交换眼神后，陈琦和体委前后顶了上去。叶玉玲不无兴奋地跟同学说："快看，陈琦这个狗头军师终于被赶鸭子上架了。"

赵晓青不知陈琦是"狗"是"鸭"，但见他并不激动，只希望他是难得出马的"马"。

事实上，陈琦让体委节省体力就是为了钻空子，因而张扬刚歇口气，他们俩就和另一个在场上的男生内外接应，在篮下连得四分。

八班的啦啦队鼓噪得更加热烈，张扬在旁边看着他们的自我感动式赢球，再次轻蔑地勾起嘴角。就这分差，还想创造奇迹不成？但他有轻蔑的底气，五班顶替他上场的男生却有点急了。那男生跃跃欲试却自始至终没碰到球，还被判了犯规，让八班获得了罚球机会。

体委调整呼吸，推陈琦出去。陈琦随意应下，拍拍打打，屏息凝神。篮球离手往上抛的瞬间，他就预感有戏，谁承想一次有戏还有第二次，两投两中连他自己也吓了一跳。

周围响起的叫好和掌声让他赧颜，这叫什么？无心插柳柳成荫，得亏雷立发偶尔拉他去村里的球场，这不，运气来了挡都挡不住。

他得到鼓励，心情不错地看向右边，原本站在人群前面的赵晓青却没了影。

比赛继续，体委过来和陈琦击掌。陈琦跑了两步，把注意力放回场上。

激情的欢呼被抛在道路尽头,赵晓青逃离了人群。

她没有进入观赛状态,也罕见地不想回班。越是热闹的场合她越找不到自己的位置,这是她迄今没有克服的性格缺陷。

下午四点多的太阳把她的影子拉得老长,她低头看路,忽然希望影子从地上站起来成为她的朋友,这样,她就不必假装平静地站在陈琦身边,不必掩藏自己无法加入五班队伍里的失落。

班里的同学都很好,是她不好,不主动是她的问题,后悔不主动则是更大的问题——她既无法做出改变,也无法悦纳自己。如果说她在初中还曾因为学习好而拥有特别的光环,那么现在,她连这点光环也彻底失去了。

赵晓青的步伐和心情一样沉重。不知不觉间,她来到了图书馆门前。

开学第一堂语文课,语文老师带着全班同学来过这儿。学校为了方便管理,没有在馆里设自习室,只设了借阅室和报刊阅览室,所以藏书比座位多,座位比学生多。

赵晓青走上台阶,走进右手边的阅览室,找了个空位坐下。

这里比教室安静,是可以喘气的地方。

赵晓青的手轻轻划过棕黄色的桌面,想起母亲在开学前否定了搬来县城住的想法,理由是镇上房租更便宜,而她在那座小院住惯了,在来料加工点和饭店也工作惯了。

惯性是很难摆脱的,赵晓青理解母亲,所以没有坚持,但在母亲面前不坚持似乎也是她的惯性。

赵晓青看着窗外的阳光,忽然有点后悔跑来了这里。她的孤僻、任性、自以为强大却时常受挫的矛盾心理,靠自己估计很难摆脱。要是陈琦比赛结束,她或许可以找他说说话,按他的脾气肯定不会拒绝她。但转念一想,他向来不缺和他说话的人,那他何必自讨苦

· 124 ·

吃来听她的倾诉或分担她的烦恼呢？

还是回去做题吧。赵晓青勉励自己，都说闲愁闲愁，只要忙起来，或许就没这么多乱七八糟的想法了。

五班在新生篮球赛中得了第一，张扬因此大出风头。每个年级都有站在金字塔尖上的同学，而张扬除了成绩优异，在外貌上也略胜高年级的学霸，在紧随其后的运动会上，有不少学姐也慕名来五班的场地凑热闹。

"张扬人气真高，"看台上，叶玉玲向赵晓青打探，"他欣赏哪种类型的女生？"

赵晓青回答不了她的问题："我不知道。"

叶玉玲不知赵晓青是真不感兴趣还是假装不感兴趣以免去是非："你这个同桌当得不合格，难道你不和他聊天吗？你们班没有人嫉妒你吗？"

"要嫉妒也是嫉妒张扬，嫉妒我干什么？"赵晓青奇怪，"你怎么老是把注意力放在他身上？"

你看，这就是赵晓青不讨人喜欢的原因。亏叶玉玲还以为能从近水楼台的赵晓青这儿得到八卦，现在看来是她想多了。初中三年都不怎么亲近，还能突然变成朋友？那天一起去看篮球赛，她以为赵晓青转了性，结果这人云淡风轻地看了会儿就扫兴消失，果然还是本性难移。

叶玉玲被赵晓青戳穿心思有点着恼，但她理直气壮："什么叫我想，哪个女生不想认识优秀的男生？要是我有机会接触张扬，绝对不傻兮兮地当木头，他这种人在哪儿都会受到关注，我不主动也多的是人主动。"

"那你去主动好了。"

"我当然会，我还要让他看到我的主动。"叶玉玲面不改色，起身往旁边走，很快和等她的八班女生会合。

赵晓青看着她们结伴下了看台，走向不远处的跳高场地。

跳高是门技术活，张扬很早就报了名，他说他在初中运动会上把其他项目都试了一遍，感觉自己蛮适合跳高。赵晓青想他应该不会做无把握的事，因而所谓的适合应该等于擅长，如果不出意外，他会拿到名次，然后收到叶玉玲式的艳羡和钦佩的目光，那是他应得的，也是身为他同桌的她不可得的。

赵晓青失望地承认自己还是融入不进五班。五班的体委不会强迫她报名哪个项目，因为一下子就报满了，大家都愿意通过运动会展示自己；班长也不会要求她写超多的广播稿，因为班里不缺既有文字功底又有兴趣动笔的同学。赵晓青感到一种淹没在人群里的被遗忘的无用武之地的痛苦，而她似乎并没有改变现状的能力，就在刚刚，她甚至把主动来找她的叶玉玲也惹恼了，她为什么就这么难相处呢？

激昂的《运动员进行曲》环绕着整个操场，赵晓青像一个脱离五线谱的音符，也像作业本上被划掉的错字。

她神色黯然，把写好的两份广播稿交到主席台，低头往操场的大门走去。

"你是没听到赵晓青说了什么，我要被她气死了。"叶玉玲跑去跟陈琦告状，"我还自作多情跟她套近乎，可她把我当笑话，一点也不念同学之情。"

陈琦不知赵晓青和她说了什么，皱眉道："那你念念同学之情，少抱怨她。"

"我就抱怨了，怎么了。"叶玉玲看不惯他的偏帮，"你是在维护她吗？你这么偏心吗？"

陈琦说："如果你对她也是这么咄咄逼人，那就不怪她给你气受了。"

"我咄咄逼人?她对你咄咄逼人的次数不比我多?"

陈琦不打算和她继续拌嘴:"你消停会儿。"

"不行,你不把话说清楚我就……"叶玉玲忽然收声,因为张扬正好在不远处站定。

如果说陈琦的成绩和性格曾让叶玉玲倾慕过一阵,那么耀眼的张扬一出现,她的倾慕便自动转移。

"张扬,加油!"她放过陈琦,和其他女生一起给张扬鼓劲,既兴奋又不安,既满足又吃味。

张扬的背越式过杆引发了周围一片欢呼。还在排队候场的八班体委压力山大,他耸耸肩膀,向陈琦索取安慰:"我过不去别笑话我。"

陈琦:"尽管跳,又没人看你。"

体委给了他一拳。

陈琦笑着呼痛,陪着看了会儿,等体委进了第二轮便转身走了。经过五班看台时,他没见到想见的人,而当他回到教学楼,去了五班门口,里面只有两个女生在做作业。

他奇怪,问她们有没有看到赵晓青,得到否定的回复后,一时不知去哪儿找她。

难道只是去上厕所了?那他为什么非得找她不可?真找到了又该和她说些什么?

陈琦在走廊上站了会儿,看着楼下青郁的雪松。

虽然五班和八班离得不远,但他没像之前承诺的那样经常下来找她。

对赵晓青这种人来说,谁和她亲近都有碰钉子倒霉的可能,但如果不和她朝夕相处,也就没了和她亲近的可能。

高三不参加运动会,所以图书馆还是开着。赵晓青在阅览室一角待到下午五点,看完了一本小说。

去食堂吃完饭,回到班里,她的座位旁围了好多人。张扬跳高得了第四名,又是喜事一桩。

她安静地坐下,把借来的书放进抽屉,拿出没有做完的卷子。

直到静校铃响,大家陆续回去自习。张扬心情颇好地问她:"下午都没见到你人,去哪儿了?"

"图书馆。"

"偷偷用功是吧。"

"不是,我看闲书去了。"

张扬:"什么书?"

"《天堂蒜薹之歌》。"

张扬了然:"哦,我早看过了,莫言得诺贝尔文学奖那年我就把他的书全部看完了。"

"……哦。"

"你没看?你不爱凑热闹是不是?"

赵晓青想说镇上没有书店,而她在上一中前连县里的公交车都很少坐,所以也没去过县里的书店买过像样的书。

张扬看着她:"你为什么不问问我还记不记得内容,读完什么感受?"

赵晓青想,书是自己读的,有没有感受自己知道就好:"你那时还在上小学吧,遇到生僻字都是查字典吗?"

"用字典也用手机和电脑查,我爸妈都是乡镇中学的老师。"张扬发现她的关注点和他想象的不同,"问这个干什么?"

赵晓青也不遮掩:"问这个就不用问你读书的感受了,感受是很私密的东西。"

"私密?我觉得一本书好不好看也算私密吗?"

赵晓青没有说话。

"你并没有和别人分享的习惯,除了食物。"张扬承认,她的安静或许是让他愿意和她一直坐同桌的原因之一,除了题目,她从不主动问他,而被问题目对他而言非但不是打扰,反而让他有种被仰望的高人一等的自得,"对了,你上次给我的面包还有吗?我晚饭没吃饱。"

"有,我有很多。"赵晓青拿出袋子,打开袋口让他自己拿。

张扬拿了两个:"你喜欢吃甜的。"

"甜的能让我开心。"

"你不开心?"

"我学不进去就不开心。"

张扬笑,又拿了一个,该说不说这面包还挺不错:"下次多买点,巧克力味的比牛奶味的好吃。"

"好的。"赵晓青笑。

张扬看她眉眼一弯,心想,物以稀为贵,这人笑起来比不笑时好看一些。

运动会结束了,老师们的监督重新加强,同学们也从放松愉快的状态回到紧张充实的学习中来。

赵晓青比不上张扬的收放自如,但她只有收,没有放,所以也不用适应这种转变。九门课一门门学,作业一页页做,她比在初中时更勤奋踏实,给自己定的目标也从进全年级前二十名变成全年级前两百名。

和持续的努力对应的是持续的消耗,而因为有了消耗,赵晓青的精神和胃口都变得越来越好。一中食堂的饭菜便宜又好吃,赵晓青整天坐在班里,除了大课间跑操就再无运动,体重不知不觉地往上蹿。

而就在赵晓青以为自己步入正轨时,期中考试给了她重重一击。

她的其他科目都还过得去,就连数学也上了一百分,唯独物理,还是醒目的不及格。

她站在成绩榜前,没去看张扬的第一名,找到自己232的年级排名又去找陈琦的,他排名第65,又进步了呢,数学148分,物理96分,这两门的分数足以让她忽略其他。

一旁的叶玉玲却没有忽略人群中的赵晓青,她这次考到了第130名,又赢了赵晓青一把。

她走过去,在对上赵晓青的正脸时微微愣了下:"你是不是胖了?"

赵晓青被叶玉玲一说,考试失利的阴影骤然加重。她知道叶玉玲不会说谎,漂亮的人往往对胖瘦更敏感。

赵晓青有点尴尬:"我最近是挺能吃的。"

"哦。"叶玉玲了然,没再多提,赵晓青却转身上楼,不期然碰上陈琦。

和以前一样,陈琦先开口叫她。

赵晓青没应。

"想什么呢?只低头看路不抬头看人。"

赵晓青见是熟悉的陈琦,那点被揪出的小自尊严丝合缝地裹住了她。

陈琦察觉她表情不对:"怎么了?"

赵晓青为难:"你看看我。"

"看你?"

赵晓青拉他站到旁边:"你看我胖了吗?"

陈琦无语:"你胖没胖自己不知道?"

赵晓青面无表情地看着他。

"好好好,我看。"陈琦双手插兜,低头凑近。

赵晓青摘下眼镜,近距离和他对视,却忍不住心虚地眨眼,一下,两下,陈琦的心也似被她的睫毛轻轻触碰。而后,他站直,只将目光移向别处:"看不出来。"

"和以前比呢?"

"怎么比,我以前又没好好看过你。"

"那你大概……"

"没法大概。"陈琦摸摸鼻子,只留给赵晓青一个匆匆的背影,"走了。"

张萍记得女儿今天放学,下班后赶去菜市场买了条鲫鱼。爱吃鱼的人聪明,这说法不知从何而来,女儿比她更相信。而当她做了鱼炒了莲藕煮了干菜汤后,女儿却没像前段时间那样连吃两大碗米饭,像是没什么食欲。

她问:"怎么了?"

赵晓青放下筷子:"妈妈,您看我的脸,大了一圈。"

"什么大了,这叫圆润,白白胖胖气色好。"张萍很欣慰,女儿胖了表明学校伙食不错,"读书很累的,不能太瘦了。"

赵晓青从来没有太瘦过,她身高一米六七,体重没下过一百一。一中的新校服早已发放,藏青色的长裤掩盖住了大家身材的差异,可是脸蛋天天露在外面,谁看了都有数。赵晓青想起叶玉玲随意的提醒,如果她继续胖下去该怎么办呢?管住嘴并不是那么容易的事,而管不住就意味着自制力的丧失,她怎么会变得如此迟钝粗心,连身体的变化都不曾察觉?

张萍不知女儿在脑子里推演了一段乱七八糟的,只往她碗里夹了截鱼肉。赵晓青没吃,进房间拿出抽屉里的红包,那是她暑假打工赚来的零花钱,买完眼镜还有得剩,买自行车却是心有余而力不足。

张萍放下筷子,听赵晓青说想骑车上下学,来回二十几公里,每周就有了保底的运动量。张萍不同意:"去一中要经过国道,一个人骑车太危险。"

"可是我从学校要走路到汽车站,坐城乡公交车还要等,太浪费时间。"

张萍还是不同意,晚上等赵斌回来,跟他提起,赵斌也反对:"胖点有什么关系,胖点像我。"

张萍:"像你这么胖就完了。"

赵斌讪讪,摸着他的啤酒肚敲门进入赵晓青的房间,赵晓青正坐在桌前看书。

孩子太乖也不是好事,没有孩子心性,跟大人显得生分。当然,赵晓青可能只是对他生分。赵斌沉默着进,沉默着出。张萍恨铁不成钢,拦住他伸过来的手:"别碰我,一点用都没有。"

没了张萍的支持,赵晓青的买车计划暂时搁置。她只能开始跑步,开始把每周的生活费省下三分之一,只点食堂里的素菜。可是吃素容易饿,吃饭又容易胖,她只能忍住补偿性进食的冲动,催眠自己多喝水。

张扬察觉到她的变化:"你的面包全变成给我带的了,你自己怎么不吃?"

"我不能吃。"

"为什么不能吃?"

赵晓青没说话。

赵晓青越不承认,张扬越要她承认。他也开始买零食,除了面包,还有饼干,甜的咸的软的酥的,说是要为了报答她的投喂。赵晓青一次两次不要还行,次数多了张扬就有意见:"你不吃以后别问我题目,有来有往的道理都不懂。"

赵晓青被他一凶也来了气,不问就不问,还真有用自己的优势拿捏人的。

张扬原本只是想让她妥协,结果她的脸绷得紧紧的,真就整天闷头苦干没理他。敢情先前都是装的,她也跟其他女生差不多,和他说话只是为了拉近距离,而非真正想弄懂题目,没有真正的求知欲。

"赵晓青,赵晓青。"他连叫两声。

赵晓青转头。

"今天的物理随堂作业你都做完了?"

"做完了。"赵晓青疑惑,"课代表刚才不是都收走了?"

"所以你都会?"

"做完了不代表能做对。"赵晓青有几道没把握,憋着没去打扰他。

"那你不问我?"

"是你让我别问你。"

张扬皱眉:"让你吃点零食就这么难?"

"吃零食当然简单,但零食等于诱惑,被诱惑绑架也是简单的。"赵晓青不想承认自己饿的时候真想往嘴里塞东西,可一时满足带给她的是短暂的快乐和长久的懊恼,她不允许自己周而复始,陷入循环的情绪消耗。

"你对自己的认知有问题。"张扬下了结论,"虽然我不知道你为什么突然要减肥,但是一个不会正视并满足自己欲望,只知道践行原则却不会奖励自己的人,是没有办法获得持久的内在动力的。"

赵晓青看着他。

"难道我说错了?"

"没错。"赵晓青想,她的内驱力在拿到一中录取通知书时已经消失大半。

张扬看她忽然黯淡的脸色,凑近道:"胖瘦就那么重要?"

赵晓青想说"是",又觉得说"是"很肤浅,于是躲开他的询问,拿起水杯起身。

而当她撞上另一道熟悉的视线,不禁握紧杯子。

许久未见的陈琦就站在门口,但显然不是来找她的。

陈琦来这儿是因为吴昊找他。

吴昊是永贤初中七班的同学,虽然和赵晓青分到了一个班,但赵晓青和他并不熟。

他这周忘带了换洗的运动鞋,以为能将就,结果昨晚把鞋子放阳台外面散味,被夜雨浇湿,今天上体育课只好问陈琦借。眼下他父母已经把换洗的送来,他就把鞋子还给陈琦。

陈琦接了鞋子就走。赵晓青不自觉露出的笑容又不自觉收回,等他离开才去问吴昊。吴昊意外她跟自己搭话,简单说了原委,赵晓青好奇道:"你怎么不问宿舍里的人借?"

"问了一两个尺码不同就不问了呗,我初中跟陈琦借过好几次,跑到他们宿舍他就直接给了。"

赵晓青"哦"了声,重又去外面接水。另一边,陈琦板着张脸,回班继续自习。

"你看我这样写行不行?"叶玉玲递给他一个天蓝色的信封,"我要落款吗?要写我自己的名字吗?"

"不写名字谁知道你是谁。"陈琦说,"加个微信而已,至于吗?"

"至于。"叶玉玲郑重其事。不然她"噔噔噔"跑到五班去找张扬,直接说想要对方的联系方式,那样不管是被当场拒绝还是他被迫同意都很尴尬,所以,她选择给他写封短信,附上自己的号码让他主动来加,要是他不加,她就再想其他办法。

"你说我要不要在里面放上我的照片?你们男生都喜欢漂亮的,我应该也算漂亮吧。"

再漂亮,放照片也夸张了吧。陈琦无心和她探讨,眼前都是赵晓青和张扬凑在一起说悄悄话的画面。

"喂。"叶玉玲打断他的走神,"你听没听见我刚才说的?"

"听见了,但我不是张扬,别问我。"

"你真讨厌。"叶玉玲将信封小心折好,陈琦则翻开作业本,把"张扬"两个字从脑海里赶出去。

周五放学,汽车站的客流高峰已过。陈琦在候车区再次和王思齐碰头。

"叶玉玲把我拉黑了。"他痛苦地说,"我这些年的情谊终究是错付了。"

陈琦拦住扑过来拥抱的他:"你戏精上身?"

王思齐苦笑、耷眼、嘟嘴一条龙:"你说她眼里怎么只看得到好的,就因为那张什么扬次次考第一?我考不了第一就连和她做朋友的资格都没有吗?"他翻出手机里的聊天记录,"你看她发的,这么决绝,还让我别骚扰她,我每周六晚上给她发个消息问她睡没睡是骚扰吗?"

陈琦知道他心里难受,由着他发了会儿牢骚。只不过,叶玉玲给陈琦的感觉也的确不同了,以前文静温柔说话都轻声,现在敢想敢做的事也不少。他正打算安慰王思齐,王思齐自己却先止住:"你看那是不是赵晓青,她旁边的是不是张扬?"

王思齐记得曾在车站和张扬碰过面,也看过叶玉玲给他发的张扬在成绩之星公告栏里的照片。

陈琦目光锁定,看着张扬和赵晓青告别,然后走向永涧镇专线的候车区。

赵晓青同样看见了他们,过来打招呼:"你们怎么这么晚?"

王思齐从鼻子里哼气:"你也不早啊。"

赵晓青逐渐摸准了发车时间,在学校多做了会儿作业是专门等这个点，既能很快上车又能保证有空位。

也正因此，她很久都没碰到过陈琦。

赵晓青问："你今天这么晚，是备战竞赛吗？"

陈琦看她："你怎么知道？"

"张扬也是。"学科竞赛在全县几所高中举行，数学加理化生四门，赵晓青没有参加的资格。

车子来了，三人上去坐到最后一排。某人肚子叫得很突兀。

"你饿了？"王思齐听得分明，笑话赵晓青，"这么大的一中不让人吃饱饭？"

赵晓青瞪他："我减肥。"

王思齐："减肥？我只听过施肥化肥拖肥，还有猪八戒吃素取经越减越肥。"

陈琦"啧"了声："你哪儿来这么多段子？"

王思齐"嘿嘿"两声，结果又听见赵晓青肚子叫。

陈琦拿出一个面包递给她，她不要。

"怕我下毒？"

赵晓青："我戒糖。"

"戒什么？"

赵晓青侧身："你不懂，我在锻炼意志。"

"那你的意志够可怜的，饿了不吃，困了不睡，跟自己作对不有病吗？"陈琦把面包扔给她，"净重八十克，两口就没的东西把你吓成这样。"

赵晓青回嘴："什么叫吓成这样，难道我还怕它？"

"你不怕它，你跟自己较劲。"陈琦不明白她的爱美之心怎么就突然膨胀到这种地步。

赵晓青从中午就没吃过东西，眼下的确饿狠了。她撕开包装纸，把面包一口气塞进嘴里。

陈琦失笑："又没人跟你抢。"

赵晓青含含糊糊地顶了句。

"……什么？"

赵晓青鼓着腮帮子："车厢里不让进食。"

"呵，还挺有公德心。"王思齐哼声，去陈琦的包里翻找还有没有东西吃。

陈琦看着赵晓青松鼠似的脸蛋，轻轻笑了。

深秋的天气捉摸不定。

公交车开到半路突然遭遇阵雨，等到了永贤镇，雨又变成丝丝缕缕的银线洒在半空。

陈琦下车，和王思齐道别后走向加油站，去那儿等从永贤镇到陈家村的公交车。

雨丝纷飞，陈琦加快脚步，头顶却落下小片阴影。

是赵晓青追了过来："你怎么不打伞？"

伞其实放在包里，但陈琦懒得拿："雨又不大。"

他往旁边避，想了想又钻进伞底："你不回家？"

赵晓青抬高手臂以适应他的高度："我先去加油站，那边有卖电瓶车和自行车的店。"

赵晓青在网上看过款式，想着去店里比比价，要是合适就尽快订一辆。

陈琦好奇，赵晓青便说想骑车上下学。她买不起高档的变速自行车，心仪的是带车筐以及后座的，前面可以放杂物，后面可以绑雨衣和书包。

陈琦听完："国道线这么多年没拓宽，非机动车道又窄，一堵车还被占道，你爸妈能放心你自己骑？"

"我想试试。"

"那我建议你绕去工业园区那边,路都是新的,横平竖直,红绿灯也少,到了创业大道路口往右拐就是一中方向。"

赵晓青:"工业园区在哪儿?"

"西边,离这儿三公里左右。你不是住镇上吗?"

"我是赵家村人,不是永贤镇人。"赵晓青最熟的只是初中到家的那段路,"没去其他地方转过。"

"你住在哪儿就是哪儿的人。"陈琦漫不经心地道,"翻翻地图,看看导航就认识了。"

赵晓青又问:"那周围的路你都认识?"

"差不多。"他暑假里连犄角旮旯都转遍了。

"你去过工业园区?"

"嗯。"陈琦心知肚明。园区里的厂有大有小,毛巾家纺牛仔布,相框文具化妆品,最西边是一家上市的五金集团,最东边在建的新能源电池厂,则是去年招商引资落地的大项目。

赵晓青看他慢吞吞地打起哈欠:"你很困吗?刚才车上那么吵,你都快睡着了。"

经过的电瓶车"嘀嘀"两声,陈琦接过伞柄,让她走在靠右的一侧:"我们老师很啰唆,也很上心,逼着我们用功,我晚上有点失眠,睡不好。"

"是因为竞赛?"

"嗯,你知道我不抗压。"如果说初中班里就一个赵晓青,那么高中班里有一半女生都是赵晓青。大家都很自觉,这让他感到有种被包围的憋闷。

他没等到赵晓青接话,赵晓青也忽然不知该说什么。她悄悄看他,印象里这是他们俩走得最近的一次,可是差距偏偏比以往的任何时候都大。竞赛名额不是谁想有就能有,五班的综合成绩全年级第一,可她身处其中总是格格不入,物理对她的打击甚至超过了语文给她的自信。

陈琦打量她:"你怎么了?"

"没怎么。"赵晓青避开他的视线,不想被他嘲笑,随口问了句,"你和叶玉玲还是同桌吗?"

"是。"

"你们班的女生很强吧?"

"强。"陈琦想起赵晓青的成绩,"你的物理怎么回事,我看你好几次不及格。"

他不提还好,一提又戳到赵晓青的痛处。

"你们班藏龙卧虎,就没人带带你?"

"有,但我太笨。"赵晓青想,张扬那种好学生不是老师教出来的,她这种笨学生也不是一下两下就能教会的,"我都不想学了。"

她以为陈琦会哈哈两声,说你也有今天,但他只是又打了个哈欠:"不想学就别学,高二选文科一了百了。"

"哪里还有文科?政史地?可我听张扬说我们这届可能不开政史地的班了。"

自从高考改革,语数英以外的科目变成七选三,学校就倾向于文理搭配开班,两门文科加一门技术。技术是信息技术和通用技术合并在一起,以前只是作为学考的必考科目,赵晓青不太想选。

陈琦明白她的担心,一中向来是十二个理科班,两个文科班,数量本就悬殊。他似乎是深思熟虑过:"我倒觉得不管加不加技术,都可能保留一个纯文科班。之前考理综文综,理综好的同学能考个两百七八,文综考个两百五十几就顶了天,但现在都是赋分制,就算一百分的试卷实际考八十七分,只要排名靠前,赋分也能赋到九十七或一百,所以文理其实一样。"

赵晓青考虑现实:"可这个排名是全省一起排,我怎么可能排进前3%？"

"怎么不可能？"陈琦语气认真，"其实从整体上看，文科分差小，变数大，我们县中不一定比不过城里的高中，倒是物理，县中以及乡镇高中的生源和师资力量比不过大城市，他们的竞赛辅导是常态，理科水平完虐我们，而我们只有少数的尖子生能赋分到九十几，大多数在六七十分，一中要是考虑升学率，肯定少开物理班。"

赵晓青觉得他分析得有道理："所以虽然政策是让大家想选什么就选什么，但其实做不到，就像一中没条件给每种科目组合配备足够的老师。"

陈琦点头："我猜明年调整，五班是唯一含物理的理科班，十四班是唯一一个政史地的文科班。"

赵晓青微愣："为什么？"

"猜的。"陈琦的根据是五班的班主任是物理名师兼年级副组长，十四班的班主任则是历史名师，班主任和领导一般不会有大变动。

赵晓青想了想："那你到时要选物理吗？"

"要是开我肯定选。论有趣程度，数学排第一，物理排第二。"

做擅长的事是会生出趣味来的，赵晓青默然，在她为单门课不及格挠破脑袋时，陈琦已经从认知和心态上甩开她一截。

"我们的差距好大啊。"

陈琦不解："什么差距？"

"成绩和对事情的看法。"赵晓青闷闷，"我连年级前两百名都考不进，你的名字却印在第一张成绩榜上。我自认搜集了很多关于高考的信息，可是你得到的、想到的，甚至比老师告诉我的还要早，还有……"

陈琦难得从她这得到一种被捧的优越："还有？"

"还有你体育也并不差，你能长跑，能打篮球，你只是懒得做而不是不会做。"

陈琦发现今天的她有点反常："你受什么刺激了？"

"才没有。"

"没有你把我夸成这样。"陈琦撑着伞继续往前走，见她无动于衷，伸手拨了她一下。

秋风变向，陈琦把伞往她那边倾斜，罩住她比他更窄的肩膀："我和你没有差距，只有差别。目前来看，最大的差别是我会自我调适，而你不会。"

赵晓青反驳："我也会。"

"等你笑脸比愁眉苦脸多的时候再来告诉我会不会。"陈琦说，"人一旦封闭自己就跟井底之蛙没什么两样，以为天就那么大，以为天会塌，塌下来就完了。我觉得你现在的状态太紧绷了。张嘴闭嘴就是分数、排名，失利带给你的全是负面的反馈，但如果你试着把情绪和别人分享，试着主动去找一些轻松的、有意思的，除了死板的知识以外的愉快的交流，就会更像个正常人。"

赵晓青的表情由疑惑变为愤怒："你不止一次骂我不正常了。"

"不是骂，是提醒。"陈琦说，"学习不是生活的全部，当你把所有的精力都放在它身上，你就被它绑架了。"

赵晓青不服："诱惑才会绑架人。"

"那你是爱学习，还是爱学习带来的名列前茅？你要是每次考最后一名还会有继续学下去的热情吗？你想变得优秀，想被人看见，这种'想'不是诱惑吗？"

"不是，这是动力。"赵晓青反问，"难道你不想被人看见吗？"

"想啊，我想被我在意的人看见。"

"这不就得了，你想被你在意的……"赵晓青忽然顿住，是她听错了吗？

"你刚说……你也……"

陈琦注视着她:"什么叫也?"

赵晓青暗叫老天,是叶玉玲影响了他还是他影响了叶玉玲,这两人竟默契成这样,都有了不合时宜的心思。

"你不会是想早恋了吧?"

"早恋"这个被老师家长列为高压线的禁词,从赵晓青嘴里说出来还真有点冲击力。陈琦的心乱了乱,又听她直截了当地问:"是你们班的女生?"

陈琦否认。

"那她是哪个班的?叫什么名字?"

陈琦不得不辩解:"你听不听得懂我说话?我说在意而已,跟早恋有什么关系,何况我说想被她看见,意思就是没被她看见。"

"哦……"赵晓青继续问,"那她有很多优点吧,她成绩很好是不是?"

"不是,她成绩不拔尖,但关心成绩是她的优点之一,"陈琦看着她,"在大多数情况下,她更像一个让人生气的笨蛋。"

"……啊?"

陈琦看她吃惊而茫然的表情,把伞还给她:"光顾着听我八卦了,前面就是卖自行车的店。"

赵晓青这才发现他们走过头了。

陈琦说完就走,赵晓青冲着他的背影喊:"伞你拿去用吧!"

然后,她就看见他边走边从包里掏出了一把藏青色的大伞。

…………

雨越下越大,赵晓青握着伞柄,站在原地许久。

她有些惊讶,陈琦竟然会有在意的人。

不知怎的,她又感到隐隐的失望。

原来成绩不太好的笨蛋,才是他藏在心里偷偷在意的人。

第六章 我喜欢的

再坐了几回公交车后,赵晓青还是坚持骑自行车,张萍拗不过女儿,到底还是同意。周日下午,赵晓青骑着新车提早出发,她带上手机,打开导航,花了一个半小时才顺利抵达学校。

收到她发的报平安消息,张萍直接打了电话过来:"在路上吓到没有?累到没有?"

赵晓青不累,反而很高兴:"妈妈,您放心,要不是第一次边骑边记路,我早就到了。"

张萍既欣慰又无奈,叮嘱了几句才挂断。赵晓青把车停在图书馆的地下室,又上了锁,等到周五放学再"吭哧吭哧"骑回家。

主动权回到了自己手里,赵晓青很安心。她不用再计算时间,不用故意留在学校做作业,而当她骑完车发了汗后,多吃几口饭似乎也没负担。当然,光靠这点运动还没法达到标准,晚餐过后,她总是要去操场上走三圈,加上大课间的活动时间固定,久而久之,她的饭量和体重也不再突飞猛进。

张扬得知她骑车上下学,给的评价是低效。赵晓青不以为然。

如果她有他打篮球的强度或是吃不胖的体质，她也可以从容很多，但她没有，所以要用自己的方法。

赵晓青仿佛又回到备战体育中考那会儿，日程是既定的，步伐是稳健的，心无旁骛有事可做的状态可比瞻前顾后好多了。渐渐地，张扬发现她不再揪着一道题翻来覆去地问，不再因为随堂测验来不及做而愁眉紧锁。他问："你是不是因为外貌焦虑影响上进心了，怎么不问我问题了？"

"我只有物理要问你，其他的我能做，做错了看答案也能懂。"事实上，赵晓青在物理上摔的跟头已经严重影响了她的心情，她决定暂时认输，把它排到最后，"谢谢你愿意帮我，但凡事靠自己，我明白的。"

张扬不再多说，他的心肠没有好到上赶着给人当老师的地步："那行。你不问我我倒有话问你，你和叶玉玲是同班同学？"

"是的。"

"她人怎么样？"

赵晓青说："很好。"

"怎么个好法？"

"聪明、上进、漂亮，还当过广播站站长。"

"那她这么好，没人接近她？"

"有吧。"赵晓青想起王思齐，也想起叶玉玲跟她提过张扬，"你问这些干什么？"

"对她有点兴趣。"

赵晓青顿了顿："你也想认识她？"

张扬微愣，随即失笑，她问这话的语气就跟啄木鸟啄虫、兔子啃胡萝卜似的："不行？"

赵晓青心想这有什么不行的。她忽然有点开心，为叶玉玲当时的勇敢，也为张扬的眼光——原来优秀的人真的会互相吸引。

她想了想问："你是要她的联系方式吗？"

"不用，我已经有了。"张扬从抽屉里掏出一个黄色的普通信封，那是他从他爸妈的书房里拿的，上面还印着"永涧初级中学"的红字，"你帮我把这个给她。"

张扬前后收到了叶玉玲的三封信，一封比一封长，第三封足足有八百字，引经据典翻来覆去，溢出的热情和小心翼翼让他不得不加她的微信。

赵晓青疑惑："你为什么不自己给她？"

叶玉玲的信是托人放在他桌上的，那他就不能直接还，以免显得他比她更重视这段小插曲。他说："那么多双眼睛盯着我，我还要自己制造话题吗？"

也是。赵晓青接过信封，很快去了三楼。

正是课间，赵晓青站在门口张望，没看见叶玉玲，只看见被围住的陈琦。

他像是在跟人讨论什么，脸上带笑。赵晓青让坐在门口的女生帮忙叫他，女生也不过去，提高嗓门说："陈琦！有人找！"

陈琦看见赵晓青不无意外，很快过来："稀客啊，找我？"

"我找叶玉玲，她人呢？"

"走开了，不知道去哪儿了。"

"那你把这个给她吧。"赵晓青递过信封，封面上空无一字，"是张扬的。"

陈琦没接，说："张扬的东西为什么你来给？他俩的事用不着你掺和。"

"……什么叫掺和，举手之劳而已，叶玉玲是我同学不是他同学，我帮忙送封信怎么了？"

"怎么了？他让你跑腿你就跑？"陈琦不满，"他今天给这个送，明天给那个送，你兼职当免费邮差还乐在其中是吧？"

赵晓青觉得他莫名其妙："算了，你不乐意就不用你给，我自己等她回来。"

陈琦却猛地抽过她手里的信封。

"哟，陈琦，又有人给你送信啊？"上厕所回来的男生眼见这一幕，打趣他道，"这是第几个了？"

闻言，原先围在陈琦座位上的短发女生朝这边看了眼，赵晓青和她视线相触，又见她在陈琦位子上坐下，翻开陈琦的作业本。

莫名地，赵晓青有点不舒服。

陈琦赶走那开玩笑的男生，正要说话，叶玉玲刚好打水回来。

赵晓青抢过信封，递给叶玉玲。叶玉玲听完她的来意，眼睛一亮，在她下楼前还不忘追了句："谢谢你！"

叶玉玲满心欢喜，又满是忐忑，回到座位忙不迭拆开信封来看，然而张扬给她的只有苦口婆心，一列校规校纪，二列课表排名，三列他对自己的学业要求。这让叶玉玲难堪的同时又加深了对他的好感：他如此正经、踏实，温和有礼……天哪！

她忍不住对陈琦说："张扬怎么会这么完美？我为什么没早点结识这么完美的人？"

陈琦无言，只"呵呵"两声。

叶玉玲："……你这是什么反应？"

陈琦没接话，拿出卷子继续做题。

理科竞赛的结果出来了，张扬毫无悬念地拿到了一等奖。老师在升旗仪式上通报结果，赵晓青混在人群里鼓掌，她不仅听到了张扬的名字，也听到了陈琦的名字。三等奖也很好，她想，获奖给人的鼓励直接而有效，在过程中建立的自信和结果一样重要。

她没有去问张扬和陈琦任何关于竞赛的细节,那与她无关,她有更紧迫的任务:要通过其他科目的优势把物理丢掉的分拉回来。

日子一天天过去,到了十二月底,气温越来越低,筹备多时的元旦晚会终于拉开了序幕。开学时大家做自我介绍,有人喜欢唱歌,有人喜欢跳舞,而喜欢实际上约等于擅长。

赵晓青没有特长,只有爱好。尽管看书的爱好不是她的专属,但她的确落实得不错。图书馆里的书多,都免费,她马不停蹄地借,如饥似渴地读。下半学期以来,张扬总是看见她专心致志地对着书。

赵晓青习惯性地挺背,姿势永远是端正的。她左手压着书脊,右手翻着页角,机械却又沉浸其中。张扬觉得她像一杯茶水,茶叶上下浮沉却姿态尽展,茶味苦涩却让人净口静心。赵晓青默读的基本是小说,朗读的却是散文。张扬喜欢听她读课文以外的文字,她声音很轻,富有感情,对他而言不是干扰而是一种享受,只不过,当他终于忍不住对其表示赞赏时,赵晓青的反应却有些无措:"我吵到你了吗?这学期都快结束了,你不适应怎么不早说?"

"你理解能力是不是有问题?"张扬笑,"我说你读得很好,我很爱听。"

"所以你不是在说反话?"

"你觉得呢?"

赵晓青松了口气,原来他和陈琦一样宽容。

张扬又问:"你老读这些,课文记得住吗?"

"记得住。"赵晓青自豪又苦恼,必背的她早就背下来了,她的眼睛大概只能识别并存储文字而非数字。

张扬想,她过于努力的表象容易让人忽略她的天赋:"我记得你上次借了三本书,一周就读完了?这么快不会囫囵吞枣吗?"

"我基本都是囫囵吞枣,除了需要细读或是特别喜欢的,其他都是一段旅程式的体验。"赵晓青想起往事,"我读小学那会儿,我们镇上每年赶两次集，会有卖书的摊子，十块钱一本还是两本，我舍不得买，站在那儿随手选本有眼缘的，两个多小时就读完了。我那时感觉特别幸福，可是后来知道那些书都是盗版的，就不敢看了。"

张扬虽在乡镇，但父母都是老师，家里从没缺过书："你家很穷吗？"

"不富，我爸妈赚的都是辛苦钱。"

"那你别买纸质书，买电子书，墨水屏挺护眼的，价格也不贵。"张扬说。

赵晓青摇头，她不了解这些。

张扬好心道："我宿舍里有一个，明天借你看看？"

"不用了。"

"你别这么死板，科技改变生活。"

"科技已经改变了我的生活，但没必要改变我全部的生活。"赵晓青犯倔，"谢谢。"

好吧，张扬似乎习惯了她的拒绝，这是她的烦人之处，也是她的特别之处。

元旦晚会那天，美术老师在观众席里支起了相机架。有同学邀请了家长进校，体育馆里一时热闹非常。赵晓青戴着眼镜坐在台下，看流光溢彩的舞台，觉得并不真切，于是，当晚会进行到一半，她在乐声中走出了场馆。

外面不知何时下起了雪籽，雪籽簌簌，像揉皱大片的尼龙。

教学楼离体育馆不远，然而除了二楼和四楼的办公室，其他窗户里都没有亮灯。赵晓青转去图书馆，守馆的老师早就下了班。路上有不少同学从超市折返，揣着零食有说有笑，赵晓青一时不知该去哪儿，恍惚间，一个熟悉的身影朝她走来。

陈琦穿着和她一样的校服，里面是件超厚的卫衣。他戴着卫衣帽子，见了她便笑："这么冷还出来瞎逛，节目不好看吗？"

"好看。"

"嫌吵是不是？你有人群过敏症。"

赵晓青停下脚步，问他："那你呢，你瞎逛什么？"

"我饿了，买烤肠吃。"

"烤肠呢？"

"吃完了。"陈琦问她去哪儿，赵晓青只说随便走走。陈琦说回去拿把伞呗，她却说雪籽不是雪，是雪也淋不湿。

陈琦和她擦肩而过，再回头，路灯把她的影子拉得跟综合楼大钟表上的分针一样长。

他走回去和她并肩，摘下帽子："陪你走会儿，消消食。"

赵晓青笑了。

陈琦摸摸鼻子："你笑什么？"

"谢谢你。"赵晓青受用他的好心，"不管在哪儿碰到，你总是比我先开口，你一开口就让我觉得我们好像天天见一样。"

"能从你嘴里听到这种话真是不容易。"陈琦眉眼舒展，看她双手紧紧揣在兜里，"冷吗？"

"不冷。"

周围一时安静得只有雪籽落地的声响，陈琦没话找话："你觉得这声音像什么？"

赵晓青很快说："像鸡踩笋壳，小火煎蛋，竹笤帚扫落叶，盐粒跳踢踏舞。"

"……你为什么有这么多比喻？"

"多想点，存着能用。"赵晓青问，"你觉得这声音像什么？"

"像我奶奶在刷锅。"

赵晓青凝神听了会儿，想起细细的竹丝刷一下下擦过土灶上的大铁锅，清晰、爽落、均匀，唯独不像现在这样连贯。要是他们撑着伞，雪籽打在伞面上的动静会更大。

陈琦觉得她今天有点反常，似乎比平时和善一些："你受什么刺激了？"

赵晓青发现他好像很怕自己受刺激："没有啊。"

"那我们回去吧，后面有小品，我看过他们彩排，挺搞笑的。"

"哦，你去看吧。"赵晓青不感兴趣。

陈琦嫌冷："你打算走到什么时候？"

"再走会儿。"

"别折磨自己。"陈琦意识到哪怕她和年级第一坐同桌也不能让人彻底放心，"想点高兴的事，明天就放假了。"

赵晓青"哦"了声，继续往前。其实她也捋不明白心情到底如何。这次月考，她的语文得了年级第一，但总分排名还是没进前两百，说明她所谓的努力，所谓的曲线救国都没实质性的作用。

陈琦沉默地陪她再走了段，遇到了不少同学。这样快乐而放纵的夜晚，一年只有一次，某些人却不懂珍惜。

他想到什么："你在这儿等我。"

赵晓青不解，但叫他不住，只好停在原地。

陈琦跑向超市，买了两瓶热乎乎的奶茶，排队结账时，他瞧见张扬站在收银台那儿，而等他付完钱出去，张扬已经站在路灯下和赵晓青说话。

他一直等张扬走了才慢吞吞地挪过去："你和他聊什么？"

赵晓青站在绿化带的水泥沿上："他说好多人在体育馆二楼看节目，那里很安静，视野也更好。"

"那你怎么不去？"

"你不是让我等你吗？"

"算你识相。"陈琦把奶茶递给她，"要喝就喝，不喝就焐手，别说不要,一人一瓶避免浪费。"

赵晓青犹豫着接过:"谢谢。"

陈琦故意说:"再说一遍,我没听清。"

"谢!谢!"

陈琦挑眉,拍了下头上的雪籽,和她往体育馆去。

赵晓青安静地跟在他身后。

陈琦是个好人,她或许很早就知道,而在这样一个寒冷的夜晚,他给她的温暖,比她手里的奶茶还要多。

元旦过后就是期末,个把月的时间,赵晓青不曾有一刻放松。张扬发现她越发沉默寡言,也不再主动和她说话。

赵晓青每天学习、吃饭、睡觉,枯燥而充实,机械却上进,可惜即便她用尽了全力,期末成绩出来的那天,她还是受到了打击。

张萍一收到短信就转发给了她。看清屏幕上的数字时,赵晓青依旧端正地坐在书桌前,可是显然,她的心已经瘫倒。

张萍过了会儿才推门进来:"怎么了?"

"妈妈,您愿意去参加家长会吗?"

"当然。"张萍其实并不失望,按一中的实力,年级前三百的学生都能上一本线,但她也知晓青向来要强,"不管你考多少分,妈妈都去。"

赵晓青有点想哭,年级前两百名于她仿佛是个魔咒。张萍走近,俯身挽过她的肩膀:"开完家长会,我们就收拾东西,今年回外婆家过年,外婆见了你肯定高兴得不得了。"

赵晓青忍住泪意,伸手抱住她:"妈妈,外婆会问我的成绩吗?"

"不会的。"

"那……"她轻声问,"就只有我们回去吗?"

"对,你爸不去,你表叔安排他在厂里值班。"

赵晓青不知这是事实还是母亲善意的谎言,但她没有多问。想当初,她的拼命争先是为了让父亲满意,可如今她连让自己满意都做不到。

张萍用力地抱了下她,然后出去做饭。透过半掩的房门,赵晓青看见外面的沙发。她记不清父亲什么时候睡回了房间,也记不清他在表叔厂里做什么工作,离赚够原本的三十万还有多远。

她好像忽略了很多东西,而且是在不确定它们是否重要之前就选择了忽略,这不是好的习惯。正如她一直排斥父亲,总有一天,父亲也会同样排斥她。

腊月二十七这天,赵晓青和张萍坐上了前往西南的火车。她已经很久没有见过外婆,心情谈不上紧张或兴奋。直到深夜,赵斌给她发来一句问候,问她有没有睡着、赶路累不累。赵晓青很累,她想起小时候和父亲回外婆家,在拥挤潮湿的车厢里,父亲把她抱在怀里,边给她扇扇子边给她唱歌。

"爸爸。"她握着手机打字,打了又删,删了又打,最后还是没有回复。

没有回复就代表她在睡觉,她想,爸爸会明白的。

陈琦期末考试考了年级第五十名,让父母在亲戚面前挣了不少面子。相比于母亲对夸赞的坦然接受,父亲的谦虚显得有些假惺惺:"都是孩子自己学的,我也不知道他怎么这么聪明……清华北大?别开玩笑,轮不到他,他上个211还是985什么的就谢天谢地了。"

陈琦把老爸的话原封不动地传给雷立癸听,雷立癸听了哈哈大笑:"你爸是不是喝酒了?还行,喝多了也不吹牛,对你的认识很到位。"

陈琦问:"你爸想让你上清华北大吗?"

"这是他想想就能成的吗?"雷立癸有自己的志向,"我跟你说过我要当飞行员。"

"是，你还跟我说过你要当画家，当和尚，当医生，还有当魔术师。"

"……志向是会变的嘛。"雷立弢不好意思地笑，"那你呢，你想当什么？"

"不知道。"陈琦心里没底，高一上转眼就过去了，年也转眼就过完了，他现在想不清楚的问题以后一定会有答案吗？

雷立弢见他沉默，翻书时把手机开了免提："你怎么不说话？"

"我可能被赵晓青传染了，也变得多愁善感、郁郁寡欢。"

雷立弢从陈琦嘴里听到赵晓青的名字不是一次两次："都放假多久了，她还能影响到你，也是没救了。"

"她影响我？笑话。"

"把喜怒哀乐系在一个人身上本来就要闹笑话。"

陈琦不服他的指导："大哥，敢问你几岁？"

"别叫我大哥，叫我大师。"雷立弢早就看出这是怎么回事，"英雄不问出处，大师不问岁数，天昊哥这么多年了都没敢跟女生说过几句话，你就不一样了，早熟不是罪嘛。"

"雷立弢，你在干什么？"

一道严肃的男声响起，通话随即切断。陈琦叹气，几乎可以想见雷立弢被他老爸抓个正着，然后故意装傻充愣的样子。

十分钟后，他给雷立弢发语音信息："不开免提会死啊，挨揍没？"

雷立弢回复语音："我妈在家，谁敢揍我？"

紧接着，雷立弢给他拍了一桌子寒假作业，附言"100%完成"，这是陈琦难以忍受的强度。

陈琦："别秀了，我滚去补就是。"

陈琦放下手机，回房第一件事就是拿起笔。尽管他不愿意承认，但雷立弢说得多做得也多，显然比他更靠谱。

新的一年开始了，陈琦想，他应该更自觉、更勇敢，而不是一直口是心非，一直被人推着走。

高一正月十六开学，赵晓青正月初三就从外婆家回到了永贤镇。外婆的和蔼让她感到亲切，陌生的环境和亲戚来往却让她有些无措。同样，张萍似乎也做不到像未嫁女般自在，就连聊天时也会偶尔卡壳，觉得家乡话比永贤镇的方言还要拗口。

临别时，外婆一直往赵晓青的背包里塞腊肉腊肠，她怜爱地摸着赵晓青的马尾，眼里泛起泪光却说不出挽留的话。两小时后，赵晓青坐上返程的列车，看母亲脸上有和外婆相似的伤感，忍不住说："妈妈，您比我勇敢多了。"

张萍捂了捂眼睛："我哪里勇敢。"

"您能离开外婆，我做不到。我想象不出和您分开的日子要怎么过。"

张萍伸手搂她："妈妈不会和你分开的。"

赵晓青又问："那您会后悔生了我吗？"

"当然不。"张萍察觉她的不对劲，"你上了高中以后就常常不开心，是压力太大了吗？"

"其他都还好，就是物理课让人难受。"赵晓青觉得自己变成了一头骆驼，像课本里描写的那样上牙和下牙交错地磨来磨去，只知道安静而用力地咀嚼。可是，她没有骆驼那样沉得住气，她想走得快些，再快些，想离开沙漠而不是一直待在沙漠里。

"妈妈，到了高二我想选文科。"

"文科？"张萍在来料加工点和饭店干活，接触到的人多是四五十岁的家长，"我听他们说，招文科的专业要少一些，读完文科出来找工作也难一些。"

"……是吗？"

"你的科学成绩不是一直很好吗？"

"没有一直很好，高中也没有科学课。"赵晓青直起身，拿过小桌板上的水杯，这是她上初中那年，母亲陪她去镇上的超市买的，用到现在也没坏。

二十几块钱的东西能撑好几年，似乎比学习的心境更持久。赵晓青看着窗外，眼下的难关还没过，日后选专业找工作的难关就已经在不远处等着。

她要走的路就像这趟回家的列车，一步都不能错，可为什么没犯错非但没有让她感到高兴，反而只有加倍的困顿和迷茫？

赵晓青觉得自己要在沙漠里迷路了。

假期结束，高一迎来开学。大家被开学考和排名搅得有些麻木，赵晓青更是在拿到答题卷后郁闷得连晚饭也没吃。

张扬也没吃饭，他在球场打完球，去超市买了牛奶和面包，回来见赵晓青趴在桌上不太舒服的样子："怎么了？又没及格？"

"62分。"

"这么简单才考62分，"张扬发现她比交了借读费和走后门进来的外校生还要差劲，"我也没见你上课打瞌睡，书都读到哪里去了？"

赵晓青不说话，再趴了会儿才起身整理错题。

她整理错题时总会想起陈琦批评过她的假用功，但除此之外，她想不到其他办法来加深印象，更别提在张扬旁边，她看到的是他的光芒，身处的却是他的阴影。好在下礼拜就要换座位，赵晓青对物理的排斥已经加重为对物理老师，甚至对张扬的排斥，她在被虐了一遍又一遍之后才意识到，如果没有战胜它的能力，就要有逃离它的勇气。

然而，当张扬得知她不想和自己当同桌时，明显有点惊讶："我以为我们相处得不错。"

"岂止是不错，"赵晓青说，"你帮了我很多。"

"那你嫌弃我。"

"不是嫌弃，是我心理承受能力太差，和你待得越久越觉得自己一无是处。"赵晓青说，"我适合一个人坐。"

张扬想她还是一如既往的孤僻，但她的优点在于坦诚，不管好话坏话都是真话："什么适合一个人坐，说到底就是不想学物理，这样吧，我一对一辅导，保证让你及格。"

赵晓青却拒绝："我的学费交给学校没交给你，老师都没能让我开窍，我也不能浪费你的时间。"

张扬见她油盐不进，说："赵晓青，多的是人想让我教。"

"我知道啊，可我已经沾了你不少光，再沾下去就是资源的不合理配置，这样不好。"

张扬被她气到，也懒得再动嘴皮子。难道她不求他帮忙，他还逆反心理作祟故意赖上她？当然不可能。于是他气呼呼地"哼"一声，只说"你别后悔就行"。

赵晓青没有后悔，她换到了最后一排的中间座位，左边是个戴眼镜的胖胖的男生，右边是个细瘦细瘦的女生，他们仨成绩一般，都不爱说话，也都没有抱团取暖的故作熟络。

赵晓青埋头学自己的，物理成绩依旧没有起色。她像回到了初三，有足够专注的环境，足够密集的日程，唯一不同的是没有足够的回馈。初三那会儿陈琦常在旁边闹她，现在想来被闹也是忙里偷闲的运气。如今她和陈琦只能在教室以外的地方遇到：楼梯、食堂、晚饭过后空旷的操场。遇到时，她也会跟他打招呼，但要是他身边有人，她就会假装没看见。

当然了，陈琦似乎很难落单。赵晓青习惯了晚点去食堂，总能碰见陈琦和其他人坐在离大门很近的那桌有说有笑。赵晓青还发现有个短发女生和他关系不错,有次体育课因为下雨改成自由活动,她去图书馆还书,赶上八班在上素质拓展课,她就看见陈琦和那女生在借阅室里,在最后一排书架旁边,并肩站了一分多钟。

那天陈琦没有转身,她却因为陈琦没转身发现她而感到别扭。

到了周五,天空依旧没有放晴。赵晓青穿好雨衣,推着车从图书馆的地下室出来,不期然见到了陈琦。

陈琦也没想到会突然碰上,他今天值日,一手撑着伞,一手拎着倒完的空垃圾桶:"这鬼天气骑车是自讨苦吃,你要锻炼也不差这一趟。"

赵晓青拉了拉雨衣的帽檐,说:"雨又不大,我能骑。"

"你能骑,怎么就不考虑实际情况,要是雨下大了呢?鞋子湿了呢?梅雨下这么久,路上长青苔,你轮胎打滑摔了呢?"

赵晓青攥紧车把手:"你能不能不要乌鸦嘴。"

"把车放回去。"陈琦说。

赵晓青没放,只催他去坐回家的公交车。陈琦看她毅然骑进雨幕的背影,心想这人真是倔得让他头疼。等回到班上,叶玉玲已经收拾好了东西。叶玉玲难得邀请他坐她爸的车,陈琦谢过:"我做完作业再走。"

"这么拼啊你。"

"不拼做不完,我回家就躺着。"

才怪,叶玉玲觉得他这学期上进多了。

很快,班里只剩陈琦一个,他驾轻就熟地做完物理,正准备离开,却在黑板报旁边驻足。墙上贴着期中考的高分试卷,语数英三门,每门两份,赵晓青五十九分的语文作文,是全年级的独一档。

陈琦不知五十九到六十的这一分扣在哪儿,只觉得这分扣不扣没什么区别,当然,他也知道赵晓青并不会因为一门课的优秀而志得意满，她向来是只能看见别人的长处和自己的短处，这习惯差得要死，多少年了也改不掉。

从一中走到车站，陈琦没有坐开往永贤镇的公交车，而是坐了开往工业园区的 23 路环线。他觉得自己很可笑，赵晓青不一定往这边骑，他也不一定能看到她，可是，他的视线总忍不住往非机动车道上瞟，直到公交车走走停停十三站，在临近终点的倒数第二个红绿灯，他终于看到路边那抹和几辆电瓶车混在一起的亮黄色——是的，那就是赵晓青的雨衣，鲜艳、醒目、灿烂，像漂亮的、刚洗完的柠檬，让人不得不注意。

陈琦骤然心安，赵晓青已经比他更熟悉这条路，她向来是比他更有斗志、更有冲劲，也更知道自己要做什么的不是吗？

几分钟后，车子停在终点。这里离永贤镇的加油站还有很长的距离，陈琦下车往前走，想起父母工作的厂就在附近，或许可以问问他们下没下班。而当他拿出手机，却听身后传来清脆的车铃。

赵晓青的声音比车铃更清脆："陈琦！陈琦！"

陈琦转身。

"真的是你！"赵晓青急匆匆骑近，刹车摘了帽子，既意外又高兴，"你怎么跟大变活人一样，突然就在这儿了。"

陈琦被她看得心虚，只好说爸妈在这儿上班。赵晓青"哦"了声："那你要去找他们吗？"

"……不找。"

"那你是回家？这里没公交车，得走很久。"她抹了下被打湿的额头，"不过好在雨停了。"

陈琦说："看来我的乌鸦嘴没显灵。"

"显灵了我就要骂你了。"赵晓青笑笑，"你还是去加油站吗？我带你。"

"你带我？"

"对啊，"赵晓青说，"你上来。"

陈琦看着她："赵晓青，你能不能把我当个男的？"

"我怎么没把你当成男的？"

"要带也是我带你，我两条大长腿，坐后面伸不直。"

赵晓青心想这人自恋得很："你的腿有多长？骑车不是更伸不直？我带你你还嫌弃了。"

语文高手就是这种理解能力，陈琦被她气笑："你是不是听不懂人话？"

赵晓青脱掉雨衣："你上不上？"

免费顺风车，不上白不上。陈琦等她把雨衣放进车篮，伸手抢过了她的书包。

陈琦一人两包压在后座，赵晓青往前蹬了段路，心想陈琦这人看着瘦，倒比想象的要重。

陈琦笑道："现在后悔还来得及。"

"我才不后悔，带你我可以多吃两碗饭。你别有心理负担。"

"我能没心理负担吗？堂而皇之地欺负你一个弱女子。"

赵晓青可不觉得自己弱："你给我增加重量是让我更强。"

"傻了吧你。"

赵晓青笑，不知是因为他的语气还是因为他嘴上反对身体却配合。赵晓青想起以前问过他怎么能交到朋友，其实不用他告诉，她心里也有数，他聪明、风趣、会迁就人，总是传递快乐的情绪，谁会不喜欢他呢？

"我说真的，赵晓青，就算你停下来我也不会笑你。"

"我知道，你安心坐着吧。"赵晓青用力踩着踏板，心情渐渐松快。反观陈琦却陷入了矛盾，他既觉得自己不够绅士，又觉得赵晓青怎么说他就怎么做，未免过于听话，可是，听她的话有什么错呢？

他忽然想起初二刚和她坐同桌那会儿，两个人还不熟，她看不惯他的自由散漫，老是劝他上课专心。他嘴上答应，实际左耳进右耳出。时间一长，她觉得他朽木不可雕，就不爱理他了，可她一不理他，他就后悔，就犯贱地故意找些可笑的话题闹她。有次课间，他弄巧成拙闹得她不高兴，直到上课，一颗心还挂在她身上，想着怎么认错才能让她的眉头舒缓些，结果他侧头看她看得太入神，被语文老师当场抓住，叫他起来回答问题——

"找一下文章的中心句。"他至今对胡莉隐怒的语气记忆犹新。

他心虚，从头开始找，却因为紧张，只觉得纸上的字都在翻跟斗。

直到赵晓青把她的本子移到他面前，他一眼看到用红笔标注的横线和五角星。

他松了口气，从容地给出答案，胡老师却还不打算放他坐下："为什么说它是中心句？"

"因为……"陈琦想不出来，"因为赵晓青说它是。"

这话瞬间出卖了队友，班里有人笑出声。胡老师表情严肃："赵晓青说是它就是？你这么听她的？"

"听。"

"要是错了呢？"

"她不会错的。"

班里又有人笑，陈琦却偷瞄赵晓青，见她不像生气的样子才放下心。

事后，他觍着脸去谢她没有害他难堪，赵晓青"哼"了一声："别的题目我不敢说，阅读理解我很少失手。"

她好像忘记了他们在闹别扭，嘴硬骄傲，却又心软坦荡。当时的他并不明白自己为什么故意惹她生气却又怕她真的生气，现在想来，那些情不自禁的在意、前后矛盾的心思，早就像深埋的草种，等待一场雨水的唤醒。

陈琦抬头望天，雨已经停了。旁边经过的电瓶车、自行车渐渐变多。陈琦原先被人看了几眼还有些扭捏，后来接受了现实，只厚着脸皮坐着。然而，当他们靠近镇上，陈琦余光瞥见熟悉的电瓶车车身，定睛一看，果然是妈妈。

陈琦妈妈也看见了他："呀！陈琦！你怎么让女孩子带你！"

赵晓青闻声减速，下一秒，陈琦双脚点地，灵活地跳下后座。

等电瓶车靠边停住，陈琦跑上前。

赵晓青犹豫着过去，听见他说："这是我妈。"又对他妈妈说，"这是我同学，赵晓青。"

"哦，赵晓青，你也在一中对不对？"陈琦妈妈对这个名字有印象，"我们陈琦懒得很不像话，挺大的个头还要麻烦你。"

"没关系，阿姨，就几步路。"

"几步路他也不能白占你的力气。"

陈琦说："那我带她，我把力气还给她。"

"还什么还，路上车多，你别找事。"陈琦妈妈犯起嘀咕，"晓青，来，你坐阿姨的车，你家住在镇上是不是？阿姨送你。"

赵晓青看陈琦一眼："我的包。"

陈琦没应，直到她朝他伸手，才如梦初醒般把包递过去。

赵晓青回到家，刚拿出手机就收到语音消息："我妈有跟你说我坏话吗？"

她觉得好笑，回复语音："没有。"

陈琦："那你们有聊天吗？聊的什么？"

"忘了。"赵晓青问，"你还没到？"

"在菜场买菜。"他们刚才在镇中心的圆盘那儿会合,陈琦把车还给赵晓青后就被母亲拉去了菜场。菜场嘈杂,他的内心也不平静,半晌才发了句"明天学校见"。

"好。"赵晓青笑,盯了手机几秒才去开冰箱。冰箱里东西不多,她拿出土豆、鸡蛋和榨菜,打算炒个酸辣土豆丝,再做个榨菜鸡蛋汤。

她正兴致勃勃地切着菜,听见门口有动静。她以为是赵斌,过去一看,却是两个女人站在外面。

赵晓青的突然出现让她们有片刻的愣怔。很快,年长的妇人警惕地瞪了赵晓青一眼,而后迅速打量屋子,在赵晓青关门之前,用并不标准的普通话夹杂着永贤镇的方言问:"赵斌住这儿?"

"不住。"赵晓青说。

"不住?"妇人看向身旁,年轻的女人则拿出手机翻找些什么,但她突然转向赵晓青,看见赵晓青校服上的校名和校徽,"嘿嘿"笑了。

赵晓青被她笑得心慌,连忙关门,反锁。妇人反应不及,骂了几句粗话还要敲门。赵晓青一直等到她骂完了,才从窗户里看着她们前后脚离去,那年轻女人穿着条黑色的裙子,走路有点外八,好像是怀孕了。

"嗯,她是大肚子,来了好几次,我看你爸你妈都不在,问我我也没理她。"同院的爷爷正好扫完地,跟赵晓青交代,"她之前来的时候,我跟你妈提过,今天你也跟你妈说一声。"

赵晓青应下,把爷爷扫出来的垃圾一起拿去倒了。

晚上张萍回家,听赵晓青说起这事,原本平静的脸上露出气愤和担忧:"她们缠着你没有?"

赵晓青摇头:"是爸爸……不,是赵斌,他又开始赌钱了吗?是他惹的麻烦吗?"

张萍不知道,她问过赵斌,他绝口不提。今年以来他经常在外出差，说是跑业务。张萍以为他转性，也萌发出和他好好过日子的念头，可是这两个女人一出现，她的心又恢复忐忑。

赵晓青不指望从母亲这儿得到答案，直接打赵斌电话。赵斌起初还因为赵晓青的一声"爸爸"一喜，等听清她的话，忙跟被烫到似的跳起了脚："你看见她们了？"

"看见了，她们是谁？找你干什么？"

"你别管，这是大人的事。"

"你还是把我当小孩，还要瞒我。"赵晓青从他的反应确定他又犯了错，这让她感到气苦，"你非要把我和妈妈的生活破坏得一干二净才罢休是吗？"

张萍眼睁睁看着赵晓青把手机往桌上一摔，去了浴室洗漱。

赵斌的电话却又打了过来。

张萍以为赵斌在女儿面前没法撒谎，以为赵斌最多是承认乱交朋友，把别人叫去一起赌然后输了，逼得人找上门要钱，可是，在她重复的詈骂和发泄中，在她长串的数落和哀怨中，赵斌终于失控爆发："钱钱钱，你就知道钱，那个女的你理她干吗？她二十几岁外地人，想男人想得要命，和我睡了一次还没完了！"

张萍如遭雷劈，怔在当场："你说什么？"

"我说什么？我在外面打工摸不到你，找别人你嫌我脏，我回来睡了那么久的沙发，你还是嫌我脏！"

"你是说你们……"箭矢扎进血肉，张萍的泪水奔涌而出，"赵斌，你个畜生……你怎么有脸说出这种话，那个女的她……她挺个肚子……"

"我知道！是我的种，不然她来找我干吗？我让她打掉她不打，我有什么办法？我要养着她吗？生出来要是也痴呆，我是不是一头栽到塘里死掉算了？"

"赵斌！"

母亲尖厉的喊叫像剪刀扎进赵晓青的耳朵,她从浴室出来,只见母亲死死握住手机:"刚才那些话你跟晓青说没有?"

"我没说!你敢跟她说!"赵斌恶狠狠道,"她比你更恨我,都是你教的,她总把我往坏了想。"

张萍凄惨地闭上眼睛。

"……妈妈?"

手机被狠狠砸到地上,张萍瘫倒在椅子上捂脸失声大哭。悲愤的泪水打湿她的掌心,恍惚间,她落入一个熟悉的有力量的怀抱。

"妈妈,"赵晓青紧紧拥着她,"您怎么了?是爸爸又犯赌瘾了对不对?"

赵晓青的心被母亲的痛哭搅得支离破碎。她笃定是爸爸再一次伤害了这个摇摇欲坠的家。在她刻意遗忘腌臜的往事,刻意忽视他存在的这段日子里,父亲也刻意遗忘了对她们的责任和承诺。

"晓青,我要和他离婚。"

赵晓青没说话。

"妈妈对不起你。"

"不,没有。"赵晓青摇头,身体随母亲一起颤抖。

夜深了,陈琦第 N 次点开和赵晓青的聊天界面,她留给他的还是下午的那个"好"字。

虽然他们加了微信,但从通过好友申请的第一句话开始,他们在手机上聊的天不超过五十行。他没有主动找她的契机,她也不会问他问题,都毕业了,又不是同班,交集只少不多,哪有非他不可的道理。

当陈琦第 N+1 次点开晓青那朵云彩的头像,房门被敲响。

"爸。"

陈志强笑着进来:"你怎么知道是我?"

"妈从来不敲门。"

陈志强拉了他书桌旁的椅子坐下:"你妈说她今天看见赵晓青了,我记得那女孩成绩挺好,在初中跟你不相上下。"

陈琦放下手机:"她成绩是挺好。"

陈志强观察他的脸色:"你妈说她和你走得挺近,我怎么不知道?"

"你不知道的事多了,我妈还跟你说什么了?"

"她说——"陈志强试探,"你是不是……"

"不是。"

"真的?"

"真的,"陈琦想了想说,"就是觉得她挺不容易的,人挺好的。"

"嘿!"

"嘿什么嘿?"陈琦妈妈进来,站到陈琦床边,"你觉得她不容易还让她骑车带你?哪有你这样的。"

"我哪样了?"陈琦无辜,拿了手机下床,"我喝水去。"

他没管爸妈的脸色变化,也没管他们在他房间操什么心,他在意赵晓青,不是了不得的事,也不是见不得人的事。

只不过,他今晚想她的时间的确有点久了。于是,他接完水没有立即回房,而是拿着手机细细琢磨,如果他现在打电话给她,她一定会吓一跳吧。

其实他也不知道要说什么,但他还是打了过去,而当他好奇她的反应,准备被她骂莫名其妙时,耳边传来的却是机械的女声:"对不起,您所拨打的电话暂时无法接通,请稍后再拨。"

陈琦试了几次都没打通,只好安慰自己,横竖约好了明天学校见,与其急着找她,还不如想清楚找她说什么。

第二天下午返校,陈琦去地下室却没看到赵晓青的自行车。难道请假了？总不会是被雨淋感冒了吧？陈琦很快否定，先不说她身子骨没那么弱，照她那一根筋的死性，就算感冒了也是轻伤不下火线。

他忍不住去五班找了吴昊打听，吴昊只知赵晓青的座位空着："她没请假吗？"

"我问你你问我？"

"问我，不过我可没你这么关心她。"

陈琦："你没来我也关心你。"

"屁嘞。"吴昊笑着，帮忙去问赵晓青的同桌。那女生文文静静的，说老师让她替赵晓青记下要做的作业，但具体没说记几天。

陈琦没再继续问，自嘲一颗心系在别人身上到底是忽上忽下忽左忽右。不过这么一来，发信息的理由倒有了，他晚上给赵晓青发消息，问她请假原因，既嫌弃自己沉不住气，又怕她真是遇到了什么事。

连着几次的消息都是泥牛入海，等到周三，正当陈琦盘算着要不要跟其他同学打听，叶玉玲的一句话让他竖起了耳朵——

"张扬有那么闲吗？竟然帮赵晓青还书。"

陈琦忙问："你碰到她了？"

"谁？我说的张扬。我在图书馆碰到他，他却不怎么理我。我看他手里的书，什么《孽海花》《老残游记》，问他好不好看，他说都是帮赵晓青还的，你说他怎么这么热心？"

陈琦不在意张扬热心与否，叶玉玲却奇怪，赵晓青不好相处是真，张扬也不见得平易近人，按理他俩换座后再无交集才是。

叶玉玲欣赏张扬是真，被他刻意保持距离后也难免怄气："哎，你说，像张扬那样优秀且高冷的人是不是更喜欢挑战不可能，我对他越热情，他就对冷冰冰的赵晓青越关心？"

陈琦皱眉："你在脑补什么东西？"

"类比而已。"

"别拿赵晓青比。"

叶玉玲辩解："我又不是骂她。"

陈琦直言："也不是夸她。"

"你真没劲。"叶玉玲承认对赵晓青有点敌意，但也知赵晓青在人际关系上向来一根筋，"你说，张扬有可能对晓青不同吗？"

陈琦听了她的"你说你说你说"，反而什么都不想说。他合上作业本，又听叶玉玲问："我老在你面前提这些，你会不会嫌我不上进啊？"

"我嫌不嫌不重要，你别跟我提张扬就行。"

陈琦直接下楼去五班，五班门口有人进出，他看见赵晓青趴在座位上。

擦完黑板的吴昊先一步瞧见了他的张望，故意走到赵晓青那儿提醒："哎，陈琦找你。"

赵晓青回头，被吴昊将了一军的陈琦突然心虚。

赵晓青很快走到门口："你找我？"

"……路过而已。"陈琦说，"我发你消息你怎么不回？"

赵晓青说："我手机坏了。"

"骑车摔了？"

"不是。"

"不小心掉地上了？"

赵晓青没说话。

陈琦看她脸上明显的黑眼圈："怎么了你？"

"没怎么。"

"别是家里出……"

"说了没有，"赵晓青抬头，"你别问了行不行？"

这话的语气冲，陈琦收声："行。"

上课铃响，陈琦说："那我先走了。"

赵晓青没有看他离开的背影。转身回班的片刻，她的心情似乎比刚才更差了。

物理老师黄永平踩点走上讲台，今天上新课，他要求大家打起百分之百的精神。

他的嗓门很大，语速很快，每次讲到重点，就习惯性地咳嗽两下，然后双手撑着讲台，微微耸肩前倾，像老鹰扫视猎物般寻找他中意的倒霉蛋。

张扬漫不经心地玩着透明胶布，看他视线睃着，第三次锁定最后一排趴着的身影。

果然，黄永平眉心微皱，音量提高："赵晓青？"

刚睡过去的赵晓青迷糊地睁眼。

"困成这样？"

赵晓青的脸颊在同学们的注视下变得通红。

"起来站会儿，醒了再坐下。"

讲课继续，张扬放开手里的胶布，既觉得乏味，又觉得滑稽。他偏头，从没见过赵晓青这种表情：尴尬、懊恼，不知在跟谁生气。

几分钟后，黄永平再次叫人回答问题。在得到满意的答案后，他的宽容惠及赵晓青："你也坐。"

然而赵晓青没有反应。

同桌碰了碰她的胳膊："老师让你坐。"

"我想站着。"赵晓青说，"我还没醒。"

这话声音不小，黄永平脸色微变，张扬却不自觉地挑了挑眉。

下课后，赵晓青被叫去办公室。

物理老师的身份转变成班主任，黄永平看着赵晓青，这个成绩中等的女孩在班里的存在感并不高,但给他的印象还算勤恳认真,这是她第一次在他的课上睡觉。

青春期的少男少女总会出现这样那样的情绪波动,黄永平教学经验丰富,但不一定能及时发现所有的反常。他耐心而缓慢地询问了几分钟,换来的还是赵晓青的沉默,于是他选择喝水润润嗓子。

"行了,下不为例,先回去吧。"

赵晓青回班,在走廊上被张扬拦住:"挨骂没?"

"没。"

张扬笑说:"那醒了没?你在家没觉睡啊?"

一个"家"字再次拨动赵晓青的神经,她表情凝固。

"你怎么突然变得生人勿近了。"张扬想起她刚才去还书,下楼太快差点摔了,他想着顺路帮她还一次吧,她竟连句谢谢也没说,压根不像平时的她,"你要睡也别在物理课上睡,老黄脾气最差,再被抓到估计得让你去外面罚站。"

赵晓青顶嘴:"罚站就罚站,正好不用听了。"

张扬打量她:"你今天吃枪药了?"

赵晓青没答,一走进教室就趴回座位。她请假的这两天,母亲也没去上班,原因无他,家里乱成了一锅粥。

赵晓青一想到赵斌脸红脖子粗的样子就又气又怕。他回来的那晚浑身酒气,几句话不和,母亲扑上去和他扭打,他挥掌吓唬完还要推人。他明明知道她和母亲都在等他给一个解释,却还是喝得烂醉如泥,明明知道他应该给她们解释,却还是忍不住跳脚动粗——这样野蛮而不负责任的人,她到底该怎么面对他呢?

赵晓青心乱如麻,连带着鄙夷自己没能及时制止赵斌的犯浑。她听母亲说了很多遍离婚,赵斌酒醒后,她也听他说了很多遍对不起,可是直到现在,她还是不清楚母亲歇斯底里要离婚的真正原因。母亲丝毫没提赌博或钱的事,赵斌的愧疚却更深更重。赵晓青在他们默契的保密和凶猛的对峙中感到窒息,她前所未有地笃定,她的家要散了,尽管这是她早就想过的结局,可是结局临近,她的悲哀还是盖过了解脱。

泪水打湿了睫毛,打湿了手臂,打湿了响亮悦耳的上课铃声。赵晓青头脑发胀,刚才被罚站的羞耻又像蛛网般笼罩住她。

她揉揉眼睛,拿起笔专心听讲。

请假不来学校的是她,在家待不下去的也是她。她可以任性,可以放纵,可以放弃,但不可以跟母亲一样老是哭。

哭只能排遣痛苦,不哭才能解决问题。

周五放学,陈琦收到了王思齐发的消息:在车站等我。

陈琦:有事?

王思齐:没事,好久没见了。

陈琦想了想:今天不行。

王思齐:为什么不行?

陈琦:我得去看看赵晓青走没走。

王思齐发了个吐血的表情包,语音电话追了过来:"不是,赵晓青不也同路吗?叫她一起。"

"我问问。"

"重色轻友的家伙,她要不同意我还见不到你人了?"

陈琦挂断,背着书包下楼。五班的教室已经差不多空了,吴昊动作慢,撞见他又是一哂,这位仁兄最近出现的频率有点高。

吴昊:"如果你是来找赵晓青,我劝你先回去,她下午翘课被班主任抓了,这会儿估计还在挨训。"

陈琦怀疑自己听错了:"她翘课?"

"嗯,就最后一节自习,没人知道她去了哪儿,班长打小报告,老黄守株待兔守到放学,直接把她拎走了。"

陈琦皱眉，给王思齐发完回复，就站在走廊上等人。

想到某种可能，他嘴角的弧度渐渐收敛。

赵晓青走出办公室，看见陈琦先是一愣："你怎么在这儿？"

"等你。"

"为什么等我？"

陈琦反问："你为什么翘课？"

赵晓青没回答。

"要想人不知，除非己莫为。"

"我没否认。"赵晓青翘课时已经想到后果，"所以你也觉得我做错了？"

陈琦："你错没错自己不知道？"

"我知道，但我不想学物理，一点也不想，就算考零分我也不想在自习课上对着物理作业发呆，那只会提醒我是个不折不扣的蠢货。"

"你们老师走没走？没走你可以再大声一点。"陈琦拉她进了教室，严肃地看着她，"所以你去哪儿了？"

"图书馆，我在那儿比在教室快乐一百倍。我讨厌物理，讨厌物理老师。"

"那物理也会讨厌你，老师也会讨厌你。"

赵晓青赌气："我不在乎。"

"是吗？"她的态度也让陈琦来了气，"你最好是真的不在乎。"

一句顶一句的结果是话不投机，赵晓青没想到陈琦在这儿等她是为了吵架，只闷闷地回到座位。

她在乎的东西很多，但不是所有东西都值得在乎。她开始收拾作业，收拾完了看陈琦还没走。他背对着她，单手插兜，漫不经心地斜倚着门框，不知在想些什么。

"你要不要回宿舍拿东西?"陈琦忽然问。

"要。"

"那一起吧。"陈琦陪她下楼。

赵晓青这周没有骑车。教学楼外,五月底的春意正浓。草坪是绿的,树叶是绿的,在被连续的雨水滋润过后,绿色或疏或密,或浓或淡,变得清新干净,明丽可人。

赵晓青进了女生宿舍,再出来,陈琦已经站在路边。

路上有同学经过,他闲不住似的,伸手去够樟树的叶子。阳光细碎温暖,赵晓青的心情却有点酸酸的。

赵晓青:"你动作怎么这么快?"

陈琦看着她:"两句话不合你意你就气哄哄,不比你快一步,谁能保证你不会自己先走。"

赵晓青的肩膀慢慢塌下来。

"好了,开不开心是你的事,没逼你非得把我当知心大哥。"陈琦没本事撬开她的嘴,只是——"你翘课不怕被请家长吗?"

"我们班主任不会的,他没空管我,也懒得管我。"赵晓青和他一起往校门口走,"上次我在课上打瞌睡,他说下不为例,这次他虽然严厉很多,但我只是翘课,又不是逃学,没有安全隐患。"

陈琦听出她的无所谓:"你的胆子什么时候变这么大了?"

赵晓青却说:"如果我早点变大,就不会被物理折磨得身心俱疲了。"

"你学得这么难受为什么不跟我说?"

"跟你说,然后让你帮我?"赵晓青做不到,"学习是自己的事,我的无能何必强加到你身上。我以前总以为自己了不起,只要肯下苦功就能掌握知识,但事实证明我掌握不了,我偏科,学得又慢又累,也是这两天我才想通,反正我下学期不选物理,早点放弃还能落得一身轻。"

172

陈琦不说话。

当初安慰她不想学就别学,高二选文科一了百了的是他,眼下亲耳听见她放弃物理,感觉遗憾的也是他。

年级组下周就要公布七选三的开班组合,所有人都要填分班志愿。陈琦听叶玉玲说了不止一次,她提前打听,旁敲侧击,心心念念就想和张扬同班。

尽管和张扬同班并不意味着成绩的进步,但陈琦挺佩服叶玉玲。

同样是心有所系,自己既不能改口让赵晓青继续和物理战斗,也没有追随晓青去选文科的勇气。

两个人各怀心事,走近校门,赵晓青忽然停住脚步。

不远处那个坐在电瓶车上玩手机的人,不是赵斌还能是谁?

她皱眉,打算避开,赵斌却正巧抬头。

赵晓青脚步再次顿住。

陈琦见那膀大腰圆的男人下车往这边走,久远的记忆涌上心头:"他是你爸?"

"不是。"

赵斌露出小心翼翼的讨好的笑容,赵晓青却径直走向旁边。

陈琦跟上她:"你躲什么?"

"我不想理他!"

陈琦被她吼得一怔,但是见她不管不顾地跑向对面,只好追了上去。

赵晓青的影子和树影一样斜在人行道上,树的影子是静止的,她的影子在移动。

陈琦跟了她很长一段路,直到她转身说:"刚才对不起。"

陈琦不是没被她凶过,绝大多数时候是他自己讨骂,而像今天这种情况,他也不好追究:"不用这么郑重其事,谁还没和爸妈闹过矛盾，能理解。"

"能理解？你爸也好吃懒做满嘴谎言？"

"你刚还说他不是你爸。"

赵晓青一噎。

"好了，我收回。"陈琦知道她没有和他斗嘴的心情，和她继续往汽车站走，"我们每天不是在学校就是在家，烦恼也基本来自这两个地方。"

赵晓青说："我以为我可以处理好。"

"但事实证明你不行。"

"对。"赵晓青承认，"其实我很想刚才追过来的是我爸，但他没有。即便他追过来我也会对他恶语相向，但我还是希望他能来，你说我是不是有病？"

陈琦说："听上去是有一点。"

"所以他不是个好爸爸，我也不是个好女儿。"

"……这两者有因果关系吗？"

赵晓青想起和他妈妈短暂的接触："你家庭和睦，可能感受不到，反正我们家挺失败的。我曾经以为我爸和我妈很恩爱，只是迫于生计不得不在外务工，可其实他是一个赌鬼、一个骗子，他身上的缺点被我的幻想和自以为是掩盖掉了，这段时间，我和我妈妈的生活也被他毁掉了。"

陈琦看她忧伤的侧脸，想起初中那会儿，偶然看见她坐在她爸车后座的笑容："但你很爱你爸爸。"

"爱有什么用呢？我妈很爱我爸，最后还是要离婚；我爸也很爱我，但他的爱只让我害怕。"赵晓青说，"没有什么东西是不会变质的，我对我爸的感情已经和以前大不相同，现在剩不了多少，以后也会慢慢消失。"

陈琦没有反驳。他不是她，也许她说的才是对的。

· 174 ·

街上车水马龙,赵晓青看着来来往往的电瓶车,看不见赵斌的身影。

她没有让陈琦帮她保密,这不是可爱的故事、可笑的谈资、可分享的新闻,而是她必须一个人经历和度过的困境。只是不知为何,她对着陈琦会忍不住倾诉,会对他抱有倾诉后能消解部分痛苦的期待:"如果你不想听我说这些,我就不说了。"

"我想听,但听你自揭伤疤似乎太不人道。"陈琦静了两秒,"我想象不出如果我爸妈要离婚,家里会闹成什么样。"

"干吗要做这种假设?"赵晓青说,"我是事到临头无处可躲,你可别同情心泛滥自找罪受。"

陈琦无奈,他的猜测得到了验证,滋味却并不好受:"我没同情你,我只是想安慰你,想帮你,结果发现连设身处地都做不到。"

赵晓青感谢他的好意:"你听我说这些就是在帮我了,知心大哥。"

"刚才我想当,你不叫,现在我自认学艺不精,你一叫我倒不敢应了。"陈琦笑。

他一笑,赵晓青心里似乎也明快了些。

对面的红灯变绿,他们随人群一起往前。

赵斌没接到赵晓青,回家憋了一肚子火。

他去菜场买了菜,做好红烧鱼才去敲赵晓青的门:"可以吃饭了。"

赵晓青没有应声。

"再怎么说我也是你爸,你妈这样对我也就算了,你不能对我这样!"

赵晓青还是没有应声。

"你非要我们离婚吗?你以为我们离婚了你的日子会好过吗?

晓青,你长大了,我谢天谢地你长大了,可是,你不能和你妈一起逼我!"

房间的反锁被解开,赵晓青站在门边,用悲伤而怜悯的眼神看他:"爸爸,您想想清楚是我在逼你,还是您在逼我和妈妈?"

"我……"

"我在做题,你不要吵我。"

房门重新关上,赵晓青一直等到外面的动静消失才动笔。在教室和在图书馆的感觉不一样,在家和在学校的感觉不一样,在陈琦身边和一个人待着的感觉也不一样。

她在陈琦面前坦诚了对物理的抗拒,却没有坦诚被老师教训时自己的固执——她非但没认错,反而振振有词,以至于激怒了老师,被要求写一份八百字的检讨书。

检讨书她是不会写的,在教室自习是规矩,在当惯了循规蹈矩的好学生后,她第一次在破坏规矩时获得了快感。

她不是故意跟老师作对,却意外挑战了他的权威,在五班的一众优等生里显得突兀而难搞。在被老师叫去办公室时,她经过张扬的座位。张扬跟她说:"我偷溜去打球都只溜半节课,被老黄盯上你会很惨。"

赵晓青不知他所说的惨具体指什么,她只知道六月初就要交分班志愿,她笃定黄老师不会费太多精力在她这个准备离开五班的人身上,就像她笃定只要她够强硬,赵斌也不会费太多精力在她这个和他划清界限的女儿身上。

桌上的闹钟滴滴答答,赵晓青记起什么,从抽屉拿出手机。

手机被摔坏,还没拿去修,不发光的屏幕映着她模糊的脸。

这样平凡的五官,这样冷漠刻薄的心肠。

赵晓青眼前浮现陈琦的笑容,又很快挥开了它。

夜深了，陈琦的房门第三次从外面被推开，他终于忍不住拉长音调："妈——"

"你怎么还不睡？"

"我说了做完作业再睡。"陈琦起身，"妈，我不锁门是听您的话，是信任您，但您真拿这当自己房间，我就要改主意了。"

陈琦妈妈"哎哟"一声："我是关心你，熬夜对身体不好。"

"我知道，没人比我更惜命，我又不是天天熬。"陈琦推她出去，"您早点休息。"

陈琦妈妈虽不放心，但听出他有点恼火，还是转身回房。陈琦重新伏案，继续帮赵晓青梳理知识点。

他不是第一次领教赵晓青的死鸭子嘴硬，却是第一次了解她的难处。也怪他以为她一向刻苦上进百毒不侵，对她的帮助始终停留在嘴皮上，殊不知像她这种缺乏沟通又不肯主动示弱的人，怕是灌了满肚子苦水还得装作若无其事。

这叫自作自受，陈琦总结，但他总结完只骂自己粗心，他被她一吓就走，一凶就怂，不敢靠近不敢心疼不敢刨根问底，这算什么狗屁的关心。

他越想越后悔，即便他不欠赵晓青任何，但在这样温和的春夜，他拿出比应对考试更足的劲头，也是想弥补一点良心上的不安。在提起精神奋笔疾书后，满足和疲惫同时裹住了他。他躺在床上，后知后觉地开始担忧，赵晓青会嫌他多管闲事吗？会拒绝他的多此一举吗？她会需要他迟到的关心和帮忙吗？

第二天下午回校，他把这几张写满字的纸折了又折，想貌似随意地送去，结果折完一展开，对着折痕不禁埋怨自己笨手笨脚，这样一来像是故意不让她看清楚。

再纠结下去就没完了，他直接下楼，走到五班的走廊上，正好叶玉玲也在。

"不用每次都让别人叫我。"张扬从教室出来,"说吧,又给我送什么?"

"送喝的。"叶玉玲递过奶茶,"黑糖玛奇朵。"

张扬没接。

"顺路给你带的。"

张扬和叶玉玲已经比他跟班里大多数同学都要熟,但她献殷勤的目的太过明确,张扬不常接茬。

叶玉玲看他走进教室拿篮球。

一出来,张扬的视线落在旁边的赵晓青身上。只见她接过几张皱巴巴的纸,常年不见笑容的脸上露出些许疑惑。

对面的陈琦很快开口:"我也不知道你们班进度到哪儿了,你看得懂就看,看不懂就算。有几道题我做过,感觉考得挺全面,懒得抄就直接剪了贴上去,有不懂的再问我。"

赵晓青数了数,一共有八张:"那我有不懂的到底是算了还是来问你呢?"

陈琦噎住。

"你写这些花了多长时间?"

陈琦撒谎:"随便写的,没多久。"

赵晓青把东西塞回他手里:"那我不要了,给我也是浪费。"

还真被他猜中了。陈琦忙如实告知:"别呀,为了它我一晚上没睡。"

"那你还说是随便写的。"

"那你是真不要还是为了套我话说不要?"

"当然是套你的话。"一旁的叶玉玲听到这里,不由得好奇。她过去抽出那几张知识点,"你为什么不写本子上呢?或者直接把你的笔记和错题集给……哦,你没有整理错题的习惯。"

叶玉玲把它们还给赵晓青:"他有心你就收着吧,送东西比收东西难，你收下他比你更高兴。"

她说完意有所指地看了眼张扬，张扬却没反应，只走到赵晓青身边，瞅了瞅纸上的字："你有时间看这个还不如看教材精讲。"

叶玉玲、陈琦双双一噎。

赵晓青赶紧折叠，下意识离他远了一步。

张扬笑，意味深长地打量她和陈琦，不知是跟谁说："平时上课就够累的了，少做些自我感动的事。"

闻言，叶玉玲神色一黯。张扬把篮球从左手换到右手："赵晓青，来看我打球？"

"不去。"

张扬不客气地道："那你就等着老黄找你要检讨吧。"

赵晓青瞪大眼睛。

"好事不出门，坏事传千里，他训你时办公室又不是没人。"张扬受用她的惊讶，调侃道，"把'我不该翘课'五个字扩写成八百字，以你的实力应该不在话下。"

赵晓青觉得他说风凉话的样子很讨厌，但张扬拉了她胳膊："走了，静校前肯定回来。"

没走几步，她听见陈琦叫她。

她转头，陈琦脸上满是不解和不悦。

逃避心理在此刻占了上风，赵晓青挣开张扬，脚步却没有停留。

张扬打球不缺观众，但和之前的表现相比，他今天明显心不在焉。

静校铃还没响，他叮嘱同伴待会儿把球送回来，提前结束走向赵晓青。

赵晓青在那儿看陈琦给她的"礼物"。

"你和他关系很好？"

赵晓青不明所以："谁？"

"陈琦。"

"比在初中那会儿要好。"赵晓青见他又伸手，忙往后退，"你干吗？"

张扬被她的避之不及逗笑："周围的人都看着呢，难道我嫌绯闻不够多？"

"那你继续打球，来我这儿干什么？"

"回班吧，免得害你再次背上翘课的罪名。"张扬知道老黄没那么好对付，"你回家真写了八百字？"

"没写。"

"那你一点不着急？"

"能躲一会儿是一会儿。"

好吧，敢情不是他成功拐了她，是她自己要躲到这儿。他问："你就不怕老黄冲你发火？"

"怕，但跟你没关系。那么多人看着呢，你别理我了。"说完，她朝教学楼相反的方向走去。

张扬看她的背影消失在道路尽头，不自觉地笑了下。

晚自习时，黄永平把赵晓青叫去办公室："你的检讨书呢？"

"我没写。"

"所以你压根没把我放在眼里。"

"不是的老师。"

"那是怎样？不守纪律就要反省，这是天经地义，你一个女孩子这么叛逆，所有人都乖乖待在教室就你待不住，直到现在你还没有认错的觉悟。"

赵晓青做了个深呼吸："我认错，老师，但我不认为我的错大到要写检讨。我只是不喜欢待在班里，换了一个地方学习，既没有制造麻烦也没有影响别人。"

"你还强词夺理？"

赵晓青被他打断，继续开口："您说我不守纪律，我也可以说纪律太多、太细了。很抱歉我违反了一次规定，但我在这件事上浪费的时间已经超过了我待在图书馆的时间，所以我不想再小题大做。"

一时间，办公室里非常安静。还在敲键盘的老师也停下动作，悄悄往这边看了一眼。

黄永平执教多年，碰到过各式各样的学生，此刻，站在他面前的女生像是突然长出来的愣头青："你的意思是我小题大做了？"

性格让他火气上涌，经验阻止他激化矛盾。他把灌满浓茶的水杯往桌上一放："成绩一般，个性倒强，你要是还不服，就在这儿好好反思，什么时候反思完了什么时候走。"

这天晚上，赵晓青在办公室站了两个多小时，黄永平进出几次都没理她。直到下课铃响，最后一个锁门的是七班的英语老师，她走过来劝解："先休息吧，你们黄老师不会为难你的。"

赵晓青说了声"谢谢"，回到班里，同学们也都走了。

她拿出订书机，把陈琦给她的知识点订好，然后珍重地夹进语文摘记本里。

没什么比被牵挂更让人感觉温暖。

尽管爸妈闹得不可开交，尽管她在学校并不受欢迎，但好在生活不是无底洞。她为自己的行为付出代价，也应该学会更多的忍耐，忘记更多的烦恼，选择更得当的抗争。

之后几天，黄永平没再问她要检讨，她把借来的书看完还完，也没再去过图书馆。开班组合公布后，她在志愿上勾选了十三班，选考科目是历史、地理和生物。

期末考试前夕，分班名单张贴在了公告栏，赵晓青没有去看。回家后，她意外撞上了表叔。表叔来通知父亲以后不用再去厂里干活，话音未落，父亲像被踩了尾巴，当场和母亲大吵一架。

母亲并不否认是她扬了家丑，哭着骂他不要脸。表叔见状匆忙离开。争吵正酣，赵斌把他所有的积蓄扔在破沙发上："那就离吧！离吧！你记住是你铁了心要离！"

半小时后，他拉着行李箱走出院子。赵晓青看着他的背影，就像从前看他出去打工一样。

母亲的痛哭还在继续。她过去抱住母亲，没有再问父亲到底犯了什么错。

母亲爱她，保护她，但只是把她当成小孩，并不信任她。

所以她也和母亲一样不敢信任别人。

她擦去母亲的泪水，把沙发上的现金理好放进抽屉，然后拿了自己的零花钱："妈妈，我想去修手机。"

张萍哭得头晕，没有应声。

外面阳光刺眼，赵晓青走在镇上，忽然很想见陈琦。

她好像很久没有见到他了，但，见到后除了跟他说"我有点难过"，又能跟他说什么呢？

期末成绩公布那天，张萍没去参加家长会，赵晓青自己去了学校。

教学楼外，赵晓青沉默而长久地站在成绩榜前。

奇迹没有发生，她排在了第二百零一位。

陈琦排在第十，比上次又进步了。这可以佐证他的用功，也表明他越来越出众。她既欢喜又惆怅，想得太入神，没注意陈琦在楼梯上看了她很久，然后才慢慢走到了她身边。

成绩榜前不时有人经过，赵晓青沉浸在自己的世界里，过了会儿才发现陈琦。陈琦看她瞬间的意外和欢喜，习惯性逗她："马上就放假了，你怎么还在这儿面壁思过？"

你才面壁思过呢。赵晓青在心里回嘴，转念想起自己成绩的起伏，又觉得的确应该好好反省："这学期过得太快了，总是停留在原地，就跟白过一样。"

陈琦却说："从'308'到'201'怎么会是在原地？我要是老师就给你颁个进步奖。"

赵晓青受用他的好意，笑道："我才不要得奖，免得下次退步受之有愧。"

"也就是你，进步了想退步，把好事变坏事。"陈琦示意她往旁边，"别看了，随便走走吧。"

赵晓青便跟着他走向种着樟树和银杏的校园大道。

陈琦知道她在考虑什么："不用可惜，以后没了物理拖后腿，你的排名肯定往上升。"

"希望吧。"赵晓青踩着地上的树影，想起那年冬天，也是开家长会，也有这样好的阳光，不同的是，她的情绪没有当时那么糟糕。

"虽然我离前两百名就差一口气，但这次考试我自认尽力了。过去的就让它过去吧，一直过不去反而会吃更大的亏。"

"这听着才像话。"陈琦看着她，"你被谁点化了？怎么跟吸管插进牛奶盒似的一下就通了。"

赵晓青被他的比喻逗笑："那我没被点化前是什么？"

"自动铅笔芯，只知道'唰唰唰'写，被按压也不叫唤。"陈琦说，"不过你到底算个人，没那么脆也没那么容易断。"

赵晓青一噎。

陈琦嘻嘻哈哈道："好久没被你瞪，你一瞪我倒不适应了。"

赵晓青在心里"哼"了声，他竟然把她想得这么凶。不过，她和他的确好久没见了，那么，在她"唰唰唰"写的时候，他一定也在暗暗发力吧。

"陈琦。"

"听着呢。"

赵晓青说："恭喜你这次考到年级第十。"

"同喜。"

"同什么喜，我又没考到。"赵晓青察觉他的开心，"你这次是八班第一，没有一门短板，别跟我说是运气好，谦虚不是你的风格。"

"那我的风格是什么？我是天降奇才，还是逆天改命？如果我说我的法宝是整天睡觉，才能考的全会蒙的全对，你肯定觉得我虚伪。"

赵晓青说："少来了你，我不觉得你虚伪，觉得你嘴硬，要你承认一句努力就这么难？"

"难，每个人都能努力，但聪明就不一定了。我宁愿被人说我不努力，也不想被人说不聪明。"

赵晓青："……你说的明明是我。"

"哦？反应这么快不像不聪明啊。"

赵晓青又是一噎。

"好了。"陈琦嘴上不饶人，脸上却带笑，"别把我的成绩跟天赋以及所谓的努力扯上关系，我的天赋你学不了，你的努力也比我更多。如果非要找出一套理论来总结我的进步，那你可能要失望了，我没办法帮你达到前几的目标。"

"可你已经帮过我了。"

"你是说那几张知识点？得了吧，你还不如去看教材精讲。"

"才不是，它们比教材精讲好得多。"赵晓青语气认真，"不说那些题目，光是跳出单元划分重新整理的要点，给我几个晚上也理不清楚。我学物理和学数学都是不讲方法讲运气，一道题做不对，看完答案解析觉得自己会了，但其实没吃透，下次遇到同样的题还是蒙。这种蒙和语文的蒙还不一样，语文有语感，有惯性，它讲情谊认熟脸，不会给我难堪，但物理比数学的脾气更大，它嫌我笨，嫌了几次就再也不理我了。"

赵晓青想听他承认努力,也是想告诉自己,他的物理好是因为他付出了很多,是他应得的:"我要向你学习,而不是盯着差距自怨自艾。"

陈琦问:"我们的差距很大吗?"

"大,从一开始就大,高一开学考你就年级第七十九了。"

陈琦一愣:"所以你知道我考多少。"

"当然,我每次都会看。"

陈琦忽然有点紧张:"为什么每次都看?"

"因为……"赵晓青想了想,"因为我和你最熟,而你是尖子生,也是给了我最多力量的朋友。"

"赵晓青。"陈琦停下脚步,"如果我没记错,这是你第一次夸我。"

"你不喜欢我夸你?"

"喜欢。"陈琦看着她,语气似认真似玩笑,"以后你要多夸夸我。"

"好说。"赵晓青点头,看了眼楼顶的大钟表,离家长会结束还早得很。

陈琦见她准备自己先走,问:"你不等……"

"不用等,我妈妈没来。"赵晓青不好意思地说,"其实我也可以不来,但我就想知道你考了多少。"

陈琦提醒她:"赵晓青,有个东西叫手机,你想知道可以直接问我。"

"那如果我想见你呢?"赵晓青高兴地笑,"我想见你,和你说说话,结果真的见到了你,也把要说的话说完了。"

她往图书馆的方向走,走了几步又回头。她记得陈琦和她说过一中见,说过明天见,那这次换她先说吧:"陈琦,开学见。"

"好。"陈琦点头。

此时此刻，那些做过的题，熬过的夜，那些抄到手抽筋的字词，背到想吐的课文，那些他不愿提起不愿被发现的努力都变成了值得。

原来赵晓青看得到他。

不管是成绩榜上的他，还是在她身后的他。

暑假里，赵晓青再次去了母亲工作的代加工点。

老板娘给她安排的活没变，工资也没变。她做了半个月就腻了，但还是坚持，除了想赚点零花钱，更重要的是想陪着母亲。

赵斌把钱扔在家里后一走了之，张萍的状态却越来越不好。老板娘接了新单，让张萍给大家做样品，结果上午给了她，下午还没完工。

"你也是老裁缝了，手脚怎么这么慢？"老板娘难得黑脸，"男人跑了就跑了，日子总要过下去。"

加工点里多是妇女，什么八卦都能聊。虽然她们不在赵晓青面前多嘴，但时间长了，赵晓青心里也有了猜测。

事实上，张萍的确被赵斌伤透了。她自动忽略了他在外地嗜赌的前因，误以为他还有救，而当那个怀孕的年轻女人找上门来，张萍第一次直面被挑衅和被抛弃的悲哀。她甚至开始后悔没有及时原谅赵斌，以至于他受够了折磨另寻新欢，她甚至还把所有的错误归咎于自己，以便解释赵斌为什么不爱她不要她了。可是，她不敢和女儿说这些，以至于时间一久，就连她自己也厌弃这样懦弱和卑微，张萍啊张萍，难道没了赵斌你就完蛋了吗？可你跟着他也压根没享过几天福啊……

这天晚上，赵晓青去到她的房间："妈妈，我要和您一起睡。"

张萍一愣："为什么？"

赵晓青原以为她和母亲相依为命，但事实是她们之间也有看不见的隔阂:"不为什么,就是想,我们一人一条空调被,我不贴着你。"

"晓青,"张萍心疼,"妈妈不是故意不理你,就是……"

"我知道,您工作很辛苦,爸爸走了您也很难过。"赵晓青钻进空调被,"可是有我陪着您啊,这么多年我们都一起过来了,有他没他都一样。"

张萍被她点出心声,不由得怔然。

赵晓青却没有继续这个话题,只说:"妈妈,要不您把饭店的工作辞掉吧?我们开销不大,您晚上休息够了也能轻松些。"

"再等等吧。"张萍摸了下她的脸,没有答应,也没有反对。

接下去的一个多月,赵晓青白天打工,晚上就在房间做作业。在和母亲的相处中,她教母亲怎么网购、怎么退货、怎么用微信和其他常用的APP。而在属于自己的时间里,她如饥似渴、全神贯注地阅读——她不停地买,不停地看,心情被文字一次次安抚和照亮——这让她平静,也让她满足。

开学前,赵晓青去办了身份证,又拿着身份证去银行办了借记卡,把暑假里赚来的四千五百块和赵斌留下的钱都存进了卡里。

这是她的学费、她和母亲的房租以及生活费,她告诉自己不必觉得羞耻。

返校那天,张萍帮她把行李绑上自行车后座。

"路上小心。"

"我会的。"赵晓青保证。

九月的天气炎热,她不知疲倦地骑向学校。

新的学期开始了,她像是一条在池塘里闷久了的鱼,奋力跃出了水面。

第七章　跟紧我，靠近我

开学第一天，张扬在五班门口看到了赵晓青。

他见她小心打量，起先故意不理她，过了会儿发现她还在，于是假装出去有事，经过她身边："你是不是糊涂了？这不是你的班。"

"我知道。"赵晓青说。

"那你站这儿干吗？"

"找人。"

"找谁？"张扬觉得有意思，"你现在对我怎么连好脸色都没有了，我欢迎你故地重游，你什么态度？"

赵晓青心想，要不是非来这儿一趟不可，她才没兴趣故地重游。

她不说话，手里的东西却被张扬看见。他正要嘲笑她的审美，陈琦从楼梯口那儿走近。

他见赵晓青和张扬站一块，下意识地蹙眉，赵晓青却因为他的出现而暗暗松了口气。

"陈琦。"她叫他一声，言简意赅，"这给你。"

递过去的是个保温杯。

张扬表情玩味："开学礼物啊，见者有份吗？"

赵晓青见陈琦没接："不贵的。"

张扬："不贵为什么我没有？"

"你干吗老是打岔，我又没和你说话。"赵晓青不高兴了。

张扬被她一凶，也不高兴了："我说你怎么平白无故跑这儿来，真以为在文科班不用读书了？"

赵晓青被他的冷嘲热讽一激："你今天怎么火气这么冲，我招你惹你了？"

"你说你怎么招惹我了？"

赵晓青一副"懒得理你"的表情，把水杯往陈琦手里一塞就转身上楼。陈琦叫她没叫住，又听张扬说：

"她也不怎么爱搭理你嘛。"

开学第一面连句像样的招呼都没和赵晓青打，陈琦看向始作俑者："你有事没事？"

"没事啊，逗逗她，你不觉得她的反应很好玩？"

陈琦回呛："只有幼儿园没毕业的才觉得没礼貌等于好玩。"

四目相对，张扬笑意明显，陈琦却难得露出一点冷冰冰的排斥。他和张扬并不熟，如果不是他分到了五班，他们不会成为朋友，当然了，就算他分到了五班，他们以后也不一定会成为朋友。

张扬看陈琦找了个座位坐下，感觉不爽的同时冒出一个恶作剧的念头。

只不过，想到赵晓青那张傻乎乎又带着虎气的脸，他又有点犹豫了。

十三班的班主任是个上了年纪的女老师。开学第一课，她走上讲台，看着班里的男女比例严重失衡，笑着总结道：

"我们班男生不要觉得自己是弱势群体，虽然我们倡导男生有绅士风度，但不会要求凡事女士优先，在这里，我们讲道理不讲特权，拼效率不拼蛮力。可能有部分同学的第一志愿不是这三科，但希望大家都能珍惜眼下的缘分，我很期待和大家一起进步，你们呢？"

话音一落，班里鸦雀无声。

"怎么不说话，你们不期待吗？"她失笑，又问了一遍。

"我们也期待，老师。"这次有女生配合地说。

赵晓青的心被这句应和轻轻安抚。

每个集体里都有"破冰"的人，他们或许数量很少，但作用很大，总是带着兜底和托举的温柔。

自我介绍完毕，班主任也交代完毕，同学们开始换座。而当一切收拾妥当，赵晓青发现新同桌老是盯着她看。

"我知道你，我看过你的作文，应该说，我们都看过你的作文。"同桌女生笑了笑，"我叫周媛媛，原来八班的。"

赵晓青也笑："哦，那你一定认识陈琦和叶玉玲吧？"

"认识。"周媛媛还是盯着她。

赵晓青没忍住："你为什么老是看着我？"

周媛媛不好意思："我也不知道。"

她矢口否认，赵晓青却慢慢想起什么。虽然只是在教室外匆匆一瞥，虽然只是在图书馆里撞见过她和陈琦并肩而立的背影。

赵晓青心里有种说不清道不明的模糊感觉，周媛媛应该就是那个经常在陈琦身边，却没有被她记住脸的女生。

"你以前是短头发吗？"赵晓青问。

"是啊。"

两个人你一句我一句，渐渐熟络。周媛媛的物理成绩和晓青差不多，其他几门的成绩还没晓青理想，但她心态似乎更平和："要是人人都能考第一，考试也没意义了。如果下周的开学考我能发挥不错，那说明这里更适合我。"

赵晓青同意:"我们要对自己有信心。"

话虽如此,赵晓青自我勉励的同时,不敢在行动上懈怠。她曾经被摸底考砸得眼冒金星,如今站在新的起点,也希望考试结果能证明自己的选择正确。事实上,得益于她在暑假里没怎么放纵,知识点在脑海里虽扎根不深,用来答题倒绰绰有余,成绩出来那天,她看着自己全班第四的排名,胸中的浊气散了大半。

教学楼外的成绩榜变了排版,只公布每个班的总分前20名以及单科的年级前50名。赵晓青照例第一时间跑过去,看见陈琦数学考了148分,物理和化学都是满分,简直恐怖。更恐怖的是,五班前20名的总分平均分也拉出其他班一大截,张扬更是七门课只丢了35分,打遍年级无敌手。

"我又败给你了,赵晓青。"张扬不知什么时候站在了她身后,"每次都能压我一头,你是故意的吗?"

赵晓青的语文考了133分,拉了张扬5分:"什么叫你又败给我了,我只有一门比你高。"

"一门高也是高。"

"高考只考一门吗?"

张扬似笑非笑。

赵晓青没理他,很快上楼。一旁的叶玉玲见张扬这副做派,既气恼又无奈,但她不敢质问张扬,只能追上晓青:"张扬怎么每次都要找你说话,他跟你说了什么这么开心?"

赵晓青不解:"开心?我看是好胜心吧,他对自己太狠了,总分第一还不够,要门门第一。"

"你也很厉害。"

这次赵晓青没谦虚:"比以前稍微强点。"

"说明你也有好胜心。"叶玉玲同样选到五班,自认发狠用功但结果不尽如人意,何况别说前二十,就算她考进前十前五,恐怕也不能入张扬的眼。

赵晓青停下脚步："你怎么了？"

叶玉玲拉她到旁边的休息平台，声音很轻："我这两天很难受，张扬不搭理我我难受，成绩退步更让人难受，这是不是说明我对他的欣赏不是真的欣赏？"

赵晓青意外她突然问自己这种问题。

叶玉玲又说："其实我并不擅长物化生，却一心一意想和他同班，到头来可能只是证明我在犯傻。"

赵晓青问："张扬对你态度不好吗？"

"挺好的。"

"那你……"赵晓青不知怎么给她分析，"争取下次进步吧。"

"我也只能这样安慰自己了。"叶玉玲说，"其实我最近都早睡早起，但就是容易累。"

"那可能是情绪累。"生理和心理是相通的，赵晓青有过类似的感受。她对赵斌的排斥和怨恨，对自己的失望和厌倦，久而久之像把她困在茧蛹里，"你是不是刚到五班还没适应？找人聊聊天，或者看看书放松一下。"

"和我关系好的女生都去了其他班，现在五班男生多。"

"那你试试找陈琦？"

"算了，他现在像打通了任督二脉，牛得很，而且性格又比张扬好，我不想和其他女生一样排队找他。"

赵晓青一时没有安慰她的办法，只能和她一起上楼。谁知刚到楼梯的转折处，就见陈琦在走廊上和女生说话。他略微低头，笑盈盈的，似乎听到什么滑稽的事，目露惊讶又很快收敛。

叶玉玲过去打招呼，跟闹惯了似的打了他一下。陈琦"嘿"了声，没还手，再抬眼，只见赵晓青站在楼梯那儿。

他对面的女生也随即转身。

· 192 ·

赵晓青见是周媛媛，冲她示意，随即视线落在陈琦手上，被握着的还是他自己那个大容量的运动水杯。

也是，水杯又没坏，只要没坏就都能用，何必换新的。

过了会儿，周媛媛也回班了，她没提陈琦，赵晓青自然也没问。然而不知怎的，陈琦的笑容一直在赵晓青眼前挥之不去——原来他对谁都乐呵呵，对谁都和和气气，他和叶玉玲还老是打打闹闹呢，跟周媛媛说话还凑那么近呢。

赵晓青没发现自己在生气，而等她发现了又不禁问自己：难道你也想跟陈琦打打闹闹吗？你也想和他凑那么近吗？如果你不想，无缘无故计较这些做什么呢？

她旋开笔头更换笔芯。

赵晓青，吸引你注意力的应该是英语生物数学题，而不是没理你的陈琦。

秋季运动会原本安排在九月底，因为下雨延期，年级组就还是按正常课表上课。这周周六，乌云成片成片地压在天上。赵晓青把作业都做完了，背着空书包去到图书馆的地下室。

看见陈琦的瞬间，她有些恍惚。他虚靠在一辆崭新的自行车上玩手机，听见动静，冲她挑了挑眉："哟。"

赵晓青意外："你怎么在这儿？"

"等你啊。"

"等我就可以明目张胆地玩手机吗？"

"老师都下班了，你想告状也找不到人。"陈琦站直，"这是我买的新车，看着还行吧。"

赵晓青心想他明明是最怕累的："你骑得动？"

"这车出现在这儿就表明我已经从家骑到学校了。"他扶着车先出，赵晓青后脚跟上。她有很多问题想问，但一时竟怕扰了他专门等她的好意。她既高兴又困惑，难道这意味着他们以后可以一起上下学吗？

陈琦不知她的沉默代表什么，只在出了校门后让她带路，然后放慢速度跟着她。

赵晓青会偶尔回头确认他有没有跟丢，他便抬手简单示意。两个人一前一后经过国道，穿过工业园区，直到一路畅行停在永贤镇的加油站旁。

赵晓青见他从包里掏出那个眼熟的运动水杯，犹豫着，还是决定直接问："我送你的你不喜欢？"

"喜欢啊。"陈琦问，"你渴不渴？"

"不渴，你不用新的，是不是质量不好？"

"就是因为质量好我才不用，上午接的开水到下午还烫得很，没法喝。"

原来如此。

赵晓青说："那是我送的杯子不实用。"

"不是这个意思，实不实用我都喜欢。"陈琦看她，"你怎么不给你自己买一个？"

赵晓青笑笑，正要说话，却见不远处的下客点停了一辆出租车。从车上下来的男人刚站稳便迫不及待地掏出烟盒，然而他没来得及点，又腾出右手护住下车的年轻女人。那女人怀里抱着个婴儿，后面跟着个拎着大包小包的中年妇女。

"要死了真是，就这么几步路都不愿往前开。"中年妇女骂骂咧咧，被男人凶了句，只好跟着他往旁边走。而那男人突然回头，对上赵晓青的注视，露出明显的错愕。

陈琦只见那男人松开女人往这边来，赵晓青却已掉转车头直接骑向岔路。

"哎，赵晓青！"

赵晓青没有回应,像遇险的小羊往前奔逃。

尽管陈琦在途中不止一次追上她并让她停车,但赵晓青真正停下已是很久之后。陈琦等她边打电话边走向路边的田埂,默默把两辆车移到水杉树下。

天压得越发低了,怕是要下大雨。乡道上车来车往,他担忧而专注地看着赵晓青,她沿着田埂小路越走越远,时不时伸手擦一下脸,而后驻足,沉静地对着路边的杂草。

不知过了多久,久到陈琦觉得他看到的不是场景而是一张定格的相片,她才缓慢折返。

猜测得到了验证,疑虑得到了答案。赵晓青眼见为实,母亲无法隐瞒,按理她该恍然和揪心,但她似乎麻木了。

她站在陈琦面前,带着后知后觉的迷茫:"这是哪儿?"

陈琦说:"都快到我们村了。"

手机"嗡嗡"振动,赵晓青接听。陈琦捕捉到她眼中的厌恶,等她挂断才问:"怎么了?"

"我爸在家等我。"

陈琦在心里琢磨,如果没认错,那个男人就是赵晓青的爸爸,可那个年轻女人……

赵晓青忙说:"很狗血是不是?你肯定猜到了,不用同情我。"

陈琦看了眼天色,故意转移话题:"那你能不能同情同情我?这个点我也饿了,再待下去怕是要下雨。"

"对不起,"赵晓青说,"你先回家吧。"

"那你呢?"

赵晓青不想面对,也无处可去。

"那你陪我回镇上吃点东西吧。"陈琦提议,"看你刚才落荒而逃的样子,把你一个人丢在这儿我也不放心。"

赵晓青不想被他看穿:"我逃我的,你别迁就我。"

"我对谁都迁就,你不知道我行善积德很多年了吗?"

"走吧,我真饿了。"陈琦催促,既想让她听话又不想戳破她的自尊,"雨下大了挺麻烦的,我来找店,你跟紧了。"

陈琦找了家马路边的面馆。因为没到响午,空座还挺多。他点了两碗青椒牛肉炒面,付完钱坐到赵晓青那儿,赵晓青便把自己那份的钱转给他。

赵晓青见他盯着自己,问:"我不高兴的时候是不是特别多?"

"是。"陈琦说,"不过谁不想整天开开心心的呢,但没值得开心的事,总不能硬挤笑容。"

"那你见了人就笑,有多少是硬挤的?"

陈琦看着她:"怎么,要向我讨教经验?"

"如果能讨教并学会就好了,"赵晓青说,"我和我妈妈都不是会自得其乐的人。"

"因为你爸?"

"可能吧。"赵晓青顿了顿,"但我都这么大了,应该学会摆脱他带给我的坏影响。"

"事实上很难。"

赵晓青承认:"我处理不好和我爸的关系,包括和我妈,更别说同学和老师了。"

这次陈琦没有接茬。赵晓青同样陷入一阵不长不短的沉默,然后开口:"你还记得王颖吗?"

"当然,你和她关系不错。"

"是,我也这么以为。"但自从初中毕业,她和王颖就只在微信上聊过几句。

赵晓青知道王颖报的是技校的幼师专业,学的东西很多,也很杂。因为王颖经常抱怨老师,赵晓青想约她出来见一面,却被拒绝,结果这一拒,她们就再没联系过。

人和人的关系脆弱多而坚固少,大多数就像浮在水面上的落花,不是随波逐流就是被打翻沉底。她和王颖尚且如此,和徐伟杰更是。赵晓青记得那天毕业典礼,她看徐伟杰闷闷不乐,就去问他考得怎么样,他先是无言,而后极复杂极漫长地看了她一眼:"反正远远不如你。"

赵晓青拿了一小块蛋糕给他,他却只是用叉子在尖角上插到底,一口没吃就扔了。

赵晓青当时觉得这人平时好好的,怎么突然变得莫名其妙,念及他考得不如预期,也就没再和他说话。现在回想,不管是对王颖还是徐伟杰,如果她当时更主动些,主动的次数再多些,他们会不会依旧保持着联系?尽管联系有时是负担,尽管一直保持会耗费心神,但是,她的脾气能不能变得好一些?能不能不用在每次陷入孤独时都归咎于家庭导致的性格缺陷?

陈琦理解她的心情:"关系都是要维护的。"

"所以我挺佩服你的。"晓青说,"你经常主动维护,并且养成了习惯,这很勇敢。"

"但我和徐伟杰也不熟。"

"因为你们没……"

"我们没有联系的契机,也就没有维护的必要。"陈琦说,"人都不傻,没人只在乎付出不在乎回报。别的不说,如果我每天主动找人一百次,但对方始终对我不理不睬,我也心累。但如果我主动一百次,对方有几次回应我,那我就得到了鼓励。"

晓青指出关键:"可是你能尝试一百次,我只尝试十次或者一次,然后得不到就算了。"

"这说明我们的预期和能量不一样。我能接受百分之一的概率,你却要求百分之百,我的能量能支撑我试一百次,而你用来和别人打交道的能量本来就少,反倒是用于自省和自驱的能量更多,这是我们的差别,不是差距,更不是对错。"陈琦诚恳地道。

赵晓青看着他:"你好会安慰人。"

陈琦笑笑:"这叫自圆其说,把你绕进去就算成功。"

陈琦起身,去冰柜里拿了两瓶可乐,转身瞧见赵晓青拒绝的眼神,想起她的减肥大计,便换了一瓶矿泉水。

炒面上来了,两个人再不说话,埋头认真吃。吃完走出面馆,赵晓青忽然有点舍不得和他告别。

"陈琦,谢谢你陪我回家。"

"跟我还客气,不过——"陈琦邀请她,"明天要一起去学校吗?"

"要,下雨我们就坐公交车,我不会请假的。"赵晓青把自己车上的雨衣递给他。

"你怎么办?"

"我多近呀,马上到了。"逃避不是解决问题的办法,她要回去面对赵斌,并保持理智。

陈琦拿着雨衣,等她骑远了才收回视线。当初他要骑车上学,爸妈不同意,现在看来他的坚持是对的。

赵晓青说他勇敢,其实她比他勇敢。

她一直在前,所以他才朝她靠近,她能给他反馈,所以他才愿意主动。而他没有告诉她的是,他拥有的很多能量,都是她给他的。

时隔数月,赵斌再度出现在家里,预想的狂风骤雨没有来临。

面对赵晓青,他满是横肉的脸上露出些许自责。他有很多话难以启齿,但事到如今,难以启齿的又不得不交代。

张萍低头坐在那张破沙发上,有好几次,她想起身和赵斌对质,但因为女儿身姿笔挺地站在门边,她怕多说一句就先替女儿败下阵来。

赵晓青听了个大概，总结无非两件事，一是赵斌和那个年轻女人有了孩子，二是他和张萍已经办好了离婚手续。她听懂了先后，心想果然没有无缘无故的是非，当那个年轻女人第一次出现在家门口，就预示着有些人离心，有些事隐瞒，有些关系已在不可见的地方生长和腐烂。

屋子里安静得很，张萍没有像往常一样哭哭啼啼。

"晓青，在你二十岁之前，爸爸还是会供你吃穿。"赵斌再度打破沉默，他不负责任了半辈子，现在被那娘仨套住，也不得不挑起重担。这是他的命，他认了，张萍怨他恨他，他也认了，只是——"晓青，不管你原不原谅我，不管我和你妈怎么样，你都是我的女儿。"

赵晓青嘴唇紧抿，转头去看院子里的雨。

赵斌见她这副模样，自知多说多错。半响，他摸摸膝盖起身。

他没带伞，出门前习惯性地回看一眼，撞上两道冰冷的目光。

赵斌怔然，只听赵晓青开口说了第一句话："如果今天没有碰巧遇到，您和妈妈打算什么时候告诉我？"

赵斌看了眼张萍，为难地说："我们瞒着你是怕你不开心，刚才我看你跑掉就急了，叫你又叫不住，所以……"

"您不想让我不开心，做的却都是让我不开心的事。"赵晓青眼神带刺地问了第二个问题，"您现在还住镇上吗？"

赵斌点点头："就在国道旁边那排店面屋里，你要是有事就来找我。"

赵晓青冷静地说："我不会去找您的，您只管忙，以后少来这儿就好。"

赵斌嘴角一抽，平时的厚脸皮仿佛被剥了两层。也正因为这一剥，他的愧疚在女儿的冷硬下转变成羞恼。一时间，他竟然庆幸身上的钱没被张萍以离婚为由扒光，转念又不禁埋怨张萍没教女儿半分温软贴心，只教得她冷口冷面理大于情。

他似乎已经把那个像蝴蝶般飞进他怀里，像花儿般笑着叫他爸爸的赵晓青忘了。此刻的他不想横生事端，从钱包里掏出几百块钱往桌上一放："我那边花钱多，下个月发工资再补给你们。"

最后，他叫了声："晓青，爸爸走了。"

赵晓青看他走进雨里，肩头很快被打湿。她心中漠然，未及转身便听母亲声音凄凉："他死性不改，以后吃苦头跟我们再没关系。"

赵晓青反手关上门。

如果说撞破事实的瞬间她还失望难过，那么当她直面现状，倒比任何时候都真切地看清了赵斌。

"晓青，难过就哭一哭。"

"我哭不出来，妈妈。"

外面雨声淅沥，她想，其实比起哭泣，她应该感到解脱。家不是自由人的牢笼，也不是无能者的避难所，她可以怨恨赵斌离开了家，却不能阻止他离开，而既然赵斌可以匆匆挥别过去，那么，他也无法阻止她和母亲奔向更好的生活。

周日上午，天短暂地放晴了。陈琦拿着手机思索许久，正犹豫着要不要给赵晓青发个消息，王思齐的消息先进来了。

陈琦便借着告诉赵晓青，王思齐和他们一起去学校的事，"顺便"问了句她家里情况怎么样。

赵晓青回说"还好"，陈琦不信。到了下午，他在公交站台眼见赵晓青撑一把暗红色的大伞，脚步轻快地朝他走来，又觉得那句"还好"应该不是骗他。

王思齐手里拎着一袋橘子，等赵晓青走近才和她打招呼。陈琦则等她收伞，让她往站台里挪了挪，以免被遮雨棚边缘的水淋到。

公交车进站，三个人排队上车。车厢里湿哒哒黏糊糊，只有最后一排有两个空座。赵晓青见他俩一个手里拎着橘子，一个背包鼓鼓，自觉放弃，陈琦却先她一步拉稳了头顶的扶手。

王思齐回头："赵晓青，你傻站着干吗，陈琦还能跟你抢座？"

赵晓青看陈琦，陈琦也示意她往后走。

王思齐等她不情不愿地过来，故意说："宁愿陪他站也不跟我坐，我就这么招你烦？"

赵晓青不理他，王思齐却递给她一个橘子。

"干吗？"

"干吗？毒你。"王思齐见她警惕，不由得好笑，"陈琦给我带的，水特多，特甜。"

赵晓青接过橘子。

"你说他怎么给我带不给你带？是不是因为你喜欢扫兴，不喜欢占人便宜？"

赵晓青就知道他没安好心，收到几个橘子显摆什么呀？

王思齐被她横了眼，心道就这脾气，陈琦还巴巴地记挂着，真是令人费解。不过他自己也没强到哪儿去，叶玉玲心狠成那样，他王思齐不还是忘不掉？只可惜叶玉玲从不坐公交车，要是现在坐他旁边的是她，别说是橘子，就是橙子柚子面子里子，他都得好声好气送到她满意为止。

赵晓青皱眉："你古里古怪盯着我干吗？"

王思齐轻咳一声："问你个事呗。"

"你问。"

"叶玉玲跟那个张扬关系怎么样？"

赵晓青听叶玉玲提过心事，但不准备告诉王思齐："我不清楚。"

王思齐轻声说："本来我跟她没戏，她跟张扬没戏，她跟我一起失意我该高兴，可是偏偏我又高兴不起来。如果再让我碰到张扬，我非得问问他怎么想的。"

赵晓青觉得他真的病得不轻："你少想点这些事吧。叶玉玲才不跟你一样，她想的更多的是成绩，你去问张扬怎么不问问叶玉玲为什么看不上你呢？"

"当然是因为我不优秀，但我不优秀还不能欣赏她了？"

"能，但你不能阻止她欣赏更优秀的人。"

"太功利了你。"王思齐说。

赵晓青理直气壮地说："我功利我承认，你呢？你自己和张扬比较，比不过又来问我，好像我能说出你想听的话似的。你要争就争，想放弃就不要争，哪有只做白日梦，原地踏步还要求别人等你的。"

王思齐被她说得悻悻，心想自己不过专挑叶玉玲和她逗口舌之快，结果被她直击要害，一时觉得她既可恶又可恨："真受不了你。"

赵晓青心想，我还受不了你呢，念及他和陈琦要好，到底忍住。

车厢里声音嘈杂，陈琦起初看王思齐和赵晓青靠得越来越近，不知聊什么聊个不停，后来又见他俩忽然摆出一副谁也不理谁的架势，便知情况不对。

果然，手机振动一下，王思齐给他发了消息：赵晓青戳心一戳一个准。

陈琦：谁让你惹她。

王思齐气得打字也懒得打，夺回赵晓青手里的橘子自己剥开吃了。赵晓青更气，瞪他一眼直接离他远远的，走向陈琦。王思齐哪能受得了这个，追过去故意挤进他俩中间，和赵晓青眼神斗法。

等车到了终点，王思齐和陈琦示意，径自去旁边拦出租车。陈琦则和赵晓青一人一伞往学校走。

赵晓青问："我是不是不该和王思齐吵架？"

"他输了？"

"没有，输了他也不承认。"赵晓青心想老同学没必要一见面就剑拔弩张的，"算了，我下次让着他点吧。"

陈琦笑:"他和你说叶玉玲了吧?"

"说了,可和我说再多有什么用呢?解铃还需系铃人。"

她这话像在陈琦心上按了按。

赵晓青见他沉默,想起今天自打见面,他就由着王思齐和她闹,也不插嘴,就连刚才那一笑也是淡淡的。

"陈琦,你是不是心情不好?"

"没有啊。"

"那你是累了吗?回家没休息?"

陈琦休息了,但晚上没睡安稳,赵晓青只当他发奋图强,心想五班果然不好混,明里暗里宽慰了他几句。陈琦原先还挺疑惑,后知后觉回过味来,她有闲心照顾他的情绪,想必家里的事的确解决了。

等到了一中,陈琦从包里拿出一袋橘子递给她:"我爷爷让我带给同学尝尝。"

陈琦怕她不要:"你别看皮青,挺甜的。"

赵晓青的嫉妒顿时烟消云散,王思齐还跟她显摆呢,原来她也有份。

陈琦继续说:"我一个人也吃不完,你喜欢就吃几个,不喜欢就分给同学,总比浪费了好。"

赵晓青当然喜欢,只是——"你自己呢?"

"包里还有。"

赵晓青过意不去:"你送我这么多,还替我背了一路。"

"小事,下次你有好东西也分点给我。"

"那肯定的。"赵晓青应下。

陈琦见她领情,忍不住嘴角上扬,一颗心这才稳稳当当落了地。

赵晓青回班把橘子分给了邻近的同学,大家都说好吃,周媛媛最喜欢，拿的橘子也最多，而当她知道这是陈琦给的时，顿时绽开笑容："他人真好，我去谢谢他。"

赵晓青被她一提才意识到自己连句谢谢也忘了说，然而周媛媛出去几秒又折返："算了，为这点小事找他，被他笑话……再说这是他给你的，我谢你就够了。"

赵晓青察觉她的羞涩，想问些什么却不知从何问起。周媛媛同样看她："你和陈琦一起上下学，感觉你们很亲近的样子。"

赵晓青第一次听别人用"亲近"形容她和陈琦。这两个字对她而言不无陌生，对陈琦应该是稀松平常。她笑了下，没有接话，周媛媛却把她当成默认。十几岁的少男少女，有人迟钝，有人敏感，有人喜欢探案，有人喜欢脑补。

周媛媛嗅出不寻常，但没有深究，只把话题绕到运动会上："国庆回来以后再开，将近十天不用上课，感觉还挺爽的。"

她开始畅想不用待在教室的日子，赵晓青的表现却很平静。学习是一项既定的任务，她只有在别人休息时才能拉快进度条，因此不管在校还是在家，她都做不到完全的放松。

长时间的紧绷其实挺危险的，当赵晓青自以为付出很多的努力而结果并不如意时，挫败感会消灭她努力的动机，而她向来习惯相对稳定的环境，一旦环境改变，适应力很差的她也可能遭到反噬。她曾经短暂地反思过，成天以题为伍，不玩手机不追星，是不想还是不敢？一天三顿吃食堂，连外卖也不会点，是犯懒还是舍不得花钱？如果她到了一个没有管束的自由环境，她会一如既往地服从和保持低欲望，还是会彻底解放天性？

赵晓青发现自己除了读书没有培养出其他的爱好，那么，当没有人告诉她应该要做什么时，她就不知道做什么了，当她有充裕的时间去装填和丰富自己，她的心性和技能却让她把时间荒废了。她也许会变得讨厌学习，会离不开手机，会借食物满足口腹之欲而贪恋被满足的感觉……物极必反，如果自律轻而易举地消失，那么堕落就会肆无忌惮。

周媛媛看着她沉静的侧脸，不知她在想些什么。接触日久，周媛媛觉得赵晓青无趣封闭，却又神秘特别。

她想起第一次在八班看到赵晓青的作文时，陈琦刚好站在她旁边，说："厉害吧这人，我以前的同桌。"他语气懒散，脸上却带着笑。

周媛媛当时和他刚熟络，不好驳他的话，实际上并不认为赵晓青厉害，除了字写得好看点，行文流畅点，引用的名人名言多点，好像也没其他特别之处。于是她告诉陈琦："我以前也是语文课代表，语文考试要看运气的。"

事实证明，她这个课代表的运气不如赵晓青。而赵晓青的厉害不仅在成绩，还在于她的专心。周媛媛看着赵晓青的课桌，书立的最左边是一本社会学的名著，她问："晓青，你还读这些呀？"

"读不下去，断断续续到现在也没看完，我脑子不够用。"赵晓青伸手去拿书给她看。

周媛媛忙拒绝："我不要，我不感兴趣。"她见赵晓青的指间夹着水笔，"你的手还挺好看的。"

"好看？"赵晓青疑惑。

"嗯，你的手比我的大，但手指更细长，手背更瘦，我的手背就软软胖胖的更可爱一些。"周媛媛似乎很有心得，"据我的经验，男生手好看的也很多。"

"是吗？"

"是的，陈琦的手就是。他会转笔，会转书，还会转篮球，他明明不喜欢打球对吧，但碰到球就很熟练灵活。有次他去黑板那儿做题，握着粉笔，显得手又瘦又有力量，有次我进教室，他刚好在我后面，帮我推门的瞬间真是赏心悦目……"

赵晓青听到这儿听出古怪了："别人都关注脸，你怎么关注手？"

周媛媛懊恼自己嘴快，赵晓青却没细问，眼前浮现陈琦快速地摆弄魔方的画面，嗯……她只记得色块转动飞舞，又想起他紧握着自行车把的样子，嗯……他的车头好像没有车铃……好吧，赵晓青放弃，敬佩道："你的记性真好，观察能力也很强。"

周媛媛笑笑，把自己的手伸到她面前，轻声说："国庆假期我想去做个指甲，你觉得我做什么颜色好看，粉色灰色还是黑色？"

赵晓青想了想："粉色吧，黑色容易被老师抓到，而且看起来像中毒一样。"

周媛媛睁大眼睛，"哈哈"笑出了声。

运动会开幕的那天，叶玉玲坐进了主席台后面的广播室。

她自认嗓音条件不比任何人差，无奈广播站招新时把她刷了下来，所以去年运动会没让她发挥特长，元旦晚会的主持人也不是她。今年的机会是她自己争取的，她缠着学姐缠了很久，又保证绝对不会犯错，这才得到了半天的许可。

半天的时间里她读了几十份稿件，结束后回到看台，班里的男生夸她："可以啊你，一点不输专业的。"

"我就是专业的。"叶玉玲自信地说。

她从地上拿了一瓶水："张扬呢？"

"打球去了吧。"

"啊？那不是压根没听到我的播报？"叶玉玲有点失望，眼见操场上热闹依旧，自己回教室拿饭卡。

陈琦趴在座位上睡觉，她走过去拍了他一下："你什么时候溜回来的？"

陈琦睁眼："有事？"

"没事。"

"那别吵我，周媛媛刚走。"

"周媛媛?她来找你?"叶玉玲奇怪,看到桌上的蛋糕又不奇怪了,"你现在人气够旺的,在八班我就看她和你最熟。"

陈琦没搭理她。

"赵晓青还让我找你聊聊心事呢,结果她看错你了,你忙得很。"

"她让你找我?"陈琦坐直。

叶玉玲看他桌上的卷子,昨天晚上刚发,理化生三门竟然全部做完了。

"你要跟张扬争第一吗?他都没你这么高效。"

陈琦原本不想争,但觉得这人很讨厌,所以要争,但自知争不过,所以对谁都说懒得争。他说:"我有拖延症,早做早省心。"

"那你下午去不去看台?"

"去,"陈琦答得很快,"赵晓青要跑3000米。"

"3000米?七圈半哎,谁又逼她报了?"叶玉玲感叹。

事实上,赵晓青没有被逼,是自愿的。原因无他,十三班的氛围比她想象中的要好,她更自由,更舒服,也就更愿意做出尝试。不过她没打算拿名次,就没跟陈琦提起,也是听周媛媛转述,陈琦才知赵晓青的倔劲又冒头了。

下午的阳光比上午更澄澈,明晃晃跟柠檬水似的。陈琦手里拿了一瓶运动饮料,先去十三班的看台,听到广播宣布检录又匆匆跑去操场上的起点。

果然,赵晓青一身运动装束正在那儿做拉伸。

张扬原本正和班里的男生说话,瞥见陈琦走近,故意去赵晓青身边说:"你比我以为的还要猛一点。"

赵晓青不理他的调侃:"你去准备你的项目吧。"

"我不急。"张扬再近一步,"反正跳高没开始,我给你加油助威怎么样?"

"算了吧,我跑一圈就累死了,肯定听不到。"

"那你自找罪受。"张扬笑,伸手摸她的马尾,她立马跳开。

张扬不爽:"我手上有针戳到你了?"

赵晓青刚要回嘴,见陈琦站在不远处,忙小跑过去:"你怎么来了?"

"路过。"陈琦看张扬一眼,再看赵晓青,无缘无故的气闷变成了更深的气闷,"谁都知道,就我不知道。"

"什么?"

"你说什么。"

赵晓青赔笑:"我报名凑个数而已。"

陈琦:"吃不消就停下来走。"

"瞧不起谁啊。"赵晓青问,"你有空吗?有空可以去终点等我。"

"没空,你继续热身吧。"陈琦瞄了眼她身前的号码布,"你们班体委教你这样戴?"

赵晓青低头,号码布用四个回形针固定,但上下位置取得太近,导致中间凸起。她解开底下两个,把布料摸平整,回形针却掉了一颗。

陈琦捡起来给她。

赵晓青接过,把他的手翻了个面。

陈琦:"干什么?"

"周媛媛说你的手很好看。"赵晓青掰他的手指让他握成拳,显出起伏和微微绷紧的筋脉,再松开,看他修长的手指和明显的指节。

陈琦被她的动作搅得心中一荡,嘴比脑子更快:"赵晓青,想牵我就直说。"

"⋯⋯谁想牵你了?"

"那你摸我。"

"我摸⋯⋯"赵晓青意识到自己的行为不妥,连忙抽离,然而下一秒,陈琦却在她抽离的同时迅速回握。

动作太急,他只堪堪抓紧她的指尖。

四目相对,指尖的温度在升高。陈琦心跳加速,忽然不敢看她。

他松开手,很快转身,没再多说一句话。

赵晓青顺利跑完,班里的同学热心地给她递水。她接过,一口气喝了半瓶,然后从兜里拿出眼镜戴上。

陈琦没在终点等她。

有同学帮忙去确认成绩,赵晓青听到结果后会心一笑,在跑道边歇了会儿再走向看台。此刻阳光明媚,她回到座位撑起一把伞。融融暖意中,她闭上眼睛,慢慢卸下全身力气,感觉自己像是一块泡在热水里的肥皂。

不知过了多久,身边响起热闹的说笑声,赵晓青睁眼,是隔壁班的几个男生回来休息。困意消失,她翻开刚才带来的小说,专心往下读,正看到关键情节,眼前有人打了个响指。

她心头一喜,抬眸,找她的却是张扬。

张扬冲她挑眉:"还有力气看书?"

"看书又不累。"

"也给我遮遮。"他抬高她的伞,在她身旁落座,跟他一起过来的叶玉玲则坐到他旁边。

张扬似乎拿叶玉玲没办法:"你是黏上我了还是怎么?"

"没有啊,我找晓青。"

"你找她倒把我夹中间?"

张扬扒拉赵晓青手里的书:"这时候看武侠,真有你的。"他觉得自己有点高估赵晓青了,《神雕侠侣》,呵呵,"你看到十六年前还是十六年后了?"

赵晓青合上书,瞧见陈琦和周媛媛、吴昊他们上了这边的台阶。吴昊乐呵呵地过来和叶玉玲搭话,周媛媛手里拿着陈琦给她买的冰激凌,坐到赵晓青身边,又让陈琦也坐。

陈琦双手插兜,目光扫过一排,赵晓青没理他。

于是他很快招呼吴昊离开。

张扬察觉他和赵晓青的反常,等他走了便饶有兴致地问后者:"你俩怎么了?"

赵晓青:"什么怎么了。"

"装不认识,可我刚才还看你和他拉拉扯扯的。"

张扬不提还好,一提赵晓青还有点生气。陈琦刚才莫名其妙就走,也不知她哪句话说错了,而当她低头看了眼放在书上的手,忽然有点不是滋味。

"赵晓青,别怪我没提醒你,少看闲书,少碰花花绿绿的东西。"

叶玉玲听见这话,心上像被打了一枪。

赵晓青却说:"谢谢你提醒,也难为你老是摆出一副看好戏的姿态来指指点点。"

张扬笑,再坐了会儿便起身。叶玉玲亦步亦趋地跟着他回到五班的看台,只见陈琦坐在最高的位置,手臂搭在腿上,姿态放松,对上他们的视线却有些锐利。

张扬淡淡掠了陈琦一眼,继续往前。叶玉玲陷入思索,在张扬下了看台,走向跳远的沙地时,鼓起勇气叫他:"张扬,我能问你一个问题吗?"

"你问。"

叶玉玲紧追:"你真的和赵晓青关系那么亲近?"

"为什么要加'真的'?"

"我感觉是真的,可是又感觉怪怪的。"叶玉玲攥紧手心,犹豫道,"我的想法你很清楚,今天被你刻意忽略,我很难堪。"她停顿了下,"如果你不想见到我,请你告诉我,我会和你保持距离,毕竟我也有我的骄傲。"

"所以你的骄傲比你的心意重要多了。"张扬像是预料到了她的反应,双手插兜,居高临下地看她,"行吧,你跟我把话挑明,那我也直说,不管我跟谁走得近,都跟你没关系,如果你要保持距离,也请你说到做到。"

叶玉玲原想以退为进试探他,不料被他冷酷的话刺得满腹委屈:"张扬……"

"别这样可怜巴巴地看着我,我拒绝的人多了去了,要是拒绝了你还得心疼安慰你,岂不是自找麻烦?"

叶玉玲的自尊被他戳破:"我到底哪里让你不满意?"

"哪里都不满意。"张扬扔下一句话就走,"收好你的骄傲,别问了。"

比赛还在继续,周围有不少同学结伴经过。叶玉玲怔在原地,失落和恼火齐齐上涌,让她鼻子一酸。

晚上九点四十分,晚自习结束。赵晓青坚持今日事今日毕,不会把没做完的作业带去宿舍挑灯夜学,所以即便她今天有两道数学大题没做完,也只是伴着铃声在草稿本上记下,争取明天一早解决。

走出教室,叶玉玲在门口等她。

叶玉玲双眼微红,像是哭过一场,显得可怜巴巴的。

赵晓青意外:"你怎么了?"

"我能和你说几句话吗?"她看了眼赵晓青旁边的周媛媛。

周媛媛意会,只说先走一步。

叶玉玲自知和赵晓青并不亲近,可她萎靡一个晚上,思来想去找不到可以倾诉的人,唯一的办法就是彻底把事情捋明白。

下楼梯时,她忽然很想像抓住好友的手臂那样贴近赵晓青,这会让她更容易问出口,但赵晓青脚步更快,已在楼下提醒:"十点就熄灯了。"

这语气完全是担心来不及洗漱。叶玉玲想，赵晓青和张扬一样不会照顾别人的情绪。

路灯下的树影像一张张带着针孔的黑色面具，叶玉玲追上她，两人靠边走。

时间紧迫，叶玉玲打算速战速决："我问你几个问题，你要如实回答，不想答就说不想，千万别说假话或是瞒着我。"

"嗯。"

叶玉玲开门见山："你对张扬有好感吗？"

"我对他的成绩有好感，其他方面没有。"

"为什么？"

"性格不合。"

她的直截了当让叶玉玲沉默："那你知道张扬对你……"

赵晓青像是听到了奇怪且滑稽的话："不可能。"

"怎么不可能，他经常找你。"

"那是他故意的，是他的计策。"赵晓青有自己的推断，"他比谁都聪明，也比谁都较真，在成绩上想要门门第一。我有几次语文超过他，大概打破了他的预期，所以他就来接近我，为的是干扰我。"

叶玉玲辩解："他才不是小肚鸡肠的人。"

"这不是小肚鸡肠，是斗志。当然了，这只是我的猜测。"

"那你也不能这么猜。"叶玉玲说，"反正没有莫名其妙的靠近，靠近是吸引，就像他吸引我，而你吸引他。"

赵晓青懒得和她争："随便你吧，可能你是对的。"

"喂。"

"你既然不信我，那要我怎么说？"

叶玉玲也陷入纠结："那如果——我是说如果，他毕业后来找你，你会接受他吗？"

这下换成赵晓青沉默。

片刻后,赵晓青幽幽叹口气:"叶玉玲,你看和我们走在路上的同学,都是上完三节晚自习巴不得早点睡觉,有谁是宁愿不睡觉而想些有的没的呢?有的人成绩好,精力充沛,在学习之余还能考虑其他的。他们可能会幸运地得到回应,然后默契地一起进步,但我肯定没有这样的运气。我只做学习这一件事就已经很累了,其他任何让我分心的东西我都要远离。"

叶玉玲想不通:"你就这么爱学习,不怕变成学习机器?"

"你恰恰说反了,我一点也不爱,尤其是不擅长的科目。可是除了学习,我不知道该做什么,当周围的人都告诉我高考是唯一的出路,我只能说服自己的确如此,因为我的能力、个性和家庭条件都不允许我行差踏错,我输不起。"

叶玉玲听她这么说,反而有点难受:"可你已经很棒了,大家都认为你的作文出类拔萃。"

"难道你不觉得我的作文很'紧'吗?"赵晓青心里有数,"我必须要在八百字内尽可能表现我的文采,要大张旗鼓地告诉阅卷老师,我的字很好,我读过很多书,我的遣词造句很考究,这是带着目的的表达,不是随心的,也并不松弛,而我要依赖它去获取高分,以便进行自我肯定:哦,原来我能学以致用,原来我写的东西讨人喜欢,原来我也挺不错。"

叶玉玲被她的话说得心软:"晓青……"

"别这样,我不是在诉苦。"

"我知道,我只是没想到你给自己的压力这么大。"叶玉玲感到抱歉。

赵晓青眼看宿舍近在咫尺:"你还有其他要问的吗?"

"有。"叶玉玲想起陈琦,"最后一个问题。既然你对张扬没感觉,那会对陈琦……"

"不会的，"赵晓青率先抢断，"他有在意的人了。"

这倒打了叶玉玲一个措手不及："谁？"

"我不认识。"但赵晓青记得他说过，他想变得优秀是因为想被那个女生看到，只可惜那个女生是个笨蛋，没那么快察觉。

熄灯铃响，叶玉玲被她唬住，又被她挽了胳膊跑进宿舍。

这天晚上，叶玉玲心里百转千回，赵晓青同样难以入眠。她摩挲着指尖，脑海中不断浮现被陈琦握住的那一刻。

熟悉的念头飞快闪现又被她甩开。赵晓青告诉自己，你不用去好奇陈琦心里装着的笨蛋是谁，你只要记住，永远不要当一个笨蛋，哪怕是想想也不行。

陈琦去地下室没看见赵晓青的车，回到宿舍，手机新收到的消息来自十分钟前：我今天有事，先走了。

十分钟前他还在教室，赵晓青却已急匆匆地往家赶。陈琦直觉她其实没什么要紧事，而是故意找了借口。通知他是出于礼貌，逃避才是本能，这让他开始后悔那天的唐突——显然，他的情不自禁把她吓到了。

现在再去解释似乎太迟，何况这并不是一件值得回味的事，至少，陈琦在电光石火间看清了自己的懦弱——他没继续攥紧她的手，没再靠近一步，甚至连句像样的可以缓解尴尬的话也没有说。当时的他被心动与羞涩击得头脑空空，所以选择躲开，而现在赵晓青也开始躲他，他倒有些不是滋味。

赵晓青到家先煮米饭再炒菜，加热后的油脂激发出食材的香气，让她得到一种具体可感的抚慰。

她没有特意学做菜，因而厨艺水平只能果腹。书里写古人箪食瓢饮，身居陋巷不改其乐，赵晓青理解，但不向往，她的生活既非贫瘠也无丰裕，她没那么知足豁达。

张萍下班后带回半只烤鸭。天气变冷，镇上的熟食店摆出了现烤的柜子，一只只冻鸭被涂抹上预制的调料，被挂在烤柜中不知疲倦地旋转，时间一长，鸭皮里的油滋滋滴落，连带鸭肉也变得又干又柴。餐桌上，张萍提起自己辞去饭店的工作，又说正在考虑要不要把加工点的活计也辞掉："晓青，你之前想说搬去县里住，我们要搬就早点搬好不好？"

赵晓青的确有过这样的想法，但后来不了了之。她以为是加工点的人又说闲话让母亲不开心，张萍却解释她和大家乃至老板娘都相熟，闲话不至于让她难以忍受："我只是不想和你爸碰面了。就算隔了好几条街，就算只在菜场碰到一次我也受不了。"

张萍放下筷子："你爸不是个靠谱的人，他说供你到二十岁，意思是供你到大学毕业也不肯，现在他心里有愧，我们问他多要些钱他还能愿意给，等真的耐心磨没了，他改了主意，我们能找谁说理？所以我们干脆搬走，让他付新家的房租水电，以免他对我们不负一点责任。"

赵晓青看着母亲："他还有钱吗？"

"没有就让他去借，他穷得只剩一条裤子，也得把裤腿撕了一边一半。"

赵晓青沉默了下："这些话又是别人教你的吧。"

张萍默认，加工点的姑娘媳妇都觉得她吃了亏，争相给她出谋划策。

对赵晓青而言，其实住哪儿都一样，但毕竟在院子里多年，离开也需要决心。赵晓青想起那个年轻女人，感觉自己家的摇摇欲坠似乎也要传染到她家，至于那个未曾谋面的婴儿，他或她会和自己有同样的命运吗？

算了，赵晓青按下浮起的担忧和怜悯，告诉自己没必要考虑那么多。

张萍见女儿不反对，又提起工作："搬去县里我得新找一份工，我跟你表叔联系，问他能不能帮上忙，如果他不帮，我就先去商场做导购，或者继续找家饭馆当服务员。"

"妈妈，您是老裁缝了。"

张萍的眼神黯了黯："我当厌了。"

赵晓青没说话，收拾了碗筷去厨房。张萍阻止她做家务，赵晓青却坚持。在某种程度上，她觉得母亲更需要休息。

上午阳光明媚，天空中还飘着洁白的云朵。陈琦爷爷坐在院子里，看陈琦手脚利落地剪橘子。

"今年橘子丰收，你愿意带就多带些。本来我和你奶奶说要拿到镇上卖，你爸不让，我们俩腰腿不好，没他的摩托车也扛不动一筐。"

陈琦说："爷爷您省省吧，家里就两棵树，又不是二十棵，你拿去卖不过十块钱五斤。"

候在树旁的奶奶说："哪里十块钱五斤，市场上卖十块钱三斤，还是外地的，标的'蜜橘'，哪里有蜜哦，皮都粘在果子上了，比不上我们家的橘子鲜甜。"

陈琦笑："再甜的橘子也上火。"

"你们年轻后生还怕上火？"

"怎么不怕。"陈琦把手里两个橘子扔进竹篮，摘下手套。

陈琦奶奶接过剪刀："这次就带这么点？你上次摘了好几斤。"

"上次两个人，这次一个。"

陈琦奶奶记得他那天一个个挑，一个个数，一会儿嫌多一会儿怕少，放进袋子前还用纸巾把橘子上沾的雨水擦干净。今天的橘子比那天更黄更干净，她说："你同学应该喜欢的哦。"

"嗯。"陈琦虚应了声，装好橘子收拾好书包，和爷爷奶奶道别。

他早上问过赵晓青要不要一起走，得到的回复是意料之中的"有事"。陈琦想，这事估计没完没了了，因此也没勉强，转而答应了胡天昊的邀请。

中午十二点，他抵达饭店，胡天昊和雷立癸已经到了。

雷立癸今年考上了岚城一中，从八月底开学到现在就没回过陈家村。今天赶上胡天昊有空，三人便约在岚山县见面。

雷立癸从市里坐车，陈琦从村里骑车，顺利碰头后，胡天昊点了一桌菜。他前段时间在县里买了新房，眼下好心情地招呼道："你俩没喝我的新居酒，这顿就当补上，吃饱了再去我那儿看看。"

"算了，我不爱看人炫富，从小到大你家乔迁的次数一只手都数不过来，我爸连红包都不想给了。"雷立癸对新房没兴趣，"你什么时候换车倒可以再请我坐坐。"

胡天昊笑："别呀，这次是真新居，我爸买了给我结婚用。"

陈琦意外："你要结婚了？"

胡天昊："明天第一次相亲。"

雷立癸和陈琦双双吃惊。

"我爸嫌我没出息，不指望我去大城市有大事业，岚城两套房、县里一套房，到时女方在哪儿我就住哪儿。"胡天昊看着这两小子，"长大真痛苦，要是我结婚了，就不能跟你们称兄道弟，感觉不是同时代的人了。"

雷立癸和陈琦面面相觑。

三个大小伙子战斗力还行，吃完了四菜一汤加大桶米饭。饭后，胡天昊坚持带他们去了新居，又因为新居和一中离得不远，雷立癸就提出去一中逛逛。

"我也想，我没进去读过，逛逛也沾沾书生气。"胡天昊说。

今天是返校日，虽然没到返校高峰，大门到底开着。陈琦推着车，雷立癸和胡天昊跟在他身后，谁知尽职的保安放过了两个背书包的，只拦住了胡天昊："这位家长，你不能进。"

雷立弢憋笑，只好冲胡天昊示意自己马上出来。

陈琦带着雷立弢转了一圈校园："比岚城一中小吧。"

"是小了点，不过也挺美的。我们那儿有很多鹅掌楸，你们这儿都是樟树。"

陈琦说："樟树不好看，叶子也掉不完。"

雷立弢嗅出反常："你怎么了？"

"我能怎么。"

"感觉你上高二后有点变了。"具体哪儿变了，雷立弢也说不上来，"压力很大？"

"一般吧。以前没目标，过一天算一天挺开心，现在盯着分数学，有点没劲。"

雷立弢理解，但没接茬，只让他带自己去高二教学楼。看见五班的第一名时，雷立弢笑了："这分数可以啊，跟他比不怪你有压力。"

陈琦心累："高三联考他要还是这水平，肯定能上清华北大，我能保住省大就不错了。"

雷立弢疑惑："省大？你不是想读电气工程？我还以为你准备去北方的学校。"

陈琦身后有人经过，听见这句话，那人脚步一顿。

陈琦察觉，下意识地和她打招呼："赵晓青，你来这么早？"

赵晓青回头，打量他和他身边的男生："……你们也挺早的。"

陈琦看她往楼梯上踩了一步，话到了嘴边又收回，只从包里拿出那袋橘子："你帮我给周媛媛。"

赵晓青"哦"了声，接过。

等她的身影消失在楼梯拐角，雷立弢碰碰陈琦的胳膊："她就是赵晓青？"

· 218 ·

"怎么？"

"你和她到底熟不熟？"

陈琦没说话。

雷立弢笑而不语，过后推着陈琦去教室："你走吧，我回了。天昊哥等久要骂人，我也不耽误你学习了。"

周媛媛下午五点才到班里，看见桌上的橘子时明显一喜："我随口问陈琦要，他竟然给了这么多。"

上回运动会，她请他吃蛋糕，他就请她吃冰激凌，有来有往真是比爱搭不理让人开心。周媛媛兴冲冲地分给同学，最后分给赵晓青。赵晓青婉拒："我自己有，多了吃不下。"

赵晓青从抽屉里拿出一袋，是张萍在镇上买的，十块钱三斤。

"哦。"周媛媛笑笑，剥开一个橘子。

空气中弥漫着清新的果香，赵晓青封好自己的袋口。

原来她的担心都是多余的。陈琦没有不理她，她也不必再因此感到困扰。可是，为什么她还是不开心呢？是因为陈琦给周媛媛带了橘子没给她带？陈琦为什么只能给她带？难道她希望陈琦对她是特别的吗？

她有点搞不懂自己了。

离考试结束还有一分钟，赵晓青把答题卷翻到正面，确认选择题填涂完毕，默写题没有错字，然后盖上笔帽，长舒一口气。

尽管她无数次地提醒自己要给作文留够时间，但每次都只能留四十五分钟左右。这样的好处是前面的题目思考充分，不会失误，坏处是写作必须全神贯注速战速决。也正因此，她右手中指的薄茧会被笔尖压得微微凹陷乃至发麻，直到落下最后一个标点，战斗结束，她才有余力做一次潦草的复盘。

铃声响起，监考老师开始收卷。赵晓青拿了笔袋和水杯回班，看见张扬站在十三班门口。

他等赵晓青走近："这次语文挺简单的，对吗？"

赵晓青不清楚他问这话的目的，实事求是地道："……我没觉得简单。"

"是吗？选择题你选的什么？前五道我是ABCDA。"

赵晓青没刻意记，张扬以为她不理人，笑了笑也不多说："中午记得休息，下场数学有你受的。"

赵晓青不知他是好心提醒还是故意炫耀，回到座位，周媛媛忍不住问她："张扬怎么又来找你了？他对你有点特别哦。"

赵晓青说："我不需要。"

"被他关注是件幸运的事。"

被他虎视眈眈地盯着才不是幸运，赵晓青佩服张扬，但因为一些被他刻意营造的假象而成为大家议论的中心，并不是她期待的。

"媛媛，你觉得这次语文简单吗？"

"……不简单，比月考难。"

好吧，赵晓青现在确定张扬是来故意炫耀了。

两天后，新的成绩榜被粘贴在公告栏。分班后的第一次期中考，有人前进，有人泄气。张扬懒得去看，在班里听着同学的讨论，状似无意地问："语文谁第一？"

"还能是谁？十三班的，135分。"

张扬忽然不知是该笑还是该气，赵晓青大概专门克他。

一旁的叶玉玲见他如此反应，想起了赵晓青跑3000米的那天，张扬让她带他去广播室，为的是拿过话筒喊一句"赵晓青加油"。她不知道赵晓青有没有听见，只知道即便自己忍住震惊和气恼没和任何人说，消息也一下子传开了。那天下午她追在张扬身后，被他的冷言冷语气哭,然而到了晚上,她却从赵晓青身上得到了警醒——张扬很好,但不识她的好,她盲目追捧还不如不追捧。

眼下,班里乱糟糟的,叶玉玲走到陈琦那儿:"你考得怎么样?"

"不怎么样。"陈琦物理拔得头筹,其他科目中规中矩。

"我这次英语还行,数学和你就差三分哦。"

陈琦笑笑。

他一笑,叶玉玲倒有些不得劲。曾几何时,她的成绩是和陈琦不相上下的。她说:"其实我挺佩服晓青的,你看到她排名了吗?数学102分还能考全班第一,全靠其他五门硬生生拉上去。"

"五带一比七带二轻松。"陈琦说。

"看来她死活不选物理是对的。"

陈琦点头:"她向来是对的比错的多。"

"是吗?"叶玉玲心想,赵晓青在学习上优势尽显,有可能在其他方面错得离谱。

叶玉玲看着陈琦,忽然"哎"了一声:"赵晓青在你心里算笨蛋吗?"

陈琦瞬间警惕。

叶玉玲直觉自己猜中了。按理她该继续问陈琦,可是,她有问这些话的立场吗?叶玉玲想,她要跟赵晓青学的不仅是做功课的踏实,还有处理关系的分寸,虽然长时间的冷漠会拒人千里,但自以为是的亲密也会让人硌硬。

于是她只淡淡地问:"陈琦,你在赵晓青面前会不会自卑啊?"

陈琦认真地想了想:"有时候会。"

叶玉玲生出一股和他同病相怜的错觉,但显然,陈琦比她更自持。

两人再聊了几句,叶玉玲回到座位,然而她还没拿出下节课要讲评的卷子,对面的高三教学楼忽然发出一声巨响。

班里同学齐刷刷地涌到走廊，陈琦也很快起身，看见了对面那扇碎裂的玻璃窗。

尽管学校领导明确指示不要随意讨论，但不用半天，碎玻璃背后的流言就传到了高二。

流言的主人公是高三（14）班的男生，砸窗的版本却有两个，一个是男生期中考试成绩下滑，接受无能，另一个是他故意逗弄班里女生，被当面羞辱后怒而砸窗。谁也不知道真相到底如何，但都偷偷摸摸地议论着，而当那扇窗户被换掉，男生也被家长带回家，高三那边又流传出一个新的更复杂的版本：男生因为父母离婚变得厌学，上课经常玩手机后被老师针对，课间和同学又因为两三句话不对付……

赵晓青从周媛媛那儿听到这些流言时很是惆怅。校园生活看似平静，实际藏着很多"不该""不敢""不得不"，一旦冲突浮出水面，就意味着矛盾不可调和，有人受罚也有人受伤。

此时此刻，高二的表彰大会正在进行，赵晓青坐在体育馆里，听着领导的总结发言，思绪却慢慢飘远。

主席台上堆着高高的笔记本，是马上要分发的奖品。学习标兵，单科之星，进步之星，大大小小的名单提前报送，等领导发言完毕，被点到名的同学就上去领奖拍照。

赵晓青喜欢领奖，也期待领奖，可是她挺直腰板看着周围的同学，意识到大部分人都不会有上台的机会，又觉得所谓的表彰也没那么重要。

旁边的周媛媛懒洋洋地打了个哈欠，见赵晓青神色异样，问："你在想什么？"

赵晓青摇头，她在想上午高三的表彰大会，那个出了事的男生肯定不在现场。

周媛媛给赵晓青看自己的指甲。她上次涂了个粉色的,第二天就被班主任叫去训话,吓得她不敢再招摇。赵晓青看她的手白白胖胖,小巧可爱,指甲也修得平平整整,说:"你涂粉色真的挺漂亮的。"

"是吧,都怪老师不识货。"

赵晓青用力握住周媛媛的手,忽然有些庆幸,周媛媛和她一样,暂时没有对立和冲突,也没有不可调和的矛盾。

终于等到颁奖环节,赵晓青从年级领导手里接过本子时,竟有些紧张,而当她转身拍照,意料之外地,底下突然一阵骚动。

她不明所以,也是旁边换了个人,才知是张扬从后面绕了几步,从中间站到了她身侧。

"哦呜——"五班和六班的男生率先起哄。

张扬碰碰赵晓青的手臂:"看镜头。"

赵晓青皱眉,原本就不带笑容的神情显得越发古怪。

主席台上的领导也察觉到不对劲,但很快稳住局面进入下一个流程。等下了台,张扬揪住她的手臂:"抓紧时间,马上得领单科。"

赵晓青挣开他,跑到座位放本子,再跑回主席台边的候场区,陈琦也已经站在那儿。

他身量和张扬差不多,穿着和大家一样的校服,袖子却往上捋了一截。他一动不动地看着赵晓青,看得她心虚又委屈,紧张又难堪。

操场那次莫名其妙的握手之后,她就一直躲着他。她忽然倍感后悔,躲他干什么呢?

单科语文奖和数学奖前后颁布,赵晓青和张扬上台时,底下又有人对着并肩而立的他们起哄。尽管这次的声音很小,但赵晓青竟然更局促,以至于掌心微微汗湿,想在下一秒便逃离这是非之地。

好在拍照留念的确只需一秒,等到结束回座,周媛媛看赵晓青微微发红的脸,不免有些同情:"张扬胆子太大了,他不怕老师发现吗?"

赵晓青一言不发，神情却气鼓鼓的，像被蜜蜂蜇了满头包。

大会散场便是放学时间，赵晓青原本还犹豫着要不要去五班找张扬算账，看到课代表写在黑板上的提醒，只好先把历史的单元作业解决掉。

半小时后，她快步走向地下室，看见了熟悉的身影。

陈琦照例虚靠在他那辆自行车上，一动不动地盯着她。

那股酸溜溜、黏糊糊、委屈巴巴的感觉又往心里挤，赵晓青慢慢往前，问出问了无数次的话："你怎么在这儿？"

"等你啊。"陈琦答得轻飘飘，"我看你今天车还在，你也没通知我你有事。"

"我……"

"你有话跟我说吗？"

赵晓青犹豫，过去解车锁："没有。"

"那我有话和你说。"

赵晓青一愣，转头时钥匙却掉落在地。陈琦习惯性走近："我是妖怪吗？你一见我就吓得手抖。"

"……才不是。"赵晓青在他弯腰之前迅速捡起。

"不是就好。"陈琦的语气忽然变得温和，"赶紧走吧，再不走得天黑才能到家。"

"哦。"赵晓青解开车锁，只听"咔嗒"一声，心中的烦闷顿时烟消云散。

第八章 不是笨蛋

两碗青椒牛肉炒面上桌,陈琦照例去冰柜里拿喝的。他回来把矿泉水放在赵晓青手边:"天气冷了,冰柜没插电。"

赵晓青骑了一路,的确有点渴。她以为他把她带进店里是想找个地方坐,结果他只是单纯饿了。一碗十六块钱看不到牛肉的牛肉炒面对赵晓青而言有点贵,但她记起之前和他来这交过一次心,竟有些怀念那种好好聊天的感觉,于是她陪他坐下,给母亲发了消息。

母亲的语音回复给了她安慰:"你慢慢吃,我还没下班,你吃饱了我就不用回去做了。"

语音外放时,陈琦也听到了:"你妈妈跟你讲普通话。"

"嗯,我妈和我时而普通话时而永贤镇话。"

陈琦:"那她和你说老家的方言吗?"

"很少,她和我外婆会说,但有些发音她也忘了。"

陈琦"哦"了声:"那她要是记起来应该教教你,这样你就会三种……哦不,加上英语,你就会四种语言了。"

赵晓青笑,拿出手机转他钱,然后拧开瓶盖喝了口水。炒面热气腾腾，蒸白了她的眼镜。她随手摘下，陈琦给她递来一次性筷子。

仔细想想，她和陈琦吃饭的次数屈指可数，别说高中，初中那会儿每人有固定的桌次，她和他也从没分在同一张桌上。

初中食堂的饭菜很难吃，王思齐他们经常去小卖部买方便面，陈琦虽然很少去，但也很挑食，只不过他一向吃得少，又吃得快，所以再嫌弃菜色也能咽饭充饥。那次晨跑结束，赵晓青发现他的早餐只是一碗豆浆，还挺瞧不起他，以为他的瘦都是自讨苦吃饿出来的，然而眼下，她看他比她更高的个头、更结实的身材，一时竟有些恍惚。

"别以为我抓不到你偷偷看我。"陈琦停下筷子，"我帅到能让你下饭的程度了？"

赵晓青被他揶揄："我只是奇怪你饭量大了这么多，怎么一点都没胖。"

陈琦笑道："能吃是福，福气到了就瘦了，我又不用减肥。"

赵晓青心虚："我嘴上说要减肥，实际上跟你一样一人一盘面，压根没少吃。"

陈琦悄悄瞄她，见她一筷子一筷子往嘴里送，竟然感觉很踏实。奶奶以前骂他细手细脚嘴巴金贵，赵晓青应该是奶奶眼里最不觉得自己金贵也最听话省心的小孩。

两个人认真光盘，走出面馆，外面的天已微微擦黑。赵晓青有点担心他怎么回去，陈琦却提出送她回家："我不是有话和你说？"

好吧，她差点忘了。

她推车跟他穿过国道线，走到镇前街。陈琦想起她这些天的避之不及，想起自己的犹豫和飘忽不定："是不是只要我不主动找你，你就不会主动找我？"

闻言，赵晓青捏紧了车把。

"你挺长时间没理我。"陈琦不打算给她搪塞的机会，"我那天不过抓了你一下,你至于躲我这么久?"

"我……"

"你什么?"

被他直白地挑明,赵晓青反而理直气壮了:"那谁让你抓我了?"

哈,也不知是谁先心血来潮对他上手的,陈琦想怼,但又忍住,毕竟她大大方方,他却嘴上调笑心猿意马。

原先的纠结和计较被她一反击,已然褪去大半,陈琦自我说服:"那我和你道歉行了吧。反正我不想老是听你说有事有事,既然要和好,总得有人道歉,既然要道歉,那谁道都一样。"

这是什么歪理,赵晓青想,难道她躲来躲去就是为了他服软吗?……好像是的。

于是她也走下台阶:"好吧,我也跟你道歉,应该早点和你把话说开的。"

"那这事就翻篇了?"

"嗯。"赵晓青有点开心,又有点不开心,好似翻篇得太容易,显得他们都不在乎似的。其实她和他不是没吵过架,奇怪的是这次压根没吵却比面红耳赤恼起气来更让她难以自处,"你在地下室等我就为了说说这个?"

"还有。"

"还有什么?"

陈琦大脑飞速运转,现编了一个:"周媛媛跟我说你帮了她很多,尤其是历史。"

赵晓青没想到他会提周媛媛,刚刚平复的心情又开始起伏:"我没帮她很多,她历史主观题挺厉害的,答得都很全面。我帮她也就是几道选择题,出现迷惑性选项时她容易想多,就容易选错。"

"哦。"

赵晓青问:"她为什么会跟你提到我?"

陈琦打着哈哈:"因为我们都认识你,聊天嘛,有共同话题很重要。"

晓青反问:"所以我们聊天也要聊她吗?"

陈琦止住话头,犹豫着要不要问她和张扬,却听赵晓青先出声:"对了,你听说高三有人砸玻璃了吗?"

"听说了。"陈琦表情变得凝重,"那人我认识,去年新生篮球赛,他是半决赛的裁判。"

"他是裁判?那我是不是也见过?可我不记得他长什么样。"

"你只见过一面,不记得也正常,赛后我跟他打过几次球,感觉他性格挺好。"陈琦知道运动是排遣坏情绪的途径,但高三抓得严,可能这位裁判学长很少打球,而坏情绪积攒到一定程度,他也没心力打。

赵晓青又问:"那他爸妈……"

"他爸妈是离婚了,但早就离了,不是最近。"陈琦听学长说过他爸再婚后带他去省城看联赛,语气中开心比遗憾更多,"他人看着凶,其实脾气挺好,我和他配合打一节,一分没得,他也不嫌我菜。当然,后来他可能知道我是真菜,真不喜欢打球,就没再叫过我。"

赵晓青"哦"了声。

陈琦打量她的神情:"你那天被吓到了?"

"没有,就是挺意外的。"赵晓青觉得那块玻璃是那学长的伤口,却不是别人了解他的豁口,"我们很难真正了解一个人不是吗?哪怕是朝夕相处,我们也不知道他在经历什么,应该怎么帮他。"她轻轻叹气,"如果我是他,我那一刻肯定是崩溃的。"

陈琦听懂了她的困惑和担忧,但不会像她那样去代入、假设、自寻烦恼。他说:"不是所有人都想去了解别人,也不是所有人都想被了解。"

陈琦想她看到被砸碎的玻璃，听到关于学长的传言，怕不是在心里把他可能遇到的困境都想了一遍，然后开始共情，想着要是我是他该怎么办，我要是他同学该怎么办。于是他停住脚步："赵晓青，他不是你，你也不是他，不需要像做题那样去找所谓的解决方法和正确答案。"

赵晓青意外陈琦如此敏锐，看向他的眼神不免多了几分信任："我知道的，我知道我不是他，也不能改变什么，我只是希望他好过点，那样，作为旁观者的我也能好过点。"

陈琦心想她一定好过不了，太细腻的人往往被各种各样的事情牵动神经。他说："你爸妈离婚对你影响很大，对吗？"

赵晓青摇头。

陈琦没有非要她承认，但她的反应出卖了她。

"影响是有，但会越来越小，我爸妈都能走出来，我肯定也能。"赵晓青坚定地说。

陈琦没再追问。

直到现在，赵晓青才发现他替她掩饰的难堪远比他带给她的难堪多得多。她忽然有点不敢看他的眼睛，只好握紧车把手，转到和家相反的方向。

就让他再陪我走一会儿吧，赵晓青难为情地想，再占用他几分钟。等街上的路灯亮起来，他们的影子和车的影子慢慢缩短又慢慢拉长，就像一段反复播放的无声的动画。

可是，有陈琦在的地方怎么会无声呢？他告诉她好多班里的趣事，有些名字赵晓青很熟，有些不熟，但她很愿意听，也听得很认真。

直到她带他拐进小巷，看见小巷尽头那座低矮的平房，她不得不鼓起勇气："陈琦，其实我也有事跟你说。"

陈琦转身，和她面对面。

"我妈妈要换新工作，我们很快要搬到县里住，所以，我以后就不骑,或者很少骑自行车到永贤镇了。"

陈琦乍听愕然,但见她一副不是很高兴的样子,问:"然后呢?"

赵晓青遗憾:"然后我们就不能一起上下学了。"

陈琦疑惑:"……这不是好事吗?"

"好事?"

"搬到县里,你回家肯定更方便。"

赵晓青犹豫着:"那你……"

陈琦低头:"我?你担心我?"

"我担心你没伴,而且一个人骑挺危险的。"

"你一个人骑的时候怎么不觉得危险?"陈琦掩盖住失落,无所谓地道,"危险我就不骑了呗,反正天冷了,我还省得买手套,要是路上结冰,我摔个跟头进医院更得不偿失。以后你不骑,我也有理由不骑了。"

赵晓青被他说得轻松了些:"怎么什么事到了你这儿都是好事?"

"本来就好,是你老往坏处想。"

赵晓青心里一阵温暖,看着他,笑了。

陈琦被她看得有些不好意思,摸摸鼻子:"那我走了?"

"等等。"赵晓青推车进院子,回家拿了个便携手电筒递给他。清亮的光在地上收拢成一团,陈琦单手握着车把,骑出小巷。

其实他还有很多话可以问,问她的数学,问她的新家,以及经常出现在她身边的张扬。可是,当他骑出巷口,回头看见她还站在原地,心里一时又酸又甜。

夜风微凉,他好像什么都问不出口,又好像什么都不用问了。

赵晓青搬离镇上那天,许久没露面的房东来了现场收房。他常年住在县里,知道张萍从未拖欠房租,也从未找他报修,眼下看着被搬空且被打扫干净的屋子,感觉和刚租给她们时没什么两样。

他站在门口,夹着烟头示意客厅:"这破沙发还能用啊?"

张萍说:"没用了,怕你扣押金就没扔。"

房东笑笑,很快关门锁门:"行,那就到这儿,你们要走,我也先回了。"

他把烟头扔在地上,走出院子,赵晓青过去踩灭烟头,再把它踢进簸箕。隔壁的爷爷在门口坐了很久,从房东进去检查门窗水电时,他就坐在那儿。

"他和他爸妈住这儿时他还小嘞,现在我不认识他,他也不认识我了。"爷爷的视线落在路边排开的一溜儿花盆上,不知在跟谁说。

"你好好的,注意身体。"张萍和他打了招呼,带着赵晓青往外走。没走几步,赵晓青让她等等,转身去把簸箕里的垃圾倒了。

十五分钟后,她们坐上去县里的公交车。张萍看她脸上不见喜色,问:"舍不得?"

"没有。"赵晓青靠着母亲的肩膀,从现在开始,她们变成了彼此唯一的支撑,"妈妈,房东会把那间屋子重新租出去吗?"

"应该会吧。"

那就好,赵晓青想,那样就不会只剩下爷爷一个人。尽管他们在院子里同住多年,但始终没有建立起亲密的关系。爷爷是封闭的,母亲是忙碌的,而她是坚硬的,三个孤独的人没有抱团取暖,而是继续各自的孤独,未免让人可惜,但也正因为这点可惜,离别的伤感倒被冲淡了,爷爷不必目送她们的远去,她们也不必留下廉价的牵挂。

回到县里的新家,赵晓青和母亲做了大扫除。家电和衣物等生活用品是上周搬过来的,认真布置后,五六十平方米的小套间显得越发逼仄。这里没有院子,没有朝南的窗户,就连阳台和卫生间也都只有一块豆腐干那么大,但这里离一中很近,离张萍工作的地方也只有两公里,张萍每月能借此多问赵斌要一千五百块钱,这将明

231

显改善母女俩的生活质量。

"以后你就安心读书,等你高三了,还可以每天回家住。"张萍怕女儿不习惯,晚上带她去楼下附近走了走。走到一半,赵斌打来电话,问晓青喜不喜欢新家。

"喜欢就行,我由着你妈乱来,可都是为了你。"

赵晓青没出声,听到那头婴儿的啼哭,等他自己挂了电话。

回校的下午,叶玉玲拿着做完的数学试卷去陈琦那儿:"我跟你对一对。"

陈琦把卷子递给她,继续玩硬币。他这两天学了个新魔术,能把硬币从人眼前变到出其不意的地方。叶玉玲看他专心练习的样儿:"你找乐子找到障眼法上去了。"

"玩玩。"

叶玉玲对了会儿,问陈琦两道填空题,陈琦讲了下思路,她一点就通。她说:"还是你好,我现在一想起自己不认真听课就后悔,本来还故意在张扬面前装笨呢,后来就变真笨了。"

她盖上笔帽看陈琦:"哎,我跟你说件事呗。"

"说。"

"赵晓青搬到学校附近住了。"

陈琦反应淡淡:"我知道。"

"你知道?你知道不告诉我。"叶玉玲提起刚才她爸开车送她来学校,她想吃兰花路上的煎饺,就绕去那边买,结果她正排着队,看见赵晓青从旁边的老小区出来了,"那里有很多家长租房给小孩陪读的,她家很有钱吗?"

"不管有没有钱,父母肯定都想给她最好的。"

"也是。"叶玉玲说,"明年我可能也要租房子,学校宿舍八人一间,哪有自己住舒服。"

她把卷子收好，张扬拿着篮球从后门进来。她下意识避开，眼角余光却瞄到他拿了东西出去："他是不是又去找晓青了？"

陈琦："谁？"

"张扬。"叶玉玲自言自语，"算了，懒得管他。"

她愤愤起身，陈琦却想起什么，犹豫几秒也出了教室。一到四楼，张扬果然在。走廊上人来人往，他和赵晓青隔了一米多的距离，不像是在说悄悄话，但还是引人侧目。很快，张扬也发现了陈琦，他脸上掠过一丝不易觉察的轻蔑，对着赵晓青的笑意却更深："几张电影票而已，我爸妈单位发的，你想看什么看什么。"

"我不喜欢看电影。"赵晓青说。

"别呀，我一番好意。"

赵晓青还是不收，转头看见陈琦站在楼梯口。张扬端正神色，在他俩说话之前先一步离开。

"他找你干什么？"陈琦问。

"没什么。"

陈琦沉默了下，递过手电筒："你那天借给我，我一直忘了还给你了。"

"哦。"赵晓青接过。

一下子就没有要聊的了，陈琦欲言又止，下楼回班。

来时满腹心事，走时两手空空。陈琦不确定赵晓青是不是把手电筒的事忘了，反正他是撒了谎，他不仅记得，而且等着她来取，结果他什么也没等到，只等到时不时摸摸手电筒又时不时想起她的发神经的自己。

张扬等陈琦走进教室，像是故意找碴儿："这么快就下来了，看来赵晓青也不怎么爱搭理你。"

陈琦："你很闲？"

"比你闲。赵晓青觉得我是天才，你是什么？"

陈琦看他:"天才还管别人是什么吗?"

张扬笑笑,开门见山道:"你很欣赏赵晓青,我也是,你不敢让人知道,我敢。就凭这点,你的赢面没我大。"

陈琦警告:"你别给她惹麻烦。"

"麻烦?"张扬胸有成竹,"要是成绩下滑了,的确有麻烦,如果我和赵晓青一起进步呢?"

他说完就走,在陈琦皱眉的瞬间获得了一种争抢的快感。

尽管他并不认为陈琦是他的对手,可是纵观全班,所有人都高看他一眼,只有陈琦,连面子上的礼貌也懒得给。

陈琦和赵晓青这两颗钉子,不论拔掉哪颗对他而言都是胜利,而抛开难易程度不谈,和赵晓青作对显然要有趣得多。不管他是突然端着饭盘坐到她面前,还是走在路上故意大声叫她名字,她都会露出受惊生气的表情,这让他有种强势干预的自得,而当他发现赵晓青开始躲他,开始不理他,这种转变更是让他觉得自己占了上风。

只不过,赵晓青在相处中的溃败没有体现在成绩上,就算她总分没法保持次次第一,可是语文总是130分以上。临近期末,张扬花在语文上的心力比其他几门加起来都多,正打算扬眉吐气一回,被他盯上的赵晓青却破天荒地主动找他。

正是放学时间,赵晓青站在五班门口:"有时间聊聊吗?"

"和我聊?"张扬意外,"你确定是找我?"

赵晓青没看见陈琦,心想他大概是回家了:"你们班还有第二个张扬?"

"没有。"

"那走吧。"

赵晓青一路沉默,带着他去了教学楼旁边的小土坡。土坡上新修了水泥阶梯,供学生们回宿舍抄近路,顶上还有个亭子做装饰,但没什么人在意。

"这里挺好，挺安静。"张扬说，"你想说什么，说吧。"

赵晓青不理他的调笑："本来我对你的恶作剧是想置之不理的，可是班主任找我问情况了，所以我必须找你说清楚。如果我的置之不理让你以为我不敢和你说或是我希望你这样做，那就误会大了。"

张扬直勾勾地看着她："所以你今天是要拒绝我？"

"我为什么要拒绝你？你又没说什么出格的话。"

"……那你找我是——"

"请你不要再骚扰我。"赵晓青直截了当，同样直视他。

原来他的接近对她来说是骚扰。张扬挑眉："那行，你给我一个有说服力的理由，否则我不信你真的这样想。毕竟我们高一刚认识时，你对我很亲近。"

赵晓青想了想说："我对你亲近是因为觉得你很优秀。"

"但是？"

"但是后来我发现，只要在你身边，我的光芒就会被掩盖。不说你的那些高分，就连上次期中考我拿了第一，也因为你在主席台上刻意的靠近，同学们看见了八卦却看不见我。"

张扬奇怪："你为什么不认为我当时是真情流露？"

"这话你自己信吗？"赵晓青不跟他绕弯子，"如果你觉得你用这样的方式让我变成焦点，我就会摆不正自己的位置，那你就错了。"

"我错了？"张扬听出问题所在，笑道，"赵晓青，你有没有发现，其实你对我的排斥来源于不相信，你不相信我是真心接近你。"

"因为我的确不是一个讨人喜欢的人。"

"为什么这样觉得？"张扬目露探究，"是因为从来没有人明确告诉过你你值得被欣赏？还是说你希望有人告诉你，但那人迟迟不开口？"

赵晓青被他说得一愣，张扬却揪住机会，朝她俯身："如果那个人不是我，你希望他是谁？现在只有我站在你面前，但你心里想的是谁?"

那两个字和那个熟悉的身影掠过心间,赵晓青忽然有种被看透的不安。

四周无人,寒风带起落叶沙沙作响。赵晓青握紧拳头,没有让自己泄气:"我现在想的是谁,和你一点关系也没有。"

陈琦收到叶玉玲的消息时已经骑出了校门。耳机里的音乐顿了一下又一下,他停车,从口袋里掏出手机解锁,跃入眼帘的是密集的感叹号。

叶玉玲:晓青来找张扬了!

叶玉玲:他们一起走了!

叶玉玲:我跟着他们去了小山坡!

陈琦打字回复:你跟着?

叶玉玲:没跟太紧,你来不来?

陈琦:我回家。

叶玉玲被他气得连发几个表情包,然后把手机往兜里一塞。

冬天的风吹得脸疼,她站在水泥台阶旁的树下,时不时向坡上张望。刚才她还能看到张扬的黑色羽绒服,现在已经看不到了。他和赵晓青是站在那个亭子里吗?他们说话时是离得近还是离得远?她要装作恰好经过打声招呼,还是在这儿傻傻地等着?

叶玉玲有点后悔回班了,如果她不去拿那份该死的英语报纸,她就不会撞见张扬笑吟吟地跟在赵晓青身后。可是,她为什么要骂英语报纸该死,要骂的明明是自己口是心非。在强迫自己忽视张扬的这段时间里,她对他的关注并没有减少,系在他身上的心情反而一直松松紧紧。

几分钟后,手机振动起来,是老爸在催她。

叶玉玲没接,飞快地打字:爸爸,再等我十分钟。

十分钟要是他们还讲不完,那她就真的要过去假装偶遇了。

一时间,各种各样的杂绪涌入脑海,张扬的热情是她翻不过去的心病,马上就要期末了,她端正了学习态度却没有提高成绩,虽然爸妈不会怪她,可是自己这关也过不去……

身后忽然传来脚步声,她回头一看,竟是陈琦大步流星地上了台阶。

"你不是不来吗?"

"我说回家,没说不来。"陈琦平复呼吸,"他们人呢?"

叶玉玲做了个嘘声的手势:"在亭子里,我没敢过去。我看张扬没背包,想着他肯定要回教室,就在这儿守株待兔……"她拽住陈琦的校服,"哎!你别去,去了被他们看见怎么办?"

陈琦不知怎么办,但赵晓青和张扬单独待在山坡上总不会是在讨论数学题,而他匆匆折返也不是为了站这儿吹冷风。

也是掉转车头的刹那,他再度窥见了自己的懦弱。尽管他知道张扬一直对赵晓青是不同的,可他既没有探究,也没有阻止。就像他以前看见徐伟杰和赵晓青走得很近,也从没想过干涉。因为他认为徐伟杰不是他的对手,也认为赵晓青从来不是可以竞争的对象——她想和谁说话、和谁交往都是她的自由,他没有权利介入。可是,他现在为什么要去介入她和张扬?是怕比不过,还是怕赵晓青误解他的心意?如果赵晓青真的反感张扬,难道她没有找他帮忙,他就能袖手旁观,让她自己去处理张扬带给她的困扰吗?

叶玉玲看陈琦不知跟谁赌气似的越走越快,忙跟上他,结果跟得太急脚下一扭:"哎哟!"

陈琦回头,见她整张脸皱成一团。

"怎么了你?"

"你说怎么了?"叶玉玲一瘸一拐,"都怪你!"

陈琦朝她伸手:"怪得着我?"

"不怪你怪谁,我天天课间跑操四肢协调得很,刚才就因为你……"她扯住陈琦胳膊,蓦地止住话口,因为张扬和赵晓青已然走出了亭子。

张扬的神情依旧高高在上,语气不失戏谑:"你俩不回家,跑这儿来玩?"

叶玉玲松开陈琦:"谁玩了,不都是因为你们。"

"因为我们?"张扬看看她,看看赵晓青,"哦,跟踪我们。"

叶玉玲否认:"没有,我正好路过。"

"那你怎么……"

"好了,"赵晓青打断张扬,"你走不走?"

"走。"张扬跟着她往下。

叶玉玲见他俩一唱一和,不知是扭到难受还是心里难受。她委屈地别开眼,赵晓青却注意到她的不适:"你还好吧?"

"我不好。"

赵晓青扶她,她躲开。兜里的手机又开始振动,她按停,哀怨地看向陈琦:"我爸在校门口等我,你骑车载我过去吧。"

陈琦:"我车后面没座。"

叶玉玲哀怨更甚,正要说话,陈琦却忽然抓住赵晓青的手腕。赵晓青的手很凉,陈琦的比她更凉,相触的瞬间,他似乎也意识到不妥,便往上拉住她的衣袖。赵晓青被他的举动一激,微微瑟缩了下。她低声叫他:"陈琦。"

陈琦没出声。

"陈琦?"

陈琦一言不发,拉着她重新往上走。

一旁的叶玉玲不由得惊讶,张扬出声唤醒她:"看戏呢你?"

"你不也是?"叶玉玲继续一瘸一拐。

张扬跟在她身后:"别装了。"

叶玉玲当然是装的,除了扭到的那一下,这会儿早就不疼了,可她偏不承认:"又没要你扶。"

"你要我扶我也不扶。"

"是啊,我又不是赵晓青。"

张扬"哼"了一声:"赵晓青才不会做出走几步路都能扭到的蠢事。"

叶玉玲来了火气:"是啊,她聪明,我蠢,她厉害,我没用。那你去找她,你不是要跟她一起走吗,怎么陈琦来了你就变卦了?"

"我变卦了?"张扬冷笑,难道他要和陈琦打一架?喊,他还不屑于通过武力去争取一些无关紧要的东西,只不过——"你知道陈琦对赵晓青……"

"废话。"

张扬被她一呛,倒没有生气。看来他的逻辑站不住脚,他自认比陈琦勇于表达,可是在他和赵晓青关系好的时候,陈琦也没有掩盖自己的心思。

叶玉玲和他下了水泥台阶,看见了陈琦的那辆自行车。眼见张扬往教室去,她鼓起勇气问他:"你和赵晓青说什么了?她答应你了吗?"

"她答应什么?我又什么都没说。"

叶玉玲的脸色变了变:"那你们……说了什么?"

时事政治?人文地理?才怪。张扬想,赵晓青习惯把话说透,可是有些话说透了就丧失了美感。

他说:"她语文那么好,心思应该很细腻,有时却表现得像块硬邦邦的石头。"

"有可能她只在你面前这样。"叶玉玲扔下一句,独自朝校门口走去。

阳光躲进云层，山坡上的风变得更大。

赵晓青耳边的碎发被吹乱，陈琦靠近，替她挡掉大半的风："要不换个地方，别把你吹感冒了。"

什么嘛，把她拽上来才说这种话。

赵晓青想怼他，但看他被冻得通红的手，以及被冻得通红的耳朵，难免于心不忍。她说："不换了，就在这儿，你有话就说。"

于是陈琦直接问："张扬为难你没有？"

"没有。"

"那是老师找你了？"

赵晓青意外："你怎么知道？"

陈琦想她一贯的原则是多一事不如少一事，没有外力推动，她不会主动招惹麻烦。

"老师让我专心学习。"她谢谢老师的点到即止，但和张扬点到即止是不够的，"所以我也和张扬说清楚了，之后应该不会再被重点关注。"

陈琦没有应声，安静地盯着她看。

赵晓青被他盯得不好意思，捏住自己手腕往后退了半步："怎么了？"

"你和张扬说了很多。"

"……嗯。"

"那我也有很多话想说，你要不要听？"

赵晓青心里"咯噔"一下："不要。"

她回得太快，陈琦目光微顿。

风声在耳，赵晓青感到局促。她在张扬面前能信誓旦旦地袒露心事，在陈琦面前却不能。陈琦对她的好多于对她的坏，这是感觉也是事实。可是，对一个人好就等于在意吗？她赵晓青能说是，但

240

不敢替陈琦说，毕竟他对很多人都好，而她不想去比较他对谁最好。

只不过，陈琦今天表现得异常执拗："你知道我要说什么？"

"也许吧。"

"但你不想听。"

"我不敢听。"赵晓青忽然很怕他继续。她敢告诉张扬是因为相信他不会告诉陈琦，那么，只要陈琦不知道，只要维持现状，她就可以安心学习，然后分辨清楚那些心思是一时起意还是按捺不住。可是，当陈琦毫无预兆地出现，她的希望和失望，她的勇敢和退缩，竟然让她开始讨厌自己被他牵引。

陈琦看出她的纠结，自己的心也乱了。他装作不在意地笑了下："好了，不吓你了，我换个时候说吧。"

"换什么时候？"

"再想想。"他笑意收敛。

赵晓青看清他的神色变化，不知怎的，理智竟甘拜下风。

她捏紧被他握过的手腕，抬头看他，像在寻求确认："陈琦，你跟我说过你心里有个在意的人。"

峰回路转，陈琦明显一怔，但他很快点头："嗯。"

"她是笨蛋吗？"

"以前是，"陈琦轻咳，"但现在不是了。"

赵晓青又问："她变聪明了吗？"

"没有。"陈琦低头，声音因为紧张变得格外低柔，"是我错了，我以前以为她是，但她一直很聪明。"

阳光冲破云层，赵晓青心里一紧，一酸，一软。

她不敢看他的眼睛，转过身去，嘴角扬起羞涩的笑意。

从坡顶到校园大路不过几十级台阶，直到樟树叶子飘落肩头，陈琦才意识到自己和赵晓青已经走了下来。

赵晓青看到了他的自行车："原来你还在骑。"

他茫然地看着她。

"你不是说你怕冷怕摔倒吗？"

陈琦没反应过来。

"陈琦！"

被叫的人如梦初醒，露出憨憨的笑容。

赵晓青质问："你笑什么？"

"吓死我了。"陈琦凑近，"你刚才一直背对我，我以为我说错话惹你不高兴了。"

原来如此。赵晓青才不好意思告诉他，她是羞到不知该怎么面对。她微微昂头，神色早已恢复如常："可我怎么记得你是在认错？"

陈琦不答，依旧看着她笑。

如果不是有同学经过，他们大概还要在亭子里继续当雕塑，而眼下，他重新面对和他呛嘴的赵晓青，忽然有了从半空落地的踏实感。那些紧张和悸动都被寒风裹挟而去，取而代之的，是笃定的欣喜。

"赵晓青。"

"干吗？"

陈琦踢掉自行车的立脚架："我送你回家吧？"

"怎么送？"

陈琦说："走着送。"

"算了吧。"赵晓青不要他绕路，陪他走向校门，"你平时骑的时候也不戴手套吗？"

手套在包里，陈琦懒得戴。冷风的确难以忍受，但骑上一会儿就热了，被套住的手一旦有了黏糊糊紧巴巴的感觉他就得摘："我嫌麻烦。"

赵晓青提醒："那你小心生冻疮。"

"没事，冬天都过去一半了，要生早生了。"

· 242 ·

什么歪理，赵晓青不信："可你的脸都被冻红了。"

陈琦想，脸红可不是因为冻的。他说："你不也是？"

赵晓青看不见自己的脸，伸手摸了摸，好像没刚才那样烫了。她想辩解，转头却撞上陈琦的目光。

陈琦没躲，她却下意识地避开。转念一想，为什么要避开呢？于是她再次转头，陈琦的目光专注、真诚，带着笑意，如同今天浅淡透明的阳光，在风里轻轻摇晃。

于是，赵晓青的心也轻轻摇晃了起来。

夜深了，房间里漆黑一片。

陈琦试过把被子盖过头顶，也试过翻身把脸埋进枕头，可他的心情还是堪比火车进出隧道，忽明忽暗得厉害。

屏息数秒，他再次投降，掀开被子去卫生间洗脸。冰凉的水流击退混沌，让他双颊由内而外地发烧。他试图在重复的折磨中找到一个拐点，可是事与愿违，他最先想起的，依旧是他和赵晓青告别的场景——赵晓青坚持不要他送，拐过一条小路就朝他挥了挥手，她挥手的那几秒好似被无限拉长，让所有他想说的、想说却没说的、没说又不必说的话都留在了拥挤的路口。

他好像还没跟她正式说什么吧，如果那算……老天，那怎么能算呢？他可是连那个在意的人是谁都没告诉她，也难怪她表现得像是什么也没发生……哦，等等，难道你还想要发生什么？陈琦严厉地把矛头对准自己，但凡你稍微克制一点，也不至于直到现在还傻瓜般地复盘来复盘去。

如果说他在赵晓青面前还算冷静，回到家和爷爷奶奶待着还算冷静，那么当他无事可做，无心可分，那些冷静就前功尽弃了。

临睡前他千叮万嘱自己不要去联系赵晓青，结果忍到现在，不安倒越来越重，赵晓青也会像他这样吗？原来说出口和不说出口都这么耗神？他不禁责怪自己的鲁莽，早不说晚不说，偏偏头脑一热在期末考试之前说，万一影响她发挥怎么办，万一自己考砸了怎么办，他们俩不论是谁成绩下滑都代表他们不理智对吗？如果真是这样，她会不会怪他、会不会后悔？

此时此刻，陈琦很想找人说话，可他不能找王思齐，因为王思齐会笑话他，然后迫不及待地去找赵晓青验证。

他也不能找雷立弢，雷立弢一定会缠着他问各种问题，而这些问题连他自己也回答不了。

于是他回到房间，像翻书一样在床上翻来覆去，到最后实在难扛，也只能两脚一伸用力合眼。只不过，他在这抓心挠肺愁肠百结，那边的赵晓青却早已睡熟，甚至比以往睡得更加香甜。

这段时间的干扰都集中结束了。她找到了张扬，张扬给了她痛快；她向陈琦问出了想问的问题，陈琦也给了她想要的答案。

这让她觉得好神奇，曾几何时，她和陈琦互相看不对眼，她骂他懒惰犯尿没志气，他嫌她固执凶恶假正经，那么，她现在怎么会看他哪儿哪儿都顺眼呢，他们是什么时候把对方的一个眼神一句话都放在心里了呢？

赵晓青想起他的笑容，他的神态，他带给她的安慰和松弛。和他在一起，她好像不用去考虑让她神经紧绷的事。这样温暖的他，怎么会和她成为朋友呢？她既不漂亮也不温柔，有的是小小的敏感和大大的脾气。可是，陈琦竟然说她聪明——尽管这听上去不可思议，但她似乎并不怀疑这是和张扬相似的故意为之——她相信自己没有猜错，也相信陈琦不会骗她。

赵晓青越想越舒坦，今天解决了两件重要的事，回去学校肯定可以好好复习。她才不会让成绩受到影响呢，在排除外界的干扰之后，在理清自己的心绪之后，她没有理由在自己擅长的领域失手。

于是她很快进入梦乡，睡了个又长又饱的好觉。

上午八点，奶奶左等右等没等到陈琦，忍不住上楼推开他的房门："琦琦，鸡都吃饱生蛋了，你怎么还……"

她话音顿住，床上的被子叠得整整齐齐，唯独不见人影。她边下楼边给老伴打电话，那头很快接通："琦琦在地里帮我砍芥菜呢，你急什么……喝粥？他没喝，我刚看他吃了两个番薯。"

爷爷说完挂断："你奶奶又不长眼睛，没看见你出来。"

陈琦笑笑，嘴里哈着白气，把砍下来的芥菜放进竹筐。

爷爷想陈琦今天起得比他爸妈都早，等爸妈上班去了又陪着来地里："在学校那么累，下礼拜又有期末考，你应该多睡觉。"

陈琦没敢说自己昨晚熬到凌晨，这种心理素质别说上战场，上考场也肯定败北。

他问爷爷："要砍多少回去？"

"再砍几株吧。芥菜不怕多，熬菜羹用得着，晒霉干菜也用得着。"爷爷嘴里念叨着，"再摘点落汤青，我去镇上买点豆腐和肉，让你奶奶给你包汤圆吃。"

陈琦不爱吃汤圆，但知道爷爷喜欢："那行，我去镇上买，吃完再去学校。"

"好嘞。"爷爷拿过竹簸箕里的手套戴上，又拿过保温杯喝水，有陈琦陪着，他总是不用亲自干活。他觉得自己命很好，儿子勤劳，儿媳和善，孙子又聪明孝顺。孝顺的孩子本性都不会太差。

"琦琦。"

"嗯？"

"你想考个什么大学啊？"

陈琦直起腰："怎么突然问这个。"

"我在茶馆里听人谈天说地，有些老货比我年纪还大，说起他们的孙子孙女就停不下来，有当兵的，当老师的，当官的，说是好单位都要考试才能进？"

陈琦"嗯"了声："那肯定的。"

"在学校里当学生要考，不当学生了也要考，怎么考个没完？"爷爷笑了下，"你奶奶年纪大了，老想家里出个医生就万事大吉，我听你妈说让你去当官，你爸呢，开玩笑说当大老板最威风，你自己想当什么？"

陈琦被爷爷一问，想起自己和雷立骎说过，他想和老爸一样当个电工，但至少比老爸强，得是技术过硬不愁没饭吃的高级电工。

"爷爷，我说我以后想待在家，随便找个班上，你会不会嫌我没出息啊？"

"没出息？世上总是没出息的人多有出息的人少。"爷爷安慰他，"你愿意在家最好，家里有地，我教你种粮种树种菜，当个农民肯定饿不着。"

陈琦"哦"了声："那别人在茶馆里说他们孙子孙女都考出去，你只能说我考不上。"

"考不上就考不上嘛。"

陈琦失笑，他的随遇而安很大程度上继承了爷爷。爷爷看他不接话，以为他嘴上不在乎，其实心里也要强："你们班聪明生很多哦。"

"多。"

"我们不跟他们比，琦琦，开心最重要。"

陈琦想，他的运气已经够好，最近也够开心了。他加快速度，砍了满满两大筐芥菜，再用扁担挑着回家。

爷爷要帮忙，陈琦阻止："我挑得动。"

"你不常挑，要磨肩膀。"

"挑担哪有不磨肩膀的。"陈琦让爷爷放心，"我有的是力气。"

爷爷在后面护着："你的力气哪儿来的？"

"练练就有了。"就像赵晓青说的，长跑能练，作业能练，体力和勇气还能练不了吗？

肩上压着重量，陈琦沿着田埂，每一步都走得稳稳当当。

期末考的成绩出来了，家长会也结束了。张萍从超市下班，回来不忘跟赵晓青道歉："对不起，妈妈又没去。"

"没关系的。"赵晓青不觉得家长会是非去不可的任务，何况她这次考了全班第二，总是好比不好更多。只是，她发现不管数学试卷难易程度如何，只要她考不上110分，靠其他五门拉分就有些吃力。

餐桌上，张萍提起回老家过年的事情："你外婆年轻时老是骂我，结果年纪越大心越软，你喜欢回外婆那儿吗？"

"喜欢呀。"

"也喜欢外婆家的亲戚？"

赵晓青点头。她明白母亲和他们的感情并不深，但这并不影响她在遥远的故乡找到一点生根的归属感。几天后，她们坐上往南的列车和外婆团聚。从除夕到正月初二，一连几晚，母亲和外婆都坐在床边聊到深夜。

赵晓青听见外婆说母亲命苦，骂舅舅和舅妈没良心，又劝母亲趁着年龄不算太大再找一个。赵晓青面朝墙，装睡不参与，张萍则虚虚应着，偶尔替她掖掖被子。直到外婆离开，张萍也躺进被窝："放心，妈妈不会给你找新爸爸的。"

赵晓青不会因这句话而放心，相反，她有点难受。这几天她看到外婆家的热闹与忙碌、琐碎和是非，最大的感受是外婆有自己的生活，她和母亲也有她们的生活，就像两辆从同一起点出发的列车，却只能短暂地并行一段。

床边的手机轻轻振动。赵晓青知道是谁，但没有去看。

张萍拉掉房间里的灯。无声的黑暗中，她们难得同床依偎，等待着新的黎明。

　　高二寒假放了半个多月，王思齐胖了整整八斤。叶玉玲约他出来见面，第一句话就把他刺激得跳脚。王思齐辩道："胖怎么了？我一米八的个子多吃点怎么了？脑力劳动也是劳动好不好。"

　　叶玉玲不提他一米七五的事实，只好奇他的脑力劳动。王思齐便说他不但做完了学校发的作业，还问陈琦拿了一中的作业复印。

　　叶玉玲皱眉："你变上进了？"

　　"不上进不敢跟你俩坐一块。"王思齐知道陈琦和她一个全班第三一个第八，水平都能完虐他。

　　他想起什么，问叶玉玲："你真叫赵晓青了？她为什么不来？"

　　"她说她有事。"叶玉玲没想到自己的人缘差到只能和这两个男生为伍，转头问陈琦，"你知道晓青在忙什么吗？"

　　陈琦不知，事实上，他和赵晓青已经很久没联系过。

　　"她连你也不告诉？"

　　王思齐奇怪："她为什么非得告诉陈琦？"

　　叶玉玲白了他一眼。她以为陈琦和赵晓青的关系在那天的小山坡上有了突破，但她不论问谁都没得到确切的答案。赵晓青的嘴紧她是领教过的，陈琦这么沉得住气倒让她有点意外。

　　没过几分钟，王思齐帮叶玉玲去取餐。其实他不想和她斗嘴，要是被她再次拉黑，那可不是闹着玩的。虽然她对他的"仁慈"纯属临时起意，可她主动释放和好的信号，他就屁颠屁颠地接了，她主动邀请他看电影，他也屁颠屁颠地来了。

　　很快，王思齐端来炸鸡和可乐，听叶玉玲埋怨陈琦："难得出来一趟，你怎么心不在焉的。"

　　陈琦揉揉眼睛："我没睡醒。"

　　"我做证，他刚才在电影院快睡着了。"王思齐说。

叶玉玲半信半疑，听他们说在家不是打游戏就是做作业，除此之外就是睡觉："真无聊。"

陈琦也觉得无聊，在学校想放假，放了假又嫌假期长，好像总不能十分满意。半小时后，三个人吃饱喝足，在路口分开，陈琦替叶玉玲付了打车钱。

等车开远，王思齐怪他："她说请客就让她请，待会儿她又嫌你不领她的情。"

都是爸妈的钱，请来请去有什么必要。陈琦没想那么多："你走不走？"

"再待会儿，找个地方打几局。"

"得了吧，跟做贼似的，最近查得严。"

"也是。"被他一说，王思齐收了这念头，"那我去找我爸，他在附近的朋友那儿。"

陈琦和他道别，去非机动车停靠点找到自己的车。街道两侧挂着迎新年的红灯笼，他的心情却不如它们喜庆明艳。他想起赵晓青，想起她除夕那晚发的朋友圈，是一扇老旧的贴着春联的木门的照片。自从她告诉他要回老家过年之后，他就没再打扰她。

眼下，他一个人骑在车流如织的柏油路上，冷风依旧吹不断他的心绪。他觉得这样很危险，不管是热闹还是孤寂，是黑夜还是白天，"赵晓青"这三个字几乎如影随行。而当他"吭哧吭哧"骑到工业园区，在等红灯时看到手机上的消息，差点以为是幻觉。

竟然是赵晓青找他：你方便来一趟镇上吗？

他秒回：方便，怎么了？

赵晓青：我有东西想给你。

陈琦：哦，你在哪儿？

赵晓青：镇前路的中心圆盘。

陈琦指尖纷飞：等我几分钟。

赵晓青：你在附近？

下一秒，屏幕上多了个小狗敬礼的表情包：对。

陈琦不敢耽搁，脚下生风，心也好像飘了起来。而当他赶到圆盘那儿，只见赵晓青穿着件橘黄色的棉衣，手里拎着好几个袋子。

看见他的瞬间，她露出笑容："这么快？"

"正好从县里回来。"陈琦说，"公滩那边开了家新的电影院，我和叶玉玲、王思齐第一次去。"

"……哦。"

"叶玉玲叫你了？"

"嗯，但我今天要回镇上。"赵晓青感激叶玉玲的好心。

陈琦问："你什么时候回来的？"

"初四。"赵晓青递给他一袋老家的特产，"木耳、香菇干是买的，不贵，腊肉是我外婆自己做的，很香。"

陈琦没接："这么客气？"

"带了很多呢。"赵晓青给他看其他的袋子，其中一个她原本准备给院子里的爷爷，可是到了才知爷爷被接去城里住了。这变化似乎是好的，因为爷爷不会孤单，又似乎是坏的，因为衰老不允许人孤单。

赵晓青说："还有一袋是给我爸的，他前几天都不在家，说是只有今天休息。"

赵斌年前给她转了一笔钱，让她交给外婆，她交了，外婆没什么表示，母亲却在回家的火车上提了句："这么多东西我们也吃不完，到时给你爸送点。"

陈琦没多问，推车跟在赵晓青身后，陪她一起去她爸那儿。赵晓青按照赵斌告诉她的位置，走向国道旁边的商铺，再绕到商铺后面的楼梯。那些深夜的信息此刻成了积灰的扶手，她似乎无法忽视它们的存在。

陈琦在楼下等着，不时看向手机，自觉十分漫长，然而赵晓青从上楼到下楼其实不过五分钟。于是，这次换成他在前，带着她去公交站坐车。

路上，赵晓青忽然开口："我本来以为我没办法原谅我爸，可是如果他忽然死了，我应该还是会心痛。"

陈琦脚步变慢。

"我是不是很可怕？"

陈琦声音温柔："这有什么可怕的，很正常啊，你想原谅他，所以才做假设，才去找可以原谅他的理由。"

"可我一直以为自己爱憎分明。"

"你爱他值得爱的地方，憎他应该被憎的地方，应该也算分明吧。"

赵晓青想，陈琦的松弛在很大程度上来源于他从不要求别人怎么做。

陈琦好奇："你怎么不反驳我？"

"我为什么要为了反驳而反驳。"赵晓青再次递过袋子，"我应该谢谢你。"

她露出笑容，陈琦也笑。她送给他的保温杯还没舍得用，这些特产他却不能舍不得吃。

公交站近在眼前，赵晓青提起他年前告诉她的好成绩，陈琦则没敢说自己考试那会儿心也不定，但老天大概可怜他患得患失的样儿，考的题都是他会的。他说："我难得没掉链子，是不是？"

赵晓青"嗯"了声。

"那——我说的那些话会让你有负担吗？"

赵晓青反问："你后悔了？"

"没。"

那就好。赵晓青想，这不是学习的阻碍，而是学习的一部分："那不是什么大不了的事,我没负担,你也别有,我们今年能拿奖学金,明年也能拿。"

陈琦:"我……"

"我知道你要说拿不到也没关系,但是总要拼一拼不是吗?高二下学期上完所有新课,考完所有学考,之后就是复习巩固,"赵晓青可以预见高三将变得更充实忙碌,也更枯燥难顶,但是——"我们一定要对自己有信心。"

赵晓青说完,见他还像刚才那样看着自己,便问:"我说错了?"

"没有。"陈琦目光专注,满是欣赏。

赵晓青敏感、矛盾,但永远清醒。

陈琦看见她的伤口在慢慢愈合,为她感到高兴,而他也要变得更优秀,才能自信地站在她面前,告诉她自己有多么认真。

第九章 夏木阴阴正可人

以前高考都是六月份一锤定生死，这几年推进改革，新高考除了语数英三门，其他选考科目都有一月和六月两次考试机会。如此一来，战线被拉长，压力似乎得到了消解，但其实大家都清楚，因为两次取较高的一次作为最终分数，所以但凡第一次赋分不理想，大多数同学还是会参加六月的第二次。

尽管学校和社会相比已然算是象牙塔，但在网络高度发达的今天，同学们已经从各种渠道获知社会的容错率有多低，而当周边的环境充斥着焦虑和功利时，他们也很难独善其身，对未来有着浪漫单纯的幻想。

这天下午，老师讲解完不知是第几次的随堂测验后，扔下粉笔走出教室。周媛媛的前桌实在憋不住心中的火气："教材正文要背就算了，正文底下的注释、旁边的小贴士、章节前面的导语和后面的思考题，这些为什么也要背？编教材的时候就表明它们不重要了，为什么要考这些不重要的？难道我要把整本书都给吃了？"

旁边的同学无奈地笑笑，她却义愤填膺："还有按年份记各种第一、历史上的今天发生了什么事,这些去网上一搜,从前到后从大到小全列得明明白白,我记住一九几几年谁放了第一部电影有个什么用,第一部电影放给我看了吗?"

"电影的正式诞生是1895年,中国的第一部电影才是1905年。"周媛媛纠正前桌,"你现在记不住,高考记住了就好。"

"我不是说这道题,我是说我们学的这些到底有什么用。"前桌知道她历史好,语气有点冲。

周媛媛没和前桌继续争辩。谁都有情绪不佳的时候,她不必避之不及,也不必火上浇油。她看向赵晓青,刚要开口,老师却折返叫了赵晓青和另外一个女生去办公室。

过了几分钟,赵晓青回到座位,周媛媛好奇:"老师找你干吗?"

"还是偏科的事。她说要是我数学再往上提一提就保险了。"赵晓青叹气,"可我真提不动。"

周媛媛理解:"说说简单做到难,老师也是关心你。"

她等前桌出去接水,又问赵晓青:"你觉不觉得我们在坐牢啊?外面阳光那么好,迎春花开了,紫荆花也开了,我们却只能坐在教室里,一点也没意思。"

赵晓青往窗外看了眼,是啊,春天再次路过人间,那些新绿的嫩芽,醒来的虫鸟,活泼的重叠的热闹的动静,都带着潮气和暖意往人身上扑。

周媛媛问:"你不想出去逛逛吗?"

赵晓青收心:"体育课可以逛,放学了也可以逛。"

周媛媛心想她果然是老师喜欢的学生,安静、聪明、服从规则:"难道你不向往外面的风景?"

"向往,但外面的人也会向往学校里的风景,都一样。"赵晓青想,如果现在是战争年代,那么有一小块地方放得下几张书桌就算奢侈;如果她是大山里的孩子,那么她见到全新的没有皱角的书

· 254 ·

本就会高兴半天。不过她没有把这些假设说出口，怕周媛媛笑她惯会用精神胜利法。

周媛媛意识到自己好像从未听她抱怨过什么："晓青，你不会累吗？"

这个问题赵晓青被问过很多次，她也想得很清楚。没有谁拿着鞭子抽她去努力，而她所谓的努力，也只是因为对现状不满，想要做出改变。

她家境普通、能力普通、样貌普通，必须拼尽全力才能拿到打开人生之门的钥匙。尽管这把钥匙可能会生锈，尽管打开这一扇可能还有很多扇等着她，但她不能明知机会摆在眼前，却环顾四周希望拔地而起一座可以直接推开的门，从而放弃去拿那把钥匙——这样的风险不是她能承受的。

周媛媛以为她不知如何回答："其实我也觉得我们每天学这些没用，就连老师也只是强调重要，没告诉我们什么最重要。"

"因为每个人情况不一样，我们需要什么、能用什么，自己都没弄明白，老师怎么会知道呢？"赵晓青有自己的看法，老师不是生来就注定当老师的，他们有的学了师范，学了好多教育的课程；有的只是学了相关专业，然后考了编制；有的为了教书育人；有的只是为了一份薪水……

"他们也要面临很多的现实问题啊，又不是神仙，何况我们才是自己的第一责任人。"

周媛媛黯然："所以我们只能一起茫然度日。"

赵晓青觉得自己的话有些残酷："但不这样，我们不读书，不来学校，又能去做什么呢？我们接触的信息很多，但不一定都是知识，至少课堂上的还有质量保证。我们先把现有的知识装进包里，等出了校门，再去找安顿的目的地。如果路程很短，包里的就是金银财宝，如果路程很长，包里的就是干粮和水。我们得先保证包里有东西,再去考虑它重不重,对吗?"

周媛媛被她一说,笑了,原来晓青也不是神仙,也有烦恼,但她懂得怎么去排遣和自我修复。

"你心态这么稳,坐我旁边我也好踏实呀,感觉你能消化很多负面情绪。"

赵晓青想了想:"因为我是实用主义,我的出发点和落脚点都是好好活着,而活着就需要保障。"

"所以你会让自己有安全感,也愿意给人安全感。"周媛媛笑起来的时候眼睛弯弯的,"那你想过以后学什么吗?学经济、法律、教育?我们也选不了理工科和医科。"

赵晓青没有犹豫,认真地说:"我想学新闻。"

"新闻?"周媛媛惊讶地"啊"了声,"现在新闻名声很臭哎,你不怕毕业即失业?"

赵晓青笑笑,她的目光一直很短浅,想不了大学毕业以后的事:"到时再说吧。你呢?你想读什么专业?"

"我?我不知道。"

"哦,没关系,迟早总会知道的。"

周媛媛看赵晓青拿出数学卷子,如临大敌而又斗志满满,自己心里也燃起了一簇小小的火苗。

期中考试的结果一出,张扬的第一还是毫无悬念。数学课上,老师直接让他上去讲解题目,等他讲完了不由得赞许:"所以看明白了吧,张扬同学的思路跟参考答案的不一样,他更快、更简洁,大家可以参考,毕竟这种思维的锻炼还是很重要的。"

叶玉玲看张扬神色淡淡,不知该吐槽老师爱秀,还是张扬爱装,但她忍不住再次偷瞄时,又不得不感慨他真的好牛好酷啊。

笑容不自觉浮上嘴角,她努力克制,等到下课,她拿着杯子跟张扬出去打水，没跟几步，前面的人忽然转身："你上课看了我好几次。"

她被他的直接发难弄得脸红，但她已经不是当初的叶玉玲："你没看我怎么知道我看你？"

"我敢承认我看了，你敢承认你看我的次数比我看你的多吗？"

叶玉玲不敢。

张扬语气讽刺："也不知是谁，开学那会儿信誓旦旦跟我说，'你等着吧，我英语，陈琦数学，晓青语文，我们要对你围追堵截，杀杀你的锐气。'"

叶玉玲底气不足："所以我没追上，你很得意哦。"

张扬炫耀完毕，潇洒走开。叶玉玲则连水也没接，转身回班。

陈琦又在座位上练他的魔术，右手一抛一接，硬币转眼消失于掌心。

叶玉玲气鼓鼓道："你和张扬打一架吧，他嘴好欠。"

"算了吧，我可打不过他。"

"你这么尿？"叶玉玲把刚才发生的事一股脑地告诉了他，"我已经很认真学习了，但还是水平有限。"

"那就接受事实，别犯主观唯心错误。"

叶玉玲也想跟陈琦打一架了："你怎么这样啊，你和晓青也这么说话？"

"我和她已经很久没说话了。"

叶玉玲错愕："你们闹别扭了？"

"没。"

"那是她忙着考第一吧。"

陈琦笑。

"我真是服了。"叶玉玲觉得陈琦可恶就可恶在他从不焦虑，但偏偏想做的往往都能做到。

陈琦等叶玉玲走了，把硬币抛进笔袋。他现在除了学习就是想了解赵晓青，本来要骂自己没出息的，但是，为什么想了解她等于没出息？他觉得这不合理，于是心安理得。

只不过，人不在跟前他可以毫无顾忌，真见到了人，他高兴之余还有小小的紧张。这不，今天中午老师拖堂，他在餐厅碰到赵晓青，竟连招呼也忘了打。

赵晓青为了避免排队，习惯延迟几分钟再下楼，因此也是难得看见他。

陈琦什么也没说，排到队伍末尾，然后让出一个身位。

赵晓青犹豫两秒，过去站在他身前。

"你这次数学有进步。"他温声细语地说。

"是试卷比较简单。"赵晓青转头，"不过这是我第一次数学考118分，我要奖励自己一个大鸡腿。"

陈琦笑，和她随队伍往前。

既然如此，那他这次考了全班第二，也要奖励自己一个大鸡腿。

周六放学，陈琦骑车回到家，院子里的橘花已经谢了。今天阳光明媚，地上的竹箅席晒着去年腌的霉干菜。陈琦想，幸亏橘子树上只剩下叶子，不然清清白白的花香混着干涩的咸菜气味，未免有点可惜。

他把车停好，笑着走进家门，桌上已经摆好饭菜。爷爷奶奶一礼拜见孙子一次，天不怕地不怕就怕他饿肚子。陈琦奶奶扶着八仙桌的桌边："先喝汤，海带排骨汤是你爷爷放的盐，咸了怪他。"

陈琦笑，喝了只说正好，然后耍个小招，从手里变出一枚硬币。

奶奶眼睛一亮："哪儿来的？"

"还哪儿来的，"爷爷笑她大惊小怪，"一块钱没见过？"

陈琦似乎猜到爷爷会这么说，放下碗筷，动作利落地连续变出好几枚。奶奶看得眼花缭乱,高兴地拍手:"哎哟!你会变戏法!"

陈琦很是得意,陪他们吃饱喝足,又跟着爷爷去了趟地里。回来后,他洗完澡进屋看书,拿出的第一本是英语听力教材。

虽然年级组每周四下午都有听力练习,但对他而言显然不够。音源已经下到手机里,他翻到第三十页,花二十分钟做完一套,对完答案还得再听一遍。等到结束,他不免想到赵晓青。

其实他很能体会赵晓青面对数学的痛苦,就像他看不懂很多英语单词,做起来也经常心浮气躁,不同的是,英语题型固定,套路也少,哪怕是他最讨厌的阅读理解,只要按照答案选项去原文里匹配也能蒙对几道,而数学一旦卡在开头,思路闭塞,脑袋空空的感觉实在让人抓狂。

赵晓青上次说期中考数学简单,事实也的确不难。张扬满分,他148分,赵晓青只有118分,这样大的差距肯定不是因为她粗心,而是她有很多不会的地方。

陈琦很想像整理物理知识点那样给赵晓青再弄一份秘籍,但是,先不说整理的量有多少,单论效果,他也更倾向于是无用功。赵晓青那么要强,真到了复习后期,肯定会把大部分精力放在数学上,而最后要真是毫无起色,她能说服自己接受吗?

这学期还没结束,叶玉玲已经准备在暑假找家教补习。赵晓青肯定不会找,她总是体谅父母,不敢伸手要钱,但不补习光靠她自己,说实在的,提升肯定有限。到那时,他再安慰她有些人就是不适合学数学,安慰她考差了也没关系,大概也是于事无补。

赵晓青不知陈琦在替她担心,晚上收到他的微信,问她在干什么。

赵晓青:刚吃完晚饭,我妈妈给我做了红烧鱼。

赵晓青最喜欢吃鱼,但一直不会做,总是被鱼下锅的瞬间吓退。

陈琦想了想:我跟你说个事。

赵晓青：你说。

陈琦：能语音吗？

赵晓青：能。

于是陈琦打了语音电话，告诉她姜伟航回了学校。

姜伟航就是去年高三打碎玻璃的男生，有消息说黄永平在办公室和他以及他爸妈聊了好久，最后有可能转到五班。

赵晓青问："他出事之后一直没上学吗？"

"没吧。"

赵晓青安静了会儿："那他是要跟我们一起参加高考了，如果我是他，应该会很难受。"

陈琦就知道她会说"如果我是他"，他就从来不会想这种如果。

一星期后，姜伟航果然被老黄带进了五班教室。他似乎比去年胖了些，眼睛也不怎么愿意瞧人。陈琦找了个空当走到他身边："中午一起吃饭？"

姜伟航不看他，也不吱声。

"你不认识我了？我陈琦，高一时跟你打过球，你是裁判。"

姜伟航这才用正眼瞧他："你变样了？"

陈琦失笑："看来我的球技是不够好。"

姜伟航怔怔地看了他一会儿："我生病了，一直在医院，有些事情记不太清。"

陈琦微愣，姜伟航却又陷入沉默。

沉默的人向来激不起水花，也正因此，班里同学对他的好奇和讨论也很快消散。

这天体育课，老师让大家跑完步就宣布自由活动，陈琦和同学去小卖部买完吃的，正往教室走，看见姜伟航双手插兜地站在路边，注视着不远处的篮球场。

陈琦叫了他一声："想打？"

姜伟航摇头："手生了。"

"再怎么生也比我强,我的手就没熟过。"陈琦揽过他的肩,"走吧,过去试试。"

陈琦这一揽,两个人的身体距离和心理距离都被拉近。

球场里侧,张扬见他俩过来,不禁挑眉。他把篮球往陈琦的方向扔："今天怎么转性了?"

陈琦接过,又把球扔给姜伟航。姜伟航犹豫了会儿,还是决定加入。他的体力不占优势,好在技术够硬,张扬防他不住,和其他人一起盯着,陈琦则大多数时间在看热闹,等姜伟航抛了个利落的三分球,才过去跟他击了下掌。

"那个姜伟航打球比张扬还好?"事后,叶玉玲听同桌说起当时场上的情景,深表怀疑,"不可能,绝对不可能。"

同桌知道她对张扬有滤镜："不信你去问陈琦。"

叶玉玲没去问陈琦,反倒去问当事人。张扬看她一眼："你还懂球?"

"我懂不懂不重要,你别被人比下去才重要。"

话一出口,她有些难为情,张扬却不以为然："不是谁都能跟我比。"

"你不要这么自负。"

"你不喜欢我的自负?"

叶玉玲被他一戳,不甘示弱："反正赵晓青不喜欢。"

"我对她充其量就是有好感,别说得我好像情根深种一样。"张扬想起前两天他在图书馆见到赵晓青,他跟她打招呼,她也回以寒暄,既然她能拿得起放得下,他当然也能。

不等叶玉玲再说,他又露出冷淡的表情。叶玉玲愤愤,但也无可奈何。强者都是孤傲的,要是他跟陈琦一样性格好人缘好才是老天真正的偏心。

话虽如此，接下去的体育课，她也和同学一起去球场当观众。

以前她怕张扬说她阴魂不散，现在可以借着看陈琦和姜伟航的由头站在人群里。当然了，她并不觉得姜伟航打得多出色，可惜她还没明目张胆地看几次，体育课就因为期末临近而被迫取消——在考试面前，所有无关紧要的课都得靠边站。

"期末是十校联考，大家都要重视。与其说是对这两年的总结，不如说是摸底，让我们知道自己和其他学校的学生差距如何……"动员广播还在继续，班里的同学都在沉闷地听着。其实他们对联考并不陌生，也并不排斥，毕竟联考的规格接近高考，不管嘴上怎么抱怨，很少有人真把叛逆当正道，把排名当玩笑。

只不过，就连老师也没想到期末的卷子会这么难：不仅是三门主课，就连选考科目也有几道题很是刁钻。如此一来，不按常理出的牌把大家打蒙了，赵晓青自然也没能幸免于难，虽然她其他几门考得不算差，但她的数学只有96分——真真切切只有96分。

她看着答题卷如鲠在喉。那些自我安慰自我鼓励自我劝解，都像回旋镖般击中她的心。

班主任在讲台上宣布完补课时间，忍不住安慰道："高考不是跟十校比，是跟全省的学生比，大家不要盲目自信，也不要妄自菲薄，从现在开始努力都来得及。"

班里谁也没有应声，等老师走了，大家整理东西回家。赵晓青照例留到最后，可她今天没有作业做，只能一遍遍复盘数学，一遍遍誊写答案，结果她越想越气，越想越难受，憋得胸口发涨、眼眶发红，最后颓然地趴在桌上，像一张被风刮倒的船帆。

她怎么会这么差劲，这么不堪一击？

不知过了多久，她重新抬头，眼睛因为受压而有短暂的模糊。听见有人叫她，她转身，看不清那人的脸，但肯定是陈琦。

没来由地，她委屈更甚。

陈琦看她嘴角下压，走过去问："数学没考好？"

赵晓青说："再低6分我就不及格了。"

陈琦在周媛媛的位置上坐下："这会儿没人，想哭我去把门关了。"

"不想，哭又没用。"赵晓青语气恨恨，承认自己愚蠢真是件苦差，"同样的题型，老师复习时讲过，我考试做不出，刚才我看了好几遍答案，现在不看，还是做不出。"

陈琦放下书包："高考不会这么难。"

赵晓青像是没听见，别过脸去。

陈琦拿了她的答题卷，又听她问："你考了多少？"

"141分。"

赵晓青攥紧红笔，看向窗外。

窗外只有高大的绿意葱茏的松树树顶。她看不见松树脚下的草，草旁边的路，也看不见路旁被修剪的、低矮的龙爪槐。

张萍收到学校的放假通知，七月上旬和八月中旬要补课，真正让孩子们休息的时间只有三十来天。她也收到了年级组的成绩通知：赵晓青除了数学的排名是三位数，其他几门都进了年级前五。

赵晓青这样聪明，张萍觉得自己前世积了德，因此，她今天没等超市关门再把挑剩的便宜菜带回家，而是特意提前买了最新鲜最好的水果。

谁知，当她准时下班时，赵晓青正在厨房煮绿豆汤。

"妈妈。"

"早知道你想喝，我昨天就该煮一锅，让你一回来就能喝冰箱里的。"

赵晓青洗手后，忽然过来抱住她。

张萍一怔："怎么了？"

"我这次数学没考好,"赵晓青闷声说,"题目一难,我就被打回原形了。"

张萍急忙放下手里的塑料袋,又听赵晓青说:"妈妈,您不要对我失望。"

张萍不会失望,反倒心里有愧,她既没有给女儿创造好的物质条件,也没在学习上帮过女儿任何。跟她一起上白班的大姐每次说起自家子女总是乐呵呵的,自己却好像从来没有乐呵过,她咬紧牙关撑起一个家,很少带女儿去看看外面的世界,什么玩具、娃娃,女儿不要,她就不买,什么公园、商场、电影院,她没去过,就想不到让女儿去——她好像从来没有让自己和女儿拥有快乐的能力。

"你不怪妈妈没本事,妈妈都要高兴得去拜老天爷了。"

赵晓青鼻子一酸,张萍却不怎么会表达,只能收紧手臂,抱得更用力,就连过年睡在老家的床上,她们也没有这么紧密地相拥过。

原来一个拥抱胜过千言万语。赵晓青明白母亲爱她,家里单薄、压抑、冷冷清清,可是母亲一回来,家就变得鲜活温暖。这是她的幸运,也是她的底气。

夜深了,赵晓青合上书,拿过手机,看见陈琦给她发了一连串消息。

她点进聊天界面,回复他的最后一问:没事,我好了。

那头的陈琦从床上弹起:怎么好的?

赵晓青认真打字:有时候想想,我妈妈没给我那么多压力,她很坚强,很理解我,我不该一遇到挫折就好像天塌了一样。

陈琦:天不会因为你考了一次96分就塌的。

赵晓青:是这样,我老是给自己心理暗示:要加油要用功要一直上进,看似理智,实际上是不放过任何证明自己的机会。可是,我举轻若重惯了,举重若轻就不行了。

陈琦知道她又开始自省。这让他想起今天白天在十三班，他原本准备安慰她，但那环境不安全，她又保持缄默，弄得他也有些吞吞吐吐。现在看来，他的安慰没派上用场也挺好，他不是赵晓青失意时唯一的倾诉对象，她自己也能找到可以依赖的人和方法。

陈琦在床上坐直，犹豫几秒，给她发去两个链接。

那是他找的数学网课，他发来一个长长的语音："我看了前面几节。第一位老师是讲基础的，比较细，也比较慢，但会说笑话，就是板书写得一般。第二位是女老师，正儿八经不苟言笑，跟胡莉差不多，有种什么题被她一讲就变小儿科的感觉。"

赵晓青听话地点开链接，各看了几分钟。再退出，陈琦已经连续给她发了好几条语音消息。

陈琦："你遇到一两道难题可以问我，系统复习还是跟着老师靠谱。"

陈琦："网上资源很多，你看不惯就再找，价格肯定比线下便宜。"

陈琦："今年暑假短，你还要去打工吗？手头要真紧张可以问我借，我过年的红包基本存着没动。"

赵晓青没多少用钱的地方，以前在母亲工作的加工点还能摸点活做，今年住在县里自然也不方便。陈琦的交代和关怀让她心里一暖，她给他打来语音电话："你对我有点太好了。"

"有点太好了？那是有点好还是太好了，这是不是病句？"陈琦开着扬声器，看着中间那个小小的头像，笑道，"我可是唐僧的心肠、猪八戒的脑袋，你千万别客气。"

赵晓青被他逗笑，也不回嘴。

陈琦又说："你别数学课一点开，看着看着就去点语文课了。现在算法推荐厉害得很，知道你喜欢什么，就拼命让你把时间花在喜欢的东西上。"

赵晓青依旧不说话，陈琦"喂"了两声："怎么，难得被我劝学，就这两句都听不下去?"

赵晓青却忽然叫他的名字:"你以后想读电气工程是吗?"

陈琦一愣,意外:"你怎么知道?"

赵晓青想起他让她给周媛媛送橘子的那天,有个男生和他站在成绩榜那儿说话,她路过时偷听到了。

她说:"陈琦,我们可以去同一座城市吗?"

陈琦怀疑自己听错了:"啊?"

赵晓青攥紧手心:"是不可以,还是不想?"

陈琦关掉扬声器,把手机放到耳边:"怎么会不想,只是,为什么我们要去同一座城市,不能是同一所大学吗?"

赵晓青说:"可我读不了电气。"

"你想读什么?"

"新闻。"

"行,我去查查,有没有电气和新闻都是王牌专业的院校。"

赵晓青说:"没有吧,理工学校很少有强势的文科专业。"

"……也是。"陈琦话锋一转,"所以你看,连学校都很难做到文理兼长,更别说我们了。"

赵晓青失笑,难为他变着法地宽她的心。

陈琦还有很多话想说,但看了眼时间,不忍再打扰:"那——要不今天先到这儿?你不熬夜的哦。"

赵晓青"嗯"了声,很快挂断电话。

陈琦扔掉手机,往后躺倒,在床上滚来滚去。

赵晓青不仅领了他的情,听了他的啰唆,竟然还想和他去同一座城市!

他心情激动,笑容甜蜜,把脸贴在枕头上犯了好一会儿傻,才甜甜地睡了过去。

高考前的最后一个暑假，叶玉玲的爸妈给她请了一对一家教，又在学校附近租了房子用来陪读。

叶玉玲理解他们的苦心，自己也想争口气，从头到尾都不敢懈怠。一中今年的高考成绩整体没有去年好，高分段没有清北，升学的压力便转移到了下一届。八月底的补课一开始，高二年级就迁了教学楼。叶玉玲办了通校手续，每天回家吃母亲做的饭，她建议赵晓青也通校，赵晓青只说妈妈上班，家里没人，自己在学校吃更方便。

和其他年级相比，高三有提前五分钟放饭的特权，赵晓青也不再故意错峰，和周媛媛成了固定的饭搭子。她们习惯去食堂一楼，经常看见陈琦和五班的男生排在前面。陈琦和赵晓青基本上不说话，但仅仅是对视一眼，也有心照不宣的默契。

日子就像餐盘，不断被端出、回收、清洗、消毒，然后被堆叠好，等待下一餐的来临。转眼半个学期过去，到了选考报名时间，老师交代完注意事项，同学们便开始交流报名技巧。有人说把接收成绩的号码填成父母的，有人说填成自己的，也有人说："你们都填成我的，考得好来我这领奖，考得不好我替你们先哭。"

话虽如此，还真没多少人会因为考差了痛哭流涕。退一万步说，就算高考考砸了，难道人生就完蛋了吗？被这种狭隘的想法裹挟才是完蛋了。

报名结束后，老师们巴不得学生头悬梁锥刺股，言语上却不敢逼得太紧。他们巡视教室的次数变得频繁，真正抓到开小差的学生，除了口头警告，却也没再揪着不放。只不过，就在这样宽严并济有紧有松的气氛里，还是会有头铁犯错的学生。

赵晓青也是听叶玉玲说起，才知陈琦被老师叫去谈话——不只是他，还有张扬、姜伟航等几个男生，他们在自习课逃出去打球，被抓了个正着。

体育课已经全面取消，除去早上的大课间跑操，学生很少有活动的机会。黄永平向来爱惜张扬和陈琦这两个尖子生，却不知他俩会在这事上一拍即合。

成绩不是免罪金牌，黄永平铁面无私，惩罚的方式还是老一套。周六放学，张扬大笔一挥写完检讨，正去办公室交差，出门看见赵晓青来了。

好久不见，他对她的印象停留在期中考的642分："找陈琦？他早走了。"

赵晓青的视线落在他手里的检讨书上。

"又是叶玉玲跟你说的吧，班丑不外扬，她倒传得开心。"

赵晓青担忧地说："她说黄老师发脾气了。"

"管他呢。"

赵晓青听他语气很冲，问："你心情不好？"

"不好很久了，烦得很。"

赵晓青想，他当了两年多的第一，在她眼里跟神仙无异："好吧，就像穷人不懂富人的烦恼，我也不懂你在烦什么。"

张扬看着她，忽然笑了："那你想不想懂？"

"不想。"

"不想也等我一会儿，我先去把检讨交了。"

几分钟后，赵晓青和张扬并肩往校门口走。张扬问："记得吗？新生军训后第一次放学，是我们俩一起去的车站。"

赵晓青当然记得。

"那时候一进来就发现高中和初中差不多，老师严厉，学生听话，大家还是一样幼稚和吵闹。"

张扬看赵晓青噎住的表情："实话总是很伤人，对吗？"

赵晓青有点后悔等他了："如果你只能通过伤人来让自己没那么烦，那我祝你一天比一天烦。"

"喂。"

"我以为你跟我一起走是想跟我聊聊天,但你好像把我当成了攻击目标,还是说你平时对班里的同学也这种态度?"

张扬语气无所谓:"自己爽到就好。"

"那你爽到了吗?刚才是谁跟我说'烦得很'?"

张扬被她一激,自觉在她这也讨不到什么便宜。他带她走出校门,状似随意地说:"我爸妈一直希望我能考清华北大,希望久了,我也觉得这是理所当然。我擅长读书,可是读出来能干什么,谁也没教过我。小升初第一,中考第一,高考我就算没特长没加分,裸分肯定也是第一。我没想过出国,基本就朝着清北去,可是就这两所学校也有那么多专业,我读哪个都行,又好像读哪个都不行。"

如果不是察觉到他情绪不高,赵晓青一定会以为他在臭显摆:"你不想读可以不读。"

"那我这十年不就亏大了?"

张扬继续说:"所以你看,哪怕我表现得像个格格不入的天才,实际思维还是狭隘,还是要走被大家认可的路。可能你会说这路不是谁都能走的,可我空有头脑,却没有明确的目标,其实也是一种失败。"

赵晓青沉默了下:"那你是完全没有方向还是方向太多,放弃哪个都舍不得?你没有最喜欢最想要去做的事吗?"

"我最想要跟人作对,算不算?"

赵晓青语气酸溜溜的:"算,怎么不算,你这次不就是跟老师作对吗?结果八百字检讨起步。"

"说得好像你没写过一样……哦,你是没写过,你跟老黄明目张胆开了战,最后还没输。"

赵晓青也很快想起那段并不愉快的经历:"去图书馆可比在教室写物理作业幸福多了,我不理亏。"

"那我去打球也不理亏。"张扬说,"你不觉得学校领导有病吗?上届高三最后几个月才禁体育课,可是到了我们,这学期就取消了。他们并不尊重也不在乎我们的需求,只把我们当考试的机器,还不准我们有怨言。"

"那你最后为什么又写了检讨?"

"因为老黄催了我好几次。他是个暴君,但又人格分裂,先发火再灭火,摆出一副慈父形象我就觉得他也不容易。"张扬说,"其实老师们都挺好的,教书的同时还陪伴照顾我们,放弃了很多自己的时间,可是,他们也被严苛的教育环境和工作环境驯化了,就像我明明做出了抗争,但最后还是妥协了。"

赵晓青想起什么:"那其他人呢?"

"陈琦说老黄规定写八百字,实际不会真数,就让大家一人写一段,然后交换互相抄。"张扬没答应,他和陈琦是不一样的人,他自负、较真,讨厌弄虚作假,陈琦却随和、灵活,不会为难自己。

赵晓青听完莞尔:"他是这样的,经常是无可无不可,但逻辑又能自洽,所以没什么心事。"

"那——这就是你跟他关系好的原因?"

被他冷不丁一问,赵晓青不禁脸热:"他很好啊,不为难自己,也不为难别人。"

张扬听她骤然变软的语调,心里酸了下:"也就是你眼光不好。"

赵晓青变脸:"你才眼光不好!"

张扬心想,我对你特别关注我眼光不好?但见她一副着急维护的样,他也懒得和她计较:"算了,不跟你争。"他看着周边的商铺,故意嘴硬,"叶玉玲说你住在学校附近,这都被我拐到车站的方向了,我可不会送你回去。"

"不用你送。"赵晓青心想,难道你以为我跟你聊晕了不识路?要不是同情你没人陪我早掉头走了。

于是张扬装聋作哑，又带她继续往前，快到车站时才问："对了，你以后想学什么？"

赵晓青如实相告，换来他的一句："虚头巴脑的。"

赵晓青一噎。

张扬不想惹她生气，说："其实文科专业都差不多。你要学新闻，最好还是选名气大的综合性院校，至少接近权威，有机构和平台的保障，不管是抢热点还是做深入报道，不管是拼流量还是去寻求真相，这些保障就是你的通行证。横竖你也不是轻易低头，轻易同流合污的性格，别的不说，新闻人的职业操守应该还是有的。"

赵晓青庆幸自己没有打断他："你说了这么一大段，也就最后几句能听。"

"本来要笑你的，想想算了。毕竟这是你的目标，有目标的你比没目标的我还强一点。"张扬心知，她这么拼命往上考，肯定也不是想随便去一个学校混日子。

"赵晓青。"

"嗯。"

"你觉得我适合读什么？"

"我怎么知道。"赵晓青才不敢随便给人当老师，"你慢慢想慢慢找呗，总有一天会知道的。"

"总有一天是哪天？"

"最早高考前，最迟高考后。"赵晓青笑，"船到桥头自然直，清北招生办打你电话那天，你肯定要告诉他们要去哪个学院。"

张扬笑："谢谢你的废话，到时答不出来就找你算账。"

赵晓青心想得了吧："你别害我得红眼病。"

张扬"哈哈"笑了起来。

陈琦收到赵晓青的消息时已经到家。看着她频繁的"关心"，他字斟句酌地回复语音:"嗯,就打了会儿球,挨骂了,写检讨了,老黄那也翻篇了。"

赵晓青:"那你下次还敢吗?"

陈琦:"嗯……我多写几份备着吧。"

赵晓青不理解:"打球有那么好玩?"

陈琦:"不好玩,就是想打。球场修那么好凭什么不让打,塑胶铺了在那儿晒太阳,不浪费吗?"

赵晓青见他如此说,也没再纠结,他和张扬叛逆的理由不同,劲头却相似。到了晚上,赵晓青收到了叶玉玲发的消息,问她有没有跟陈琦聊过,赵晓青说有。

叶玉玲又发来语音:"被他们这么一闹我都不敢去请假了。今年元旦晚会,我好不容易能当主持人,但老黄连张扬都罚,摆明了杀鸡儆猴。"

广播站的学姐毕业后,叶玉玲在站里混了个脸熟。本来元旦晚会的主持都是高二的学生,但她想穿漂亮的礼服、化好看的舞台妆,还想被录进 VCR 里给自己留个纪念,就努力争取到了这个机会。

赵晓青想她口齿清晰,人又长得漂亮,当主持人绝对合适,只是——"高三不是不参加吗?"

叶玉玲:"所以我头疼,就算老黄放我去,也没有认识的同学来现场看我。"

赵晓青明白她的意思了:"你想让我去?"

"五班的我不敢指望,你们班艺考生多,老师应该不会管那么严吧?"叶玉玲又提起自己的主持稿,"等节目顺序定了,你再帮我润色润色。"

赵晓青:"好说。"

叶玉玲:"你这口气有点像陈琦。"

"是吗?"赵晓青倒没意识到。

叶玉玲："哎，你在家忙什么呀？"

赵晓青："写数学作业。"

叶玉玲："一月份考选考，你还把重心放数学上啊？"

赵晓青自觉那三门选考科目问题不大，数学却是她长久的克星："我不学不行。"

"好吧，那我不打扰你了。"叶玉玲回完，同样去书房学物理。主持是兴趣，复习是主业，她知道轻重缓急，也知道只有成绩稳住了，老黄才没有理由为难她。

元旦放假前夕，晚会如期举行。

十三班的班主任虽不像老黄那样暴脾气，但听到赵晓青请假，还是给了她一顿语重心长的劝告。过后，赵晓青出现在体育馆，有点抱歉："我可能拍不了很多。"

"没事，重要的是开场。"叶玉玲递过相机，快速教了她几分钟，"拍不全没关系的。"

叶玉玲越这么说赵晓青越不能让她失望。离开后台，赵晓青抓紧练了练，又去找机位。最好的机位在正中央，已经摆着桌子架着录像机。赵晓青等同学们入完场，正准备埋伏过去，身后响起熟悉的声音："这时候还穿着高三校服，不怕老师抓你？"

转头去看，竟是陈琦。除了他，身边还有吴昊、张扬，以及一个高高胖胖的男生，晓青猜测他就是姜伟航。

赵晓青问："你们怎么来了？"

陈琦："看节目，叶玉玲义务宣传一个月了。"

"那——你们偷偷摸摸来的？"

"不能这么说，我们只是出来上厕所，蹲个大号的时间够看两个节目了。"一旁的吴昊狡辩。

赵晓青有任务在身，没和他们多聊，等晚会一开始，她就钻进观众席里。乐声响起，灯光闪亮，叶玉玲袅袅而出。赵晓青把镜头对准舞台，身后，陈琦退到人群里，视线却没离开她。

莫名地，他很庆幸今晚来了这儿。

几分钟后，赵晓青拍完开场躲到后面，瞧见陈琦收了手机。

"你也拍了？"赵晓青心想长得高就是好，"给我看看。"

"……算了。"

"算了？"

陈琦没来得及答，张扬幽幽地看了他俩一眼，朝赵晓青伸手，说："相机还是给我吧。"

叶玉玲忙了两个多小时，妆都没卸干净，就换了衣服回班上自习。班里同学朝她投去好奇而艳羡的目光，也给她带去最新消息："张扬、陈琦、姜伟航，他仨跑去看晚会，又被老黄请去喝茶了。"

看晚会？叶玉玲心头一跳，怎么可能呢？她当选主持人后马上和张扬分享，他可是明确嘲讽她不务正业的，至于陈琦，她开玩笑让他去表演魔术，他只说没出场费还要跟老黄请假彩排，懒得做亏本的事……叶玉玲转身向后，不期然对上张扬的视线，于是慌忙看向陈琦，只见他正专心致志地做题，似乎并没有受到影响。

她满腹疑问，翻书翻得心烦意乱，老黄却又来班里巡视。等到下课，她赶紧跑到陈琦那儿："你和张扬去体育馆啦？"

"嗯。"

"那——老黄又让你们写检讨了？"

"没。"陈琦觉得张扬的话有道理——班里肯定有老黄安插的线人，否则不会一点风吹草动都瞒不过他的眼睛，"我们在那儿待了半小时，有十分钟是晚读下课，但凡老黄去体育馆转转，就知道其他班也有人去，我们班的人算是最少的。"

"那他骂你们了？"

"骂几句又不痛。"陈琦看见姜伟航走近,接过他递来的草稿纸。

纸上是一道物理题的解法。老黄不管是坐镇讲台还是在办公室休息,总不缺找他问问题的同学。姜伟航懒得等,又刚被他骂过,自然不会去触霉头。虽然姜伟航比陈琦他们多学了一段时间,可是成绩并没有优势,也得亏陈琦愿意帮忙,不管什么题都做得出,不管去哪儿总想着带上他,让他感到一种被接纳的安全感。

姜伟航还了陈琦给他的草稿纸,很快离开。门口的同学叫了叶玉玲一声:"有人找。"

是赵晓青来还她相机:"我就拍了开场和你的单人照,节目没怎么拍。"

"嗯嗯,没事。"叶玉玲接过。

赵晓青看她的头发被发胶喷得整齐服帖,脸上涂着粉底,贴着亮片,睫毛变得又黑又长,说:"你今天好漂亮啊。"

"只有今天漂亮吗?"叶玉玲皱皱鼻子,笑道,"化妆化了半小时呢,回家我要让我妈妈帮我卸干净。"

赵晓青也笑,叶玉玲整个人看上去白白软软的,身上又香香的,别说站在台上,站在人群里也肯定吸引很多目光,难怪张扬会忍不住拍她。

赵晓青低声告诉叶玉玲:"开场之后有一些是张扬拍的,我没教他他就会操作,应该挺专业。"赵晓青第一次用相机,只保证对焦成功保存成功,既不敢乱按也不敢往前翻进行对比或删除,"你有空自己理一下,真不满意就当我对不住你。"

"不会啦。"叶玉玲听到张扬拍她,意外之余又有淡淡的羞涩,"谢谢你帮忙。"

赵晓青笑笑,临走时瞧见陈琦在后面冲她招手,脸上微微一热。

叶玉玲回到座位仔细翻看,心想晓青真是实在,大大小小远远近近,基本都在拍舞台上的她,直到翻到前面才看见好多不一样的:

穿着高一校服的男生在兴高采烈地分零食;站在最后的老师三两结对,双手抱胸面露微笑;准备上台表演诗朗诵的女生们在舞台右侧候场;坐在桌上盯录像机的老师则低头摸起烟盒……

她意识到这些有可能就是张扬的作品,而当她继续翻看,就看见一对熟悉的人——赵晓青位置靠前,凝神正对舞台,陈琦则在赵晓青身后举着手机,屏幕里全是赵晓青安静的背影。

叶玉玲心里微微一动,抬头只见陈琦坐在位子上,依旧像上课那样专注地写着什么。

不知从何时开始,她发现陈琦变认真了。当然了,或许他一直认真,只是现在比从前更认真。

上课铃响,叶玉玲关掉相机。

她期待的晚会结束了,她的全力以赴也要开始了。

一月的选考如期而至。同学们第一次迎来具有决定性意义的大考,发现再多的模拟终究是模拟,真正提枪上阵的感觉就是不一样。

长时间的付出都期待回报,成绩公布后,五班的张扬三门赋分总分 300,一只脚已经踏进清北。陈琦三门 297 分,只有化学失了 3 分。

老黄满心欢喜,考前因为他俩的不痛快早就抛之脑后,只是明面上不敢表扬,私下里叫了陈琦:"我对张扬是百分之百放心,但对你的语文和英语要多说两句。"

陈琦讷讷听着,心想,我也巴不得考得越高越好,可是他这两门从没上过 130 分,除非高考有神兵相助,否则几所 Top 的双一流大学都有可能不要他。

"怎么这么没自信。"老黄觉得陈琦对他自己的判断有偏差。

"可能运气都在选考用光了。"

老黄"啧"一声:"你呀,拎拎清楚!靠点谱!"

陈琦不答,回到班里,学习的氛围依旧浓厚。离高考不过百余日,大家都想交出一份让自己满意的答卷。

今年的春节只放十天假,陈琦期末考考了全班第二,家里人都很高兴。陈志强怕给陈琦压力,想着提前跟亲戚们打招呼,拜年不要问成绩。陈琦笑他战战兢兢:"不至于,爸,除了您和我妈,也没谁真正在乎,说完转个背就忘了。"

陈琦奶奶笑着点头:"这话对,拜个年还搞这么麻烦,琦琦聪明干吗不让人说,谁家没学生,谁能不明白?"

于是,陈琦笑着抱了抱老太太,毫无负担地过了个春节。

临近开学,他和雷立叕难得见了面,雷立叕神神道道地给他分析:"最乐观估计,你数学145分,语文120分,英语125分,加上297分,就有687分,至于化学……你还要拼一拼吗?"

陈琦了解自己,他向来是松劲时间长,卖力时间少。高三真正投入学习后,才有了不适应的瓶颈期。得益于老师的高压和自己的转变,如今瓶颈期已过,他学得更高效,也更自在。

"我觉得够了,赵晓青说不够,反正有保底,建议我再考一次。"陈琦笑,"她比我还相信我。"

"她知道你这种人不逼不行。"雷立叕嘲笑道,过了会儿又问,"她考得怎么样?"

"288分。"

"可以啊你们,学习都这么好。"

"那是我们一直专心学习好吗?"陈琦不敢承认自己也常常走神,"其他的只能等高考结束再说了。"

"那到时你要我替你出谋划策吗?"雷立叕忽然有点期待。

陈琦却笑:"算了吧。"

他自己还没跟她待够呢,真到了毕业那天,他就想和她两个人走走路说说话,轻轻松松地待一会儿。

赵晓青选考后仔细复盘，历史满分不用再管，生物她花了很多心思才97分，想再挣3分不容易，地理的91分则是她轻敌，必须再争取一次。因此，她决定放弃生物，把时间匀到数学和地理上。

高考的倒计时已经悬挂在班里最醒目的位置，赵晓青也给自己制订了学习计划：主线严格跟从老师，细枝末节由自己补充，既不能乱，也不能急。

她不再去做怪题难题，把重心放在稳固基础查漏补缺。都说行百里者半九十，她绝没有在最后时刻撑不住的道理。

大张旗鼓地学了三年，心血系在短短四天。高考拉开序幕后，天公很配合地收起烈日，连着的阴天让在考场外的家长都宽了不少心。

有些同学前两天就考完，潇洒地和高三说了再见。赵晓青的地理被排在最后一天的最后一门，走出考场的那一刻，她看着从云层里漏出来的阳光，竟有点恍惚。

等待越是漫长，结束越显得匆忙。

回到教室，班里的毕业快乐和同学们的签字还留在黑板上。她和周媛媛告别，拿出手机拍了照，赵斌的电话正好打来。

"爸爸在学校门口，保安不让我进去，要搬的东西很多吧。"

"没事，我自己拿。"

赵斌主动来献殷勤，受宠若惊地"哦"了声："那我在外面等。"

赵晓青清空抽屉下楼，忽然想给陈琦打个电话。他最后一门考的是化学，昨天下午就回家了，但她犹豫许久，还是没打。然而，当她先把书包拿去给赵斌，准备回宿舍拿行李，却看见一辆自行车快速靠近。

她眼前一亮，没敢出声，陈琦也强装镇定，在传达室刷了学生卡就推着车往里走。

很快，陈琦和她并肩而行："考得怎么样？"

"自我感觉良好。"

陈琦笑，难得听她不做最坏的打算。

没什么比亲眼见到她的放松更让人心安。陈琦想，为了她这句话，就算他再骑十几公里也是值得的。

高考成绩公布前夕，张扬给赵晓青发来喜报："被你说中了，最后定了临床医学。"

果然是实力决定结果，赵晓青由衷地替他高兴："恭喜恭喜。"

"谢了，你应该也OK吧？"

"嗯。"赵晓青问，"你告诉叶玉玲了吗？"

"还没。不过，要是她问起，你不用瞒她。"

"你也太能忍了，要是我考这么高肯定要告诉全世界。"赵晓青向往地说。

张扬心想，你才不会告诉全世界，你的世界里就那么一两个人。

他这边尘埃落定，其他人的提心吊胆之旅才刚开始。不过，好在终究是喜大于忧——分数公布那晚，陈志强收到成绩短信，高兴地抱住妻子，又重重揉了陈琦的脑袋。

陈琦接过一看，不得不骂一句雷立骎神仙：除了数学估低了，语文和英语竟和他随口说的分毫不差，更幸运的是，化学缺的3分也被补足，没留一点遗憾。

另一边，赵晓青看到数学的116分，比看到语文的135分还要激动。她的眼睛有些湿润，用力地攥紧了自己的手："妈妈，你帮我看看清楚，总分是不是679。"

"是，是，全省排名1235。"张萍眉开眼笑，她的喜悦夹杂着酸涩，紧紧抱住女儿，"你太棒了，妈妈要谢谢你。"

积攒的压力和苦闷在这一刻得到释放，赵晓青忽然也很感谢努力的自己。母女俩庆祝了一会儿,张萍抹抹脸颊:"你爸打了一百个电话了,我去告诉他,再告诉你外婆。"

赵晓青点头,把成绩短信转发给赵斌,再转发给陈琦。

不多时,陈琦给她打语音电话。

赵晓青笑问:"这么快,你看清楚了吗?"

"看了看了,真厉害,真棒,真牛。"陈琦语气欢快,提起明大学校有志愿填报的讲座,"要不要去?"

"你呢?"

"你去我就去。"

赵晓青想了想:"还是去一下吧。"她记起他们的约定,稍微平复了心情,"我们分差有点大。"

"就差16分。"陈琦做梦都没梦到自己能考这么高,他轻声报了两所院校,"我查过了,它们去年的录取位次跟我们差不多,而且校区离得也近,明天有招生办的老师在现场,我们直接问一问。"

第二天,他们在学校见面,得到了招生办老师肯定的答复。陈琦笑容灿烂,陪她一块出了体育馆。谢天谢地,他想,他和赵晓青如愿以偿,其他人也没发挥失误,王思齐和姜伟航能上一本,叶玉玲能上省大,不落空的希望就是真希望。

夏日的风吹过树间,叶子和地上的影子轻轻抖动。两个人并肩走了段路,陈琦忽然说:"要不要去亭子那儿走一走?"

赵晓青一愣。

陈琦暗怪自己提议突兀,但仍带着她拐弯往小山坡上去。有好几次,他们相邻的手背相互碰触,赵晓青的心有些痒,想着他是不是要牵自己,但他没牵,又奇怪他为什么不牵,而当他真的没牵,她又想为什么不能我牵他呢?正要主动,却听陈琦说:"到了。"

好吧,她放弃。走进亭子,手心里传来柔软的触感。

她停下脚步,拿起一看。

· 280 ·

"这是橘子树的花,我奶奶用毛线织的。"陈琦示意,"真花比这个更小、更白,开起来满院子都是它的香气。"

赵晓青细细打量:"你奶奶的手真巧。"

"还有更巧的。"陈琦在她手心轻点,落下大小颜色各异的桃花梨花桂花石榴花。开花的树被爷爷种了多年,也被奶奶护了多年。

赵晓青听叶玉玲调侃过陈琦会变硬币,却不知他变花也变得这样纯熟。她掌心轻握,收好毛线花朵,好奇道:"你刚才把它们藏在哪儿了?"

陈琦只问:"你最喜欢哪朵?"

"橘子花吧。"赵晓青莫名对它更亲切。

于是,陈琦伸手,就像电视里放的那样,从她头顶捻出一朵,然后左肩一朵,右肩一朵,每每在她视线跟过来之前,他就捻出小巧洁白的花儿在她眼前晃过。

"陈琦!"赵晓青笑着叫停,"太多了!"

陈琦好像知道她要这么说,从兜里掏出个锦囊般的袋子,再拿回她手里的,把它们和刚变出来的握在一起,凌空作势往袋口一扔——神奇地,不见花朵簌簌掉落,只见袋中悄悄鼓鼓。

"都给你。"陈琦嘚瑟,"看懂请给掌声。"

赵晓青笑着接过:"看不懂。"

"想学吗?想学我教你。"

"好啊。"

陈琦听她应得爽快,想起以前自己要教她魔方,被她拒绝还有点失落。那时的他大概也不知道自己会对她日渐倾心吧,还是说,那时的自己已然倾心却不自知?

陈琦忽然有点紧张:"赵晓青,接下来不管我说什么你都说好,行不行?"

"为什么?"赵晓青警惕,"你要说什么?"

"……没什么，就是确认下，我们第一志愿就报那两所学校，好不好？"

赵晓青点头："好啊。"

"那，我们以后都要开开心心的。"

"好。"

陈琦继续："待会儿我送你回家？"

"好！"

"赵晓青，做我女朋友吧。"

赵晓青静默两秒，随即绽开笑容："好。"

陈琦的心被她的停顿弄得一缩，他委屈地凑近："你为什么犹豫？"

赵晓青的脸慢慢红了："因为我也想确认下自己是不是听错了。"

于是陈琦凑得更近，认真重复，然后一字一句地补充："赵晓青，我喜欢你，很早以前就喜欢了。"

赵晓青被他说得一羞，陈琦却心动神摇，上前牵住了她的手。熟悉的悸动和甜蜜让他觉得自己的胆怯全是多余："晓青，我……"

"谢谢。"赵晓青踮脚，在他耳边轻声回应，"我也喜欢你。"

夏日的阳光热烫，陈琦的耳朵更烫。两个人呆呆地看着彼此，傻傻地笑。

良久，陈琦牵着晓青下了小山坡。他的手心里全是汗，但他没有松开，只把赵晓青牵得更紧，越来越紧。